푸르른 틈새

문 학 동 네
한국문학전집

0 3 1

권여선
장편소설

푸르른 틈새

문학동네

차례

젖은 방

일주일 후면 이사를 한다. 나는 이삿짐센터에 들러 이사하는 날을 일러주고 굳이 선불할 필요가 없는 계약금을 삼만원 걸어두었다.

하숙촌 거리를 지나 복작거리는 시장길에 들어선다. 기나긴 시장 골목엔 갖가지 가게와 좌판이 늘어서 각각의 매물과 각각의 인생들을 전시하고 있다. 나는 나와 관계된, 나의 시선을 끄는 몇 개의 노점, 몇 개의 이미지와 활기만을 눈여겨본다.

시장길 초입에 그릇가게가 있다. 이사를 앞두고 냄비를 산다는 건 이상한 일이지만 나는 그릇가게에 들러 냄비를 둘러본다. 문득 암소와 냄비를 바꾼 남자의 이야기가 생각났기 때문이다. 내게도 가끔은 행운이 필요하다. 그 독특한 민담은 시작부터 묘하다.

한 남자가 시장에 암소를 팔러 나왔다. 물물교환에 필요한 적당한 셈속으로 무장한 그는 암소와 맞먹는 어떤 가치 있는 것을 구입할 생각이었다. 괴상한 노인이 냄비를 들고 와 암소와 바꾸기를 청했다. 암소 주인은 냄비가 몹시 그럴듯하게 생겼다는 것을 인정하면서도 그 청을 가당찮게 생각했다. 암소와 냄비를 바꾸다니!

그때 이상한 일이 벌어졌다. 냄비가 그에게 말을 걸어온 것이다.

"저를 데려가주셔요. 분명히 후회하지 않으실 거예요."

그는 깜짝 놀랐다.

'흠, 냄비가 말을 하다니…… 말을 할 수 있다면 아마 그 밖의 다른 것들도 할 수 있을지 몰라.'

그는 노인에게 암소를 내주고 냄비를 가졌다. 집에서 그를 기다리던 아내는 그가 암소 대신 무엇을 가져왔는지 무척 궁금해했다. 암소는 가난한 그들 부부의 마지막 재산이었기에 암소를 판 돈은 요긴하게 써야 했다. 남편이 내민 냄비를 보고 아내는 실망했다. 냄비가 몹시 그럴듯하게 생겨서 부엌일에 쓸모가 있긴 하겠지만 암소와 냄비를 바꾼다는 건 도대체가 얼토당토않은 일이었기 때문이다.

"당신은 제정신이 아니군요. 암소를 이깟 냄비와 바꾸다니……"

이때 냄비가 똑같은 말을 반복했다.

"저를 데려온 걸 분명히 후회하지 않으실 거예요."

남편에게 본격적인 비난을 퍼부으려던 아내는 냄비의 기습적인 발언에 깜짝 놀라 자기도 모르게 중얼거렸다.

"아니, 냄비가 말을 하다니…… 말을 할 수 있다면 아마 그 밖의 다른 것들도 할 수 있을지 몰라."

냄비가 말을 할 수 있다면 그 밖의 다른 것들도 할 수 있을지 모른다는 부창부수적인 생각에 나는 고개를 갸웃한다. 말을 한다는 것이 그토록 무한한 가능성을 약속하는 보증이 될 수 있을까. 나는 그릇가게에서 말하는 냄비만큼이나 크기가 적당하고 쓸모 있어 보이는 냄비를 고른다. 행인지 불행인지 내가 고른 냄비는 과묵하여 자기를 데려가면 분명히 후회하지 않을 거라는 둥 어쩌는 둥 말이 없다. 하지만 말을 못하더라도 아마 그 밖의 다른 것들은 할 수 있을지 모른다.

그릇가게를 지나면 게를 양푼에 담아놓고 파는 여자가 있다. 늙은 그녀는 한편에 분질러진 게 다리를 한 묶음 쌓아놓고 싸게 팔기도 한다. 떨어진 게 다리들과 성치 않은 게 몸뚱이를 유심히 보고 있노라면 본능적인 위기의식에서 다리를 마구 떨구고 급히 도망치는 게들의 절박한 내면이 보인다.

그 옆에는 닭을 파는 작은 좌판이 있다. 닭집 좌판을 지나치다 나는 눈길을 멈춘다. 좌판 위에는 스무 마리 정도의 생닭이 쌓여 있고 그 뒤로 도마 두 개가 있다. 왼편 도마에서는 사십대 초반의 사내가 닭을 토막 치고 있고 오른편 도마에서는 열 살쯤 되어 보이는 목이 길고 비쩍 마른 딸애가, 아버지가 토막 치는 닭의 반도 안 되는 자그마한 영계 속에 손을 집어넣어 내장을 훑어내고 있다. 닭발처럼 여윈 손을 닭 몸통 속에 집어넣어 정체불명의 노랗고 긴 내용물을 잡아당겨 빼내는데 손에 별로 묻어나오는 게 없다. 그런 식으로 닭을 매만지다가는 영계 한 마리를 손보는 데 얼마나 시간이 걸릴지 모른다. 남자는 칼을 낮게 들어올리면서도 힘있게 내리쳐서 대단히 빠르게 닭을 토막 내고 있다. 소꿉 살듯 닭을 희롱하던 아이는 이내 싫증이 났는지 도마 뒤에서 목을 잔뜩 빼어 내밀고 호기심과 두려움이 가득찬 눈망울을 이리저리 굴리고 있다. 대학에 입학했을 당시의 나도 그랬다. 저렇게 여윈 타조처럼 목을 잔뜩 빼고 무엇인가를 찾아다녔다. 내 몸에 속속들이 밴 생닭내 같은 치기는 전혀 모른 채.

닭집을 지나면 꼴부리와 번데기를 파는 노부부와 각종 나물이나 양념거리를 손수레에 놓고 파는 여자들, 생선을 손질하는 사내들, 숱한 과일 노점들이 있고 어묵 반죽을 즉석에서 튀겨 파는 싸구려 오뎅가게도 있다.

시장길이 끝나고 오르막이 나타난다. 나는 냄비가 든 봉지를 흔들며 오르막길로 접어든다. 마지막 언덕바지를 오르노라면 가쁜 숨이 쏟아져나온다. 오르막이 끝나고 널찍한 골목을 돌아들면 드디어 내가 이 년째 세 들어 살고 있는 젖은 방이 보인다.

*

나는 이 방에 기생충처럼 어여쁘게 빌붙어 살았다. 눈을 감고도 내 방을 그려볼 수 있다. 나는 무대를 생각한다. 흔히 보듯이 좌우로 길쭉한 직사각형의 무대가 아니라 그것을 구십 도 회전시켜 만든 무대. '길쭉한 무대'와 대비하여 그것을 '깊은 무대'라 부르기로 하자. 나는 한 발 한 발 될 수 있는 한 천천히 깊은 무대에 접근해 들어간다.

무대는 닫혀 있다. 흰 회벽이 안을 감추고 있다. 회벽 한가운데 표면이 오돌토돌한 유리문이 있고 유리문 양쪽에 조그만 창문이 하나씩 달려 있다. 왼쪽 창문은 낮게, 오른쪽 창문은 높게. 왼쪽은 주방 창문이고 오른쪽은 욕실 창문이다. 나는 오돌토돌 유리문에 열쇠를 넣어 깊은 무대로 들어가는 길을 연다. 현관에 들어서면 코에 익은 물비린내가 풍긴다. 나는 좁다란 사각의 현관에 신발을 벗고 유리문을 닫아 잠근다.

예상했던 대로 내가 한 발씩 내디딜 때마다 왼쪽에는 가스레인지, 조리대, 개수대, 건조대 등 간소한 주방 설비가 보폭에 맞게 칸, 칸, 늘어서 있다. 드디어 작은 냉장고를 마지막으로 주방은 끝이다. 마침표를 찍듯 나는 냉장고 위에 새로 산 냄비를 사뿐히 올려놓는다.

오른쪽엔 벽이 길게 이어져 있고 끝에 욕실 문이 있다. 욕실에 들어서면 흰 타일이 박힌 넓고도 허전한 공간이 나를 맞이한다. 큼직한 넓이에 비해 그 안에 있는 설비는 세탁기와 양변기, 냉온 수도꼭지 두 개, 실제의 모습보다 더 길어 보이는 거울, 높이 달린 손바닥 두 개만한 창문이 전부이다. 세탁기 위에는 오래전부터 녹슨 면도칼이 놓여 있다. 그쪽을 애써 외면해도 자꾸 손목이 시리다. 나는 수도를 틀어 손을 씻으며 거울에 비친 얼굴과 짧은 머리카락을 흘낏 본다. 그리고 문고리에 걸쳐둔 수건에 물기를 닦고 욕실을 나온다.

왼쪽도 오른쪽도 아닌 정면에는 지금까지 내가 걸어들어온 짧은 중앙선, 즉 복도가 있으며 그 복도의 끝이 하나밖에 없는 내 방의 문이다. 문은 항상 열려 있어 나는 아무 저항 없이 방으로 들어갈 수 있다. 방은 제법 크다. 방에 들어섰을 때 마주 보이는 벽이 '깊은 무대'의 끝이다. 여기가 끝이라고 알리듯 언제나 꼭꼭 닫혀 있는 커다란 창문이 벽의 윗부분을 차지하고 있다. 문틀에는 내가 꽃무늬 이불 홑청을 찢어 철사에 걸어 만든 커튼이 걸려 있다. 나는 눈을 감고 오돌토돌 유리문에서 꽃무늬 커튼까지 무대의 깊이를 어림해본다. 마음 같아선 한달음이지만 보통 걸음으로 열한 걸음이다. 나는 하나라는 숫자와 열하나라는 숫자에 마음을 빼앗긴다. 나의 한 살도 나의 열한 살도 이렇게 무대인지 벼랑인지 모를 어떤 모서리에 선 체험이었으리라. 새로운 끝 아니면 시작이었으리라. 둘을 적당히 곱하고 더해 가까스로 도달한 서른 살의 봄 지금처럼.

여기 새로운 무대가 나타났다. 나는 다시 무대를 깊은 무대에
서 길쭉한 무대로 바꾼다. 방의 모양은 평범한 무대처럼 가로로 길
쭉하다. 나는 길쭉한 무대 한가운데 서 있다. 정면 벽에는 길고 큼
직한 창문과 그걸 덮고 있는 꽃무늬 커튼이 보인다. 내가 왼쪽으
로 반의반 바퀴 돌면 마주하는 벽 쪽에 일인용 침대가 길게 누워
있다.

나는 매일 밤 내 귀여운 둥지인 침대 위에서 잠을 잔다. 주로 소
주를 마시다 말고 침대에 기어올라가 누운 적이 많다. 벌렁 드러누
운 다음 나는 둘둘 말린 얇은 면이불을 펼치기 위해 발가락에 이불
을 걸고 무릎을 세웠다 뻗었다 하는 운동을 격렬하게 반복한다. 이
런 다릿짓을 반복하면 이불이 그럭저럭 덮을 만하게 펴진다. 때로
이불이 뒤집혀 펼쳐지는 경우도 있는데 그럴 때면 이불을 도로 뒤
집느라고 용을 쓰는 내 숨소리가 사뭇 시끄럽다. 잠을 잘 만반의
태세를 갖춘 나는 침대 밑으로 손을 뻗어 방바닥에 수북이 쌓여 있
는 책 중에서 하나를 집는다. 나는 모로 누워 책을 읽기 시작한다.
베개에선 절어든 머릿내가 나고 이불의 위쪽은 누르스름하고 끈
끈하다. 이렇게 턱과 목에 닿는 면이 더 때가 타 있어서 이불의 위
아래를 분간하기는 안팎을 분간하는 것만큼 쉽다. 이 모든 익숙한
느낌을 상쾌하게 받아들이면서 나는 잠자리에 든다. 몹쓸 병을 얻
어 조강지처의 품에 안주하게 된 바람둥이 서방처럼 죄스러우면

서도 일견 만족한 몸짓으로 나는 침대를 누비며 책을 읽는다. 그럴 때면 졸음에 겨운 또하나의 나는 몸을 가장 조그맣고 둥글게 만들어 책 읽는 내게 방해가 되지 않도록 애쓴다. 매일 밤 둥지 속에 든 두 개의 알처럼 잠자는 나와 책 읽는 나, 죄의식과 만족감이 한 침대 위에서 데굴데굴 구른다.

나는 다시 왼쪽으로 사분의 일 바퀴 돌아 창문을 등지고 선다. 그곳엔 책상과 컴퓨터 책상이 나란히 놓여 있고, 그 옆으로 열린 방문을 통해 지금 막 내가 통과해 들어온 복도와 복도를 마감하는 유리문이 보인다.

책상 위 책꽂이에는 천장을 찌를 듯이 책들이 높다랗게 쌓여 있다. 원래 책꽂이의 키는 그 반밖에 안 되지만 나는 책 중에서 크기가 일정한 전집류를 낮은 책꽂이 위에 닥치는 대로 쌓아올려놓았다. 책더미는 사뭇 쏟아질 듯 위태롭지만 다행히 아직 무너져내린 적은 없다. 나는 책상 서랍을 열어 열쇠와 이삿짐센터 계약서를 넣는다. 서랍 구석에 꽃핀이 녹슨 채 뒹굴고 있다. 나는 분홍색 꽃핀을 만지작거리며 닿는 금속 모두를 녹슬게 하는 내 정신의 습기에 대해 잠시 생각한다. 그리고 그것을 가둘 수 있기라도 하듯 서랍을 딸깍 닫는다.

그 옆에 놓인 컴퓨터 책상은 이 방에서 가장 산뜻한 가구이다. 바퀴가 달린 이동식 책상으로 고급 사무용 가구들이 대개 그렇듯이 옅은 회색빛이다. 나는 자랑스레 컴퓨터 책상의 둥근 모서리를 쓰다듬는다. 모던함 탓으로 이 방에서 가장 이질적인 존재이기도 한 이 책상 위에는 이 방에 가장 어울릴 법한 구닥다리 컴퓨터와 프린터가 놓여 있다. 나는 이 컴퓨터를 자주 이용한다. 이 기계의 오만한 특징은 오락 프로그램을 하나도 내보내지 않는다는 데 있다. 용량 때문이 아니라 오로지 고매한 품성 탓으로 이 낡은 기계는 모든 오락 프로그램을 사절했다. 그리하여 나 또한 오직 워드프로세서 프로그램만 가지고 논다. 내가 밤늦게까지 컴퓨터 앞에 붙어앉아 있으면 술을 먹고 싶어하는 또하나의 나는 초조한 듯 방안을 서성인다. 그 서성임을 내 무릎 위에 고정시키기 위해 나는 컴퓨터와 교제하는 동안엔 앉은 자리에서 술을 마실 수 있도록 산뜻하게 도련된 컴퓨터 책상 모서리에 소주병과 잔을 놓아둔다. 나는 모니터 화면에 얼굴을 바짝 붙이고 자판을 두드린다. 때로는 컴퓨터에 몰입하다 깨어나서 반찬 접시에 담뱃재를 떨었다는 걸 알고 손뼉을 치며 웃을 때도 있다. 아무리 하찮은 대상에라도 정신을 잃을 만큼 몰입하는 나를, 나는 아직도 좋아하는 급진적인 경향이 있다.

다시 몸을 왼쪽으로 살짝 틀면, 방에서 가장 키 큰 친구들인 옷장과 철제 책장이 장승처럼 버티고 있다. 철제 책장도 자기 키보다 더 커 보이도록 천장까지 책이 쌓여 있는 상태인데 내가 잠자리에서 읽는 책들은 대부분 이 책장 출신인 구닥다리 문고판 고전소설들이다. 나는 나를 재우기 위한 방편으로 분명한 장르 구분을 단행하고 있다. 천천히 잠에 빠지면서 다채로운 이야기를 꿈자리로 끌어들여 활동사진 같은 꿈을 생산하기에는 전통적 서사물이 좋다. 그러나 열심히 읽으면 읽을수록 몽롱한 상태를 심화시켜 늪처럼 깊고 액자처럼 정적인 꿈을 가꾸기에는 분절적인 자유 서사물이 좋다. 그날그날 내가 원하는 꿈에 따라 간택되는 책이 달라진다. 그렇다고 해서 내가 책을 이런 분류법에 따라 정돈해놓은 것은 아니다. 나는 이 방에 있는 먼지 한 톨이라도 게으른 내 성정에 맞게 배치되어야 한다고 생각하기 때문에 책장은 이 년 전 내가 처음 이사올 때 해놓은 대로 아수라장이다. 필시 한 번도 제대로 꽂힌 적이 없는 이 책 저 책들, 정치적으로나 기질적으로 도저히 상면하고 있을 수 없는 종류의 책들이 서로 분격한 채 맞붙어 대치하고 있다. 나는 책들의 이런 극한상황에 개의치 않는다. 책 하나를 찾기 위해 이중 주차된 책들을 헤집어 먼지를 날릴 때에도 나는 혼잣말을 하며 웃는다.

"영 게을러서 말이지……"

내 손길을 기다리는 방구석의 모든 것들에 대해 나는 늘 그렇게 말하고 다소 정나미 떨어지는 웃음을 웃는 버릇이 있다.

"아쉬우면 언젠가는 부지런해지겠지."

방안의 잡동사니들과 방 모퉁이 어딘가를 헤매고 있을 벌레들이 내 말에 선뜻 동의하는 기색이 없으면 나는 쑥스럽게 덧붙인다.

"아직 덜 아쉬운 거겠지."

아무리 아쉬워도 글쎄…… 방안 것들이 내심 나를 비웃는 걸 느끼고 나는 또 웃는다.

"그땐 또다른 모토가 생각나겠지."

오호, 이럴 때 나는 내 안에서 꿈틀거리는 무한한 종교성을 발견한다. 자랑스럽게도 내 몸속에는 기다림과 금욕적인 삶을 사주하는 위대한 피, 게으름을 운명으로 포용하는 철면피적 수도승의 혈통이 면면히 흐르고 있다. 그건 분명히 두부모 자르듯 부계 반 모계 반일 거라고 나는 확신한다.

이제 무대장치는 끝났다. 나는 원점으로 돌아가기 위해 경건한 마음으로 눈을 감고 마지막 사분의 일 바퀴를 돈다. 눈을 뜨면 낯익은 꽃무늬 커튼이 보인다. 드디어 나는 제자리를 찾았다. 그렇다! 더이상 의아할 것은 없다! 이 방의 가구들은 모두 벽에 붙어 있지 않다. 어떤 것은 십 센티쯤, 어떤 것은 그보다 훨씬 더 많이 벽에서 뛰쳐나와 있다. 심지어 오른쪽 벽 구석에 놓여 있어야 할 옷장은 거의 방 중앙에 육박할 만큼 진군해 있다. 그러나 정말 이상할 것은 조금도 없다.

나는 원점의 위치에서 털썩 주저앉아 면벽 수도하듯 마주 보이는 벽의 아랫도리를 바라본다. 꽃무늬 커튼 아래의 벽지들은 조금씩 젖어 있다. 방바닥에서 가까운 순서로 까맣게, 파랗게, 노랗게. 어제 비가 오지 않았으므로 벽지는 더 젖지도 덜 젖지도 않았다.

짓무른 눈처럼 항상 젖어 있는 그만큼이다.

　방의 벽지를 젖게 만드는 요인은 외부에 있다. 정면으로 보이는 벽의 바깥, 곧 깊은 무대보다 더 깊은 쪽은 땅과 접하고 있다. 부동산업자들은 이 방을 반지하라고 부른다. 집주인은 경사진 땅을 후벼파 동굴처럼 어여쁜 방을 만들어 싼값에 세놓았다. 첫 세입자인 나는 가구들이 벽에 들러붙어 같이 썩어가는 것을 방지하기 위해 가구들을 모두 벽으로부터 떼어놓았다. 그래서 나의 젖은 방은 수선스러운 헛간과도 같이 막 이사갈 차림을 하고 있다. 그 차림에 맞게끔 나는 정말로 이사를 나가는 것이다.

　일주일 남았다. 비 맞은 나무에 얹힌 새둥우리처럼 아늑하고 축축한 침대에 걸터앉아 나는 일주일이란 도대체 얼마만큼의 시간을 의미하는지 가만히 생각해본다. 기다림은 시간에 대한 의식을 새롭게 한다.

그 이름 아그네스

진정한 의미에서 나의 대학 생활은 그날의 구토로부터 시작되었다.

대학에 입학한 지 한 달이 채 못 되었을 무렵 나는 학생식당에서 점심을 먹고 서클룸에 들렀다가 재미있는 구경을 가자고 권유하는 선배를 따라나섰다.

"너 여기 말고 뭐 다른 서클에도 가입했니?"

"아직은요……"

나는 잠시 뜸을 들인 후 물었다.

"지하서클 말씀하시는 거예요?"

나는 지하서클이 있다는 걸 알뿐더러 그걸 바로 '지하서클'이라고 부른다는 것까지 알고 있다는 걸 과시하려고 나름대로 또박또박 야물딱지게 물었던 것인데, 선배는 내 지식을 별로 기특히 여기는 기색이 없었다.

"지하서클? 그래, 어쨌든 그런 데 가입했냐고?"

"아뇨, 아직은……"

"가입할 생각은 있고?"

"잘 모르겠어요."

나는 다시금 똘똘한 후배로 보이길 원하면서 진지한 얼굴로 물었다.

"선배님, 지하서클에서는 무슨 공부 해요?"

"지하서클?"

"네."

"지하서클, 지하서클 하니까 이상하다. 보통 언더라 그래."

나는 잘 알아듣지 못했다.

"그게 뭐예요?"

"네가 말하는 지하서클이랑 같은 거야."

나는 글쎄 그게 무슨 말이냐고 되짚어 물어볼 용기가 없었다. 지하서클을 지칭하는 더 심오하고 중요함이 틀림없는 그 말을 나는 이후 다른 경로를 통해 금세 알아냈고 그 말이 고작 '언더서클'의 준말일 뿐이라는 데 실망했지만, 그래도 하나를 깨쳤다는, 심지어 정복했다는 기쁨에다, 언더를 아는 애들과 모르는 애들로 나눈다면 내가 아는 편에 속하게 되었다는 기쁨을 보탰다.

대학 풋내기 시절 내가 무엇보다 우선적으로 해야 할 일이 있었다면 그건 한시바삐 어른이 되는 것이었다. 어른이란 모름지기 '정치'와 '성'에 대해 확고부동한 입장을 갖추고 있어야 하는 법이다. 따라서 내 수련 과정에 필요한 것은 '정치 용어 사전'과 '성 용어 사전'이었다. 두 사전이 없으면 대학 사회에서 운영되는 소통 체계에 적응할 수 없었다. 내가 잘 알아듣지 못한 '언더'라는 말은 운동권 약어나 은어에 하루빨리 통달해야겠다는 강박관념을 형성한 첫 동인이었다. 나는 언더라는 말을 정치 용어집 한 귀퉁이에 신중하게 기입했다. 그리고 남은 한 가지, 성에 관한 한 나는 성기에 얽힌 욕설들에 꽤 익숙하다는 이점을 갖고 있었다. 열한 살 때 욕쟁이 첫째 이모가 여덟 살 난 민정이와 함께 우리집 대문을 들어선 이후로 나는 막힘없이 욕을 해대는 첫째 이모 덕분에 일찌감치 거친 욕설을 귀동냥해왔다. 그러나 그런 잡스런 욕을 넘어서, 형태를 알아볼 수 없이 줄어들거나 변주된 온갖 욕설, 여러 가지 불경스럽고도 속악한 용어나 농담 등을 어원적으로 정확히 이해하기 위해 '성 용어 사전'의 필요성이 절실히 대두되었다. 당시 내 머릿속에서는 두 사전이 숨가쁘게 편찬되고 있었다.

선배가 나를 데려간 곳은 인문대학 앞마당이었다. 세 면이 건물에 둘러싸인 작은 광장 같은 앞마당에는 수십 명의 학생이 무질서하게 흩어져 있었다. 선배는 아는 사람들과 의미심장한 눈짓을 주고받기도 하고 은밀히 수군거리기도 했다. 나는 혹시 선배가 내게 호감을 갖고 있어서 자기 친구들에게 나를 가리켜 보이면서 참하지 않으냐고 묻고, 그 친구는 또 그 친구 나름대로 내게 느낀 치명적인 매혹을 감추느라 전전긍긍하면서 동상이몽의 대화를 나누고 있는 게 아닌가 하는 즐거운 의혹에 빠져 무심함을 가장한 채 그들이 대화하는 양을 눈여겨 살폈다. 그러나 용의주도한 그들은 결코 그런 기색을 쉽게 드러내지 않았다.

나는 혼자 서 있다가 뜻밖에도 잔디가 깔린 동그란 언덕 쪽에 몰려 있는 신참 동급생들을 발견했다. 잔디동산이라 불리는 언덕 양편에 촘촘히 늘어선 나무들은 겨울의 잿빛과 봄의 연둣빛 중에 무엇을 선택해야 할지 몰라 나만큼이나 수줍게 허둥대고 있었다. 잔디동산 위에 있는 친구들 중엔 지명호도 끼어 있었다. 내가 지명호를 처음 본 것은 신입생 환영회 자리에서였다.

*

공식적인 단과대별 신입생 환영회가 끝난 후 과선배들은 신입생들을 몇 개의 조로 나눠 중국집으로 안내했다. 우리 일행이 중국집에 도착했을 때 커다랗고 을씨년스러운 방에는 먼저 도착한 학생들이 죽 둘러앉아 있었다. 학생들이 속속 도착했고 나는 안쪽으로 밀려들어갔다. 본격적인 환영회가 시작되기 전까지는 조용하고 어색한 분위기였다. 저녁으로 자장면과 우동 중 하나를 시키라고 해서 시끌벅적해진 가운데 소란을 뚫고 이런 물음이 들려왔다.

"재수했어요?"

맞은편에 앉은 남학생이 고개를 비스듬히 하여 쏘아보는 눈초리로 나를 보았다. 그 질문은 나를 향한 것이 분명해 보였지만 혹시라도 내게 물은 게 아닌데 선뜻 대답하면 망신스러울까 싶어 나는 잠시 주춤했다. 두리번거리는 나를 보면서 그는 보일 듯 말 듯한 턱짓으로 대답해야 될 사람이 나라는 걸 확인시켜주었다.

"아뇨, 안 했는데요."

"재수한 줄 알았네."

왜 그런 끔찍한 오해를 했는지에 대한 한마디 해명도 없이 그는 눈길을 다른 데로 돌렸다. 내가 자장면 쪽에 손을 들었을 때 그도 손을 들었다. 나는 쌀쌀맞고 기분 나쁜 눈초리로 무례한 질문을 해댄 당사자를 간간이 노려보았다. 그는 뭐가 마음에 안 드는지 인상을 찌푸린 채 옆에 앉은 친구를 쿡쿡 찔러 곱지 않은 말투로 불평을 늘어놓았다.

식사가 나오기 시작했을 때 나는 그를 본격적으로 관찰할 기회를 가졌다. 주방 입구 쪽에 앉은 그는 날라져오는 식사 쟁반을 받아 이리저리로 돌리는 일을 맡아 했는데 움직일 때마다 약간 마른 몸에 딱 보기 좋게끔 달라붙은 청바지가 제법 중국집 보이처럼 어울렸다. 그릇을 다 돌리고 나서 그는 왜 하필 자기가 이런 일을 맡아 했던가 물밀 듯한 회의가 밀려오는 포즈로 털썩 주저앉더니 자장면을 그릇째 반짝 들어 턱밑에 받치고 쭉쭉거리며 먹었다. 자장면은 아주 따뜻하고 맛있었다.

내가 식사를 마치고 고개를 들었을 때 그는 고개를 삐딱하게 기울여 담배를 빨고는 턱을 살짝 치켜들어 천장 쪽으로 연기를 내뿜고 있었다. 그러곤 핥아놓은 개밥그릇처럼 말끔한 자장면 그릇에 담뱃재를 톡톡 떨었는데, 그 미세한 손짓에서도 어딘가 모르는 겉멋, 다소 의식적인 건들거림의 기미가 풍겨왔다.

과 회장 선배가 일어나 자기소개를 했고 다른 선배 하나가 사회를 보았다. 사회자는 신입생들에게 한 명씩 돌아가면서 자기소개를 하도록 시켰다. 주로 타인의 발음을 통해서만 귀에 익은 내 이름을 직접 내 입으로 말하고 소개하는 것은 낯설고 계면쩍은 경험이었다. '자기소개'는 인생의 새로운 단계, 새로운 세계로의 진입을 암시했다. 다들 자연스럽게 나를 알고 있으려니 하는 유년의 수동성을 넘어 당당히 내가 바로 아무개라고 자기를 주장해야 하는 세계, 서로의 존재를 매번 정겨운 방식으로 일깨우는 공동체가 아니라 각지고 독립된 개체의 삶을 책임져야 하는 사회, 그런 어른들의 세계로 진입하기 위해 우리는 자기소개를 해야 했다. 자기소개라는 절차는 일종의 폭력성을 내포하고 있었다. 소개자는 자기 이름을 모두가 알아들을 수 있도록 명료히 발음해야 했고, 청중은 소개자가 임의로 요약한 그 혹은 그녀의 존재성을 강제로 받아들여야 했다. 자기소개는 소극적인 자들이 도태되고 적극적이고 용감한 자들만이 살아남는 세계로의 입사식이었다. 불리기를 기다려서는 안 되고 어떻게든 적극적으로 부르심을 유도하는 방식, 다른 사람들이 자기 이름을 한시바삐 소비하도록 이름을 세일하는 방식이었다.

갑자기 맞은편에 앉아 있던 그가 벌떡 일어났다. 사회자로부터 그에 이르기까지 많은 신입생들이 앉아 있었는데 나는 그들의 세일을 몽땅 놓쳐버렸다.

"지명홉니다. 성일고 나왔고 재수했습니다. 잘 부탁합니다."

그는 뭘 더 말할 것처럼 시간을 끌다 또 한번 물밀 듯한 회의가 밀려오는 포즈로 주저앉았다.

'재수는 지가 해놓고……'

그에 대한 원망도 잠깐이었다. 나는 내 차례가 다가오는 것을 손에 땀을 쥐고 기다렸다. 그날 사회자와 지명호 사이에 앉아 있던 학생들이나 지명호와 나 사이에 앉아 있던 학생들은 내게 없던 것과 마찬가지였다. 사회자가 소개를 하라고 하자 바로 지명호가 일어났고, 바로 다음에 내가 일어났고, 그러자 모든 소개가 끝이 났던 것으로, 신입생이라고는 그와 나밖에 없고 선배라고는 과 회장과 사회자밖에 없었던 것으로 나는 그날의 일을 기억한다.

나는 나를 어떻게 소개해야 할지 몰랐다. 가장 나쁘지 않은 방식은 내 목의 역사에 대해 이야기하는 것이었으리라. 태어날 때부터 나는 새처럼 목이 길었고 이제 그 목은 무언가를 향해 뻗어나가려 한다고…… 나를 소개하기 위해서는 내 탄생의 신화를 이야기

하지 않을 수 없다고…… 그러니 다소 길더라도 부디 나의 파랑
새 신화에 귀기울여달라고……

*

나는 장마가 끝나갈 즈음에 태어났다. 그때 아버지는 서른여덟
이었고 어머니는 그보다 열세 살 아래인 스물다섯이었다. 젊어서
부터 줄곧 배를 타며 자유롭게 살아온 아버지가 서른셋이나 되어
결혼을 결심한 것은 동네 매파가 들려준 어떤 가련한 처녀에 대한
이야기 때문이었다. 아버지에게 결혼은, 암소 주인이 바라본 냄비
처럼 몹시 그럴듯하게 보이긴 하지만 호기와 방탕, 그 무한한 자유
의 암소와 바꿔치기하고 싶을 만큼 대단치는 않은 것이었다. 그러
나 노인의 냄비가 말을 걸어왔듯 늙은 매파의 입을 빌려 어떤 처녀
가 말을 걸어왔다. 아버지는 요절할 운명을 타고났다는 스무 살짜
리 처녀의 이야기를 전해듣고 한 번도 본 적 없는 그 처녀가 마치
자기를 데려가달라고 직접 말을 건네고 있기나 한 듯한 기분이 들
었다.

'저를 데려가주세요. 분명히 후회하지 않으실 거예요.'

아버지는 이 가련한 청혼의 속삭임에 암소 주인과 똑같은 생각
을 했는지 모른다.

'흠, 보지도 않은 처녀가 말을 하다니…… 말을 할 수 있다면 아

마 그 밖의 다른 것들도 할 수 있을지 몰라.'

아버지는 서른셋의 삶이 시키는 대로 했다.

어머니가 요절할 팔자라는 점괘에 기절초풍을 한 외할머니는 그나마 나이가 많이 층지는 데로 혼인을 정하면 목숨을 이어 살 수가 있다는 늙은 점쟁이 겸 뚜쟁이 여인의 말을 신주 모시듯 하여 갓스물인 맏딸을 신원 불명인 서른셋의 노총각과 냉큼 결혼시켰다.

부모님은 내 위로 딸 하나를 두었다. 내가 태어났을 때 언니는 다섯 살이었다. '또 딸'이라고 외할머니가 죄스러워 중얼거리는 말에 휴가중이었던 아버지는 그저 어깨를 으쓱하고 말았다. 딸이라는 말 앞에 붙은 '또' 자 때문에 나는 이름이 지어지기 전부터 '꼭지'라고 불렸다. 아무도 갓 태어난 나를 미워하지 않았지만 모두들 더이상 상황이 이런 식으로 지속되어선 곤란하다는 우려가 담긴 '꼭지'라는 별칭을 내게 붙임으로써 내 존재의 고유성을 암암리에 부정했다. 본의 아니게 나는 복수하듯 꼭지로서의 사명을 완수했다. 나는 내가 태어난 이후 딸만 마감한 것이 아니라 아들까지도 마감했다.

내가 태어난 새벽 아버지는 방 앞 쪽마루에 조는 듯 마는 듯 걸터앉아 있었다. '또 딸'이 태어났다고 하는 장모의 목소리, 장중하기는 고사하고 모기 소리처럼 기어들어가는 운명의 목소리를 듣고 어깨를 으쓱한 지 얼마 지나지 않아 아버지는 흐릿하게 내려앉은 새벽하늘을 배경으로 새가 빠른 속도로 날아와 마당을 가로질러 지나가는 것을 보았다. 새로운 딸의 아버지가 된 지 얼마 지나지 않은 그의 눈에 이것은 대단히 놀라운 의미를 담고 있는 징조로 보였다. 새로 태어난 딸이 그를 쏙 빼다박았다는 장모의 급조된 위안을 듣는 순간 이 놀라운 의미는 더욱 분명해졌다. 아버지는 자신이 직접 본 광경인지 아니면 임의로 갖다붙인 의미인지 분별할 경황도 없이 조금 전에 목도한 광경을 장모에게 알렸다.

"어무이, 제가 여 앉아서 까무룩이 졸고 있는데 말씸입더, 퍼뜩 뭣이 지나가는 기라, 확 깨보이 새 한 마리가 안 있십니껴? 새 한 마리가 여기 처마밑으루다가 쏜살같이 들왔다가 마당을 몇 바쿠 돌두만은 멀리 날아가뿌는데 고때 딱 어무이께서 아가 태났다 안 합니껴."

"엉? 새가 날아왔어?"

"예. 새도 뭣이냐, 거 파아란 파랑새 안 있십니껴? 파랑새가 처마밑으루 들왔다가는 마당을 딱 세 바쿠 돌두만은 날아가뿌따니까예."

아버지는 지긋지긋한 장마가 끝나기를 기원하며 조금 전에 날아가버린 새에게 한 점 구름 없는 푸른 하늘빛을 실어보냈다.

"파랑새가 마당을 딱 세 바쿠 돌구 갔으문…… 가만있자, 시방 태난 저게 보통 복뎅이가 아닌 모냥인데. 아이구, 자네가 복뎅이를 낳았구만, 손서방."

"파랑새가 복뎅입니껴?"

"아무럼, 파랑샌데. 이제 자네두 떵떵거리면서 한가락 하구 살려나보네. 딸이라구 섭해 말게, 그게 복뎅인걸."

"딸이면 어떻고 아들이면 대숩니껴? 지는 그런 건 괘안씸더, 장모님. 그런 쑤잘데기없는 걱정은 하도 마이소."

"자네가 그리 말해주니, 말이라도 고맙소."

이리하여 꼭지의 '파랑새 신화'가 생겨났다. 파랑새 이야기는 이웃에도 퍼졌다. 딸만 내리 낳은 어머니는 누가 또 딸이라고 쯧쯧 혀를 차기라도 할 양이면 지레 발이 저려 기운 없는 와중에도 남편의 생생한 파랑새 목격담을 한껏 정확하고 풍부하게 전달하려고 기를 썼다. 첫딸이 반 남짓 삼분지 일 남짓 아비를 닮은 데 비해 이번의 꼭지는 우리네 얌전한 입으로 밝힐 수 없는 딱 한 가지 부위만 제외하곤 백에 아흔아홉으로 완전히 아비를 빼다박았을뿐더러, 이 무슨 길조인지 바로 그 아비가 딸이 태어나기 직전에 파랑새가 쏜살같이 날아들어와 마당을 딱 삼세번 돌고 나가는 것을 두 눈 번히 뜨고 지켜보았으니, 아들 못 낳은 게 결코 서러울 일이 아니고 오히려 이 딸을 못 낳았던들 절대적으로 큰 변고가 생길 뻔하지 않았느냐고, 이웃들이 남 먼저 말해줄 때까지 어머니는 온갖 기운을 빼가며 파랑새 이야기를 되풀이했다. 이때 당사자인 아버지가 한술 더 뜨면 더 떴지 묵묵히 있었을 리 없이, 아내가 말한 내용이 자신이 최대한도로 의미 부여한 범위에 미치지 못할 때는 가차

없이 나서서 부연 설명을 했다. 술이라면 사족을 못 쓰는 아버지는 딸을 낳았음에도 불구하고 파랑새 이야기를 안주 삼아 아들 낳은 것 뺨쳐먹게 많은 술을 샀고 더 사지 못해 안달을 했다. 아버지가 늦게 얻은 막내딸 때문에 얼마나 많은 술을 느럼치레기로 곰삭게 사대었는지 어머니는 아버지가 배를 타고 떠난 후에야 그 술빚과 노름빚의 실태를 파악하고 기절초풍을 했다.

여러 의미에서 나의 출생은 하나의 신화를 창조했다. 몸이 약해 아기를 잘 갖지 못하는 어머니는 나를 낳은 지 일 년 뒤에 바로 임신을 했다. 파랑새 신화를 제대로 이해하지 못한 몽매한 이웃들이 이렇게 바로 뒤미처 들어서는 애는 십중팔구 아들이라고, 이제 손씨네도 아들 보게 됐다고 미리 축하를 해대는 걸, 어머니는 한사코 뽐내기를, 남들처럼 아들 바라고 더 낳을 우리로 알면 큰코다친다고, 요즘 세상은 딸 하나가 열 아들 노릇 하는 세상이라고, 게다가 막냉이가 태어날 때 일어난 그 심상찮은 징조를 도대체 뭘로 보고 그런 불경스런 소리를 하느냐고, 이웃들이 보기에뿐만 아니라 외할머니가 보기에도 얼토당토않은 짓을 하고 말았다. 꼭지의 파랑새 신화에 발목 잡힌 어머니는 아버지의 동의하에, 이웃의 말에 의하면 '고추임이 분명한' 뱃속의 것을 낙태시켰다.

부모님이 나를 합리화하는 방식 속에는 이미 나에 대한 수치심이 숨어 있었다. 부끄러움이 신화를 만들어냈고 신화에 족쇄가 채워진 그들은 차마 더는 아기를 낳을 수 없었다. 신화는 그 유일무

이성에 의해 권력을 보전하는 법이다. 그들은 입에 침이 마르도록 유포시킨 파랑새 신화를 거울삼아 그것에 비추어 한 치도 부끄러운 짓을 할 수 없었다. 내가 이런 수치심을 합리화하는 수단일 수밖에 없도록 길러진 것은 당연했다. 나의 출생은 나의 양육 방식을 결정했다.

민담 속의 냄비는 과연 가난한 부부의 기대를 저버리지 않았다. 냄비는 기특하게도 그 밖의 다른 것들도 할 수 있었다. 가난한 부부를 위해 부잣집으로 뛰어가 막 구운 푸딩이나 다듬은 밀이나 금화 따위를 냄비에 가득 담아 돌아왔다. 가난한 부부는 암소를 냄비와 바꾸기 잘했다고 손을 맞잡고 기뻐했다. 부디 아버지와 어머니도 똑같은 평가를 내렸기를…… 냄비 뚜껑을 열었더니 파랑새가 포르르 날아올랐고 그 새는 아버지를 쏙 빼닮아 목이 아주 길었고 파랑새가 출현한 후로 월급이 달러로 지급되었고 그러면서 눈먼 돈들이 냄비에 가득하게 되었고 그것으로 모든 게 만족스러웠다고. 다만 신화의 효력은 십 년 동안만 유효했다. 냄비의 돈은 십 년 동안만 쌓였을 뿐 내가 열한 살이 된 후부터는 계속 줄어들었다.

내가 열한 살이 될 때까지 우리 세 모녀의 생활은 선원인 아버지의 지휘봉에 의해 '열 달의 항해'와 '두 달의 휴가'라는 박자로 연주되었다. 때로 아버지의 항해가 길어지거나 짧아지면 우리 세 모녀는 놀라거나 감탄하는 정조를 실어 단조로운 삶의 멜로디를 조율했다. 유난히 긴 내 목은 홀홀 세상을 떠도는 뱃사람의 막내딸 노릇에 적합했다. 나는 아버지를 열 달 동안 잃고 두 달 동안 되찾는 놀이를 계속했다. 나는 이 놀이가 영원히 끝나지 않을 줄 알았다. 그러나 내가 대학에 입학하기 직전에 아버지는 덜컥 실직을 했고, 줄곧 아버지를 기다리며 자라났던 내 목은 그 밖의 다른 것들을 향해 뻗어나가지 않으면 안 되었다. 목이란 부위는 무엇인가를 기다리는 데도 적합하지만 무엇인가를 찾는 데도 적합할 것이라고 열아홉의 나는 믿었다. 나는 대학에서 그 밖의 다른 무엇인가를 찾으려 했다……

*

이런 말들을 차분히 풀어놓을 수만 있었다면 나의 소개는 아마 가장 폭력적이지 않은 자기소개가 될 수 있었을 것이다. 그러나 나는 내 차례가 되자 달달 떨면서 자리에서 일어나 평범하고도 단순한 내 몫의 소개를 간신히 해치웠을 뿐이다. 소개가 끝나자 소주 열댓 병과 짬뽕 국물이 들어왔다. 지명호는 술을 연거푸 잘도 마셨다. 나도 그처럼 소주를 잘 마시고 싶었다. 선배들이 노래를 시작했다. 신입생들이 〈선구자〉나 〈아침 이슬〉 같은 노래를 따라 불렀고 선배들이 새로운 노래를 몇 가지 가르쳐주었다. 한 무리의 여학생이 기숙사에 들어가야 할 시간이라며 일어날 때 나도 아쉬움을 거두고 함께 일어났다. 중국집 방문을 나서는데 그가 돌아보았다.

"우리 인사해요. 지명홉니다. 아까 이름이……"

그가 손을 내밀었다. 비록 재수했냐는 질문을 던지긴 했지만 처음에도 나를 알은척해주고 마지막에도 나를 알은척해주는 그에게 나는 호감을 느꼈다. 나는 그와 악수를 하면서 힘들여 내 이름을 발음했다.

"저, 손, 미, 옥, 이에요."

"아, 맞다, 손미옥!"

그가 무릎을 치며 내 이름을 단번에 기억해주는 바람에 나는 기뻤다. 그는 내 기쁨을 배로 증폭시키면서 이렇게 말했다.

"그쪽이랑 뭔가 얘기 한번 해보고 싶었는데 벌써 가야 돼요? 다음에 보면 인사하고 지냅시다."

"그래요."

"잘 가요."

그는 막 악수를 마쳤다는 걸 잊었는지 또 손을 내밀었다. 나는 다시 그의 손을 잡았다. 그날 밤 나는 집으로 돌아가는 버스 안에서 지명호와 나의 관계에 대해 섣부른 공상을 했고 기쁜 나머지 보이를 부르듯이 손뼉을 두 번 짝짝 쳤다. 실직한 아버지가 마루에서 밤늦도록 텔레비전을 보고 있는 집에 들어서는 순간 나는 그런 공상이 얼마나 터무니없는지를 깨닫고 빙글빙글 웃었다. 어쨌든 대학은 놀라운 곳일 거라고, 그날 밤 나는 가는 목을 설레설레 흔들며 기대감에 부풀었다.

*

잔디동산에서 본 명호는 교련복 바지를 입고 있었다. 그에게는 교련복 바지도 청바지만큼 잘 어울렸다. 아는 친구들을 만났다는 표를 내고 싶어서 나는 선배에게 친구들 쪽으로 가겠다고 말했다.

'선배님은 결코 나를 보내고 싶어하지 않을 거야.'

내 예감은 적중했다.

"그냥 여기 있어!"

선배가 무뚝뚝하게 말했다. 문득 조용하던 새가 깃을 털고 날아갈 준비를 할 때처럼 주위가 부산스러워졌다.

"왔군!"

선배는 나지막이 말하더니 〈흔들리지 않게〉를 힘차게 부르며 인문대 광장을 향해 전진했다. 나는 황급히 선배 뒤를 따랐다. 선배와 나는 광장 가장자리에 있는 계단에 앉아 노래를 불렀다. 명호네를 돌아보았더니 그들은 주섬주섬 잔디동산에서 털고 일어서긴 했으나, 와서 모여 함께 하나가 되어 물가에 심어진 나무같이 흔들리지 않을 생각은 않고 그대로 서 있었다. 언제 모였는지 어느새 광장 가운데에도 계단에도 많은 학생들이 앉아 있었다. 노래가 끝나자 누군가 구호를 외쳤고 학생들이 구호를 복창했다. 학장이 물러나야 한다는 내용이었다. 선배는 옆에 얌전히 앉아 있는 나를 보고는 그제야 나를 여기까지 데려온 자신의 임무를 깨달은 듯 이것저것 일러주기 시작했다. 나는 그동안 선배에 대해 쑥스러운 오해를 했던 것을 속죄하려고 성심껏 그의 말에 귀를 기울였다.

"저 뒤에 고동색 양복 입은 사람 있지? 저 사람이 학장이야."

"네에, 학장이요."

"저 남색 양복, 저 사람이 우리 과 학과장이야."

"네에, 학과장이요."

"저기 나와 있는 사람들은 다 보직교수야."

"아, 네에?"

학생들이 그들을 향해 무엄하게 소리를 질러대기에 그런 대접을 받아도 마땅한 인간들이겠거니 생각했는데 그들이 전부 교수라니, 내 속에 숨어 있던 얼간망둥이 같은 신출내기 여학생은 잠시 경기를 일으켰다. '교수'라는 말은 '학장'이니 '학과장'이니 하는 말들보다 훨씬 구체적이었다. 막무가내로 교수님을 공경해야 한다는 명백한 관념이 깨졌다. 그 관념은 너무나 쉽고 자연스럽게 깨졌고, 게다가 나는 이미 그 상황에 속해 있었다. 나는 교수님들께 주먹을 올러대며 물러나라고 소리를 지른 무리와 한패였다. 내가 처한 상황을 잘 이해하지 못하고 고개를 갸우뚱거리는 못난 계집애가 내 표정을 기웃거리지 못하도록 엄중히 단속하느라 나는 가능한 한 잔혹한 눈길로 보직교수라는 이들을 살펴보았다. 나는 그들 중에서 철학 개론을 강의하는 한 교수를 알아보았다. 이틀 전 수업시간에 그는 교탁을 가리키며 이렇게 질문한 바 있었다.

"탁자가 여기 있습니다. 우리가 이 탁자를 보거나 만지거나 하지 않는다면, 그런데도 우리는 어떻게 이 탁자가 여기 있다고 확신할 수 있습니까?"

나는 철학자들이 그렇게까지 의심이 많은 것에 놀랐다. 그러나 수업이 끝나고 강의실을 나서다 문득 교탁과 책걸상을 돌아본 나는 그것들이 밤새도록 그 모습 그대로 빈 강의실을 지키고 있을 거라고 장담하는 일이 생각만큼 쉽고 간단한 일이 아니라는 걸 깨달았다. 나는 돌연 의심을 품었다. 탁자나 책걸상들이 어둠 속에서 소리 없이 움직이거나 내가 평소에 보았던 것과는 판이한 형태로 변형되거나 심지어 잠시 사라지기까지 하는 광경을 상상하면서 나는 교수가 던진 질문의 요체를 제대로 간파했다고 믿고 만족했다. 철학 또한 상상력에 기초한 학문이었던 것이다.

철학 개론 교수는 뒷짐을 진 채 꼼짝 않고 서 있었다. 때로 그는 고동색 양복을 입은 거구의 학장에 가려 보이지 않았다. 내가 그를 보지 못하는 짧은 시간 동안 과연 그가 학장 뒤에 서 있다는 걸 나는 어떻게 확신할 수 있을까. 나는 그의 존재와 부재 사이에서 생각의 갈피를 잃었다. 나는 사고의 분열을 참고 견디면서 선배 흉내를 내어 주먹 쥔 손을 들었다 내렸다 했지만 불경스런 일을 저지르고 있다는 느낌에 괴로웠다. 기진맥진한 나는 선배에게 도움을 청했다.

"선배님, 보직교수가 뭐예요?"

"직책을 맡은 교수야. 근데 그 직책이란 게 우리한테는 순 엿같은 거거든."

선배는 뭔가 미진한 듯 깊은 한숨을 쉬더니 이렇게 덧붙였다.

"저런 어용들하곤 안 부딪치는 게 장땡이야."

갑자기 보직교수들이 학생들 사이로 뛰어들었다. 그들은 학생들에게 해산할 것을 종용하다못해 두 팔 걷어붙이고 직접 나서서 학생들을 끌어 일으키며 무슨 과냐, 학생증을 내놔라 하면서 닦달했다. 철학 개론 교수는 제자리에 선 채 고함을 지르고 있었는데 뒷짐을 푼 양팔이 축 늘어져 흔들렸다.

선배의 말과 그 광경을 합성하고 나니 이제껏 내가 교수들의 풍모에서 발견했다고 믿었던 연륜과 위엄의 특징이 역으로 비열과 교활의 특징으로 보였다. 내 얼굴을 감싼 주머니 안에서 송곳처럼 삐져나올 기회를 호시탐탐 노리고 있던 순진한 신참자는 앞으로 강의를 들을 때 눈을 어디에 두어야 할지 마음을 어디에 두어야 할지 혼란에 빠졌지만 단호하고 무뚝뚝한 선배를 닮아가려는 나의 극기심은 무사히 그녀의 반발을 진압했다.

집회는 흐지부지 끝났다. 주동자도 없고 정치적인 목적의 집회도 아니라서 별 위험이 없다고 판단한 보직교수들이 일제히 퇴장하자 그 뒤에서 어슬렁거리던 사복들도 가버렸고 공격 대상을 잃은 학생들은 김빠진 노래와 구호로 잠시 집회의 생명을 연장하다 하나둘씩 흩어졌다. 선배는 나를 학생회관 서클룸에 데려가 오늘의 집회에 대해 한바탕 질문을 해댈 눈치였지만 나는 어떻게든 명호네와 합류하고 싶었다. 그러나 내가 명호네 쪽으로 쭈뼛쭈뼛 걸어간다는 것도 마뜩잖았다. 다행히 학생회관으로 가려면 명호네가 있는 잔디동산에서 가까운 지점을 통과해야 하기 때문에 나는 거기에 온 희망을 걸었다. 명호네를 향해 가고 싶어서가 아니라 다른 원대한 목적이 있어서, 거기에 이르기 위해선 마지못해 그 지점을 통과하지 않을 수 없다는 사실을 명백히 보여주려고, 나는 선배와 중대한 얘기를 나누고 있는 체했다. 나는 얘기에 열중한 흉내를 내느라고 손가락으로 뭘 그려 보이기도 하고 선배의 말에 고개를 연신 끄덕이며 오만상을 찌푸려 보이기도 했다. 그러다 명호네와 가장 가까운 지점에 이르렀을 때 우연인 것처럼 힐끔 그들을 돌아보았고 그저 무심히 보았을 뿐인데 너희들 아직도 거기에 있었던 거냐 하는 식의 깜짝 놀라는 표정을 지었다.

명호는 나를 주시하고 있었다. 고맙게도 그는 내가 돌아보는 순간을 놓치지 않았다. 명호는 내게 자기네 쪽으로 오라는 손짓을 했다. 나는 멈춰 섰다. 나는 앞서가는 선배를 눈짓으로 가리키며 무척 곤란하다는 투로 고개를 갸우뚱해 보였다. 그래도 어렵사리 큰 희생을 무릅써보겠다는 결단을 나타내기 위해 왼손 집게손가락을 곧게 뻗어 선배의 등을 가리켜 보이고 오른손 집게손가락으로는 명호네를 콕콕 찍어 누르듯이 하여 기다려보라는 명령을 하달한 다음, 선배에게 단번에 거절당하고 말 게 뻔하지만 먼저 가시라는 어려운 청을 넣기 위해 힘차게 뛰어갔다. 나는 극히 곤란한 허락을 받아낸다는 인상을 줄 수 있게끔 시간을 끌고 싶었지만 뜻밖에도 선배는 아주 간단히 내 청을 허락하고 홀쩍 가버리려 했다. 내가 마치 선배를 제 힘으로 학생회관까지 갈 수 없는 환자 취급을 하며 근심스레 우물쭈물 몇 걸음 따라 걷고 있을 때 뒤에서 누군가 부르는 소리가 들렸다.

"손미옥!"

돌아보니 차종태였다. 종태는 내가 선배와 함께 줄행랑을 치려는 줄 알았던지 빨리 오라는 손짓을 했고 그것으로도 못 미더워 나를 향해 몇 걸음 다가오기까지 했다. 내 짐작에 차종태는 지하서클에 관여하고 있는 것 같았기에 나는 그에게 특별한 관심을 기울이고 있었다. 그와 나는 서로 불온한 서클, 당시의 서클들은 거의 다 불온했지만, 아무튼 불온한 서클에 가입한 사람끼리만 통하는 그런 얘기들을 몇 번 암시적으로 주고받은 적이 있었다. 그가 내 이름을 큰 소리로 불러주고 나를 향해 가까이 다가와주었으므로 나는 그에게 훨씬 더 진한 호감을 품었다. 나는 선배에게 공손하게 상체를 숙여 작별을 고하고 몸을 돌렸다. 그곳에 호수가 있었다. 호수의 암청색 표면과 호숫가에 놓인 크고 작은 잿빛 바윗덩어리와 호수를 가로지르는 하늘색 구름다리를 배경으로 펄쩍펄쩍 뛰어오는 종태가 보였다.

"왜?"

"우리끼리 소주 한잔하러 가려고 하는데……"

"소주?"

나는 가슴이 터질 듯 부풀어올랐다. 드디어 소주를 먹게 되었다는 환희를 깊이 감추면서 나는 앙큼하게 호수 쪽으로 눈을 돌렸다.

"너넨 참 좋겠다."

호수 위에 걸린 구름다리의 하늘빛이 참 촌스럽다 생각하며 종태를 바라본 순간 그는 버릇처럼 아랫입술을 살짝 깨물었다. 그리고 내가 이후에도 두고두고 설렘 없이는 회상할 수 없었던 미숙한 남자들 특유의 말투, 거절에 대한 두려움을 고스란히 보존하고 있지만 동시에 그런 망설임을 기어이 떨쳐버리고 마는, 어리숙한 듯하면서 다감한 말투로 그는 내게 권유했다.

"너도 같이 가자. 전에 소주 한번 마셔보고 싶댔잖아?"

종태와 내가 동급생들이 모인 잔디동산으로 올라갔을 때 명호는 다짜고짜 나를 쥐어박으려는 시늉을 했다.

"야, 손미옥! 내가 오라면 빨리 와야 될 거 아니야?"

"왔잖아!"

대답은 이렇게 했지만 그때 이미 나는 '명호네'에게 온 게 아니라 '종태네'에게 온 것이었다. 종태가 내 이름을 불러준 순간부터 그 집단을 식별하게 해주는 표지는 차종태로 바뀌었다. 밀란 쿤데라 식으로 말해서 명호로부터 날아온 우연의 새가 내 오른쪽 어깨에 내려앉았다면 종태가 띄워보냈다고 여겨지는 새로운 우연의 새는 내 왼쪽 어깨에 날아들었다. 온통 잡새 천지인 교정에서 내 이름의 양어깨에 내려앉아준 그리운 우연의 새들을 나는 아직도 잊지 못한다.

*

이름이 불려지는 걸 듣기 좋아하는 내 취향은 어머니로부터 비롯되었다. 잠자기 전의 나른함을 황홀한 꿈으로 바꾸어주던 어머니의 시 때문이었다. 나는 곳곳에서 내 이름이 불려지길 바랐다. 파랑새 신화의 주역인 내가 이곳저곳을 다니며 직접 내 이름을 소개하는 게 아니라 나도 모르는 사이에 모두가 입과 입을 통해 나를 잘 알고 있기를, 내가 영리하며 순수하며 독특하며 더할 나위 없는 여자라는 걸 모두 알고 있기를 바랐다. 어머니가 암송해주던 시 속에 등장하는 '아그네스'라는 이름의 여인처럼 다들 내 이름을 그토록 아름답게 불러주고 기억해주길 바랐다.

외척들이 우리집을 습격하기 전 우리 세 모녀끼리 도란도란 정답게 살던 시절만 해도 어머니는 언니와 내게 곧잘 시를 읊어주었다.

"어머니! 그 긴 시 좀 외워주세요."

잠자리에 들 시간이면 우리는 어머니에게 졸랐다.

"얘들은 잠 안 자고 맨날 무슨 시를 외워달래?"

어머니는 이렇게 말했지만 결국 우리의 요청에 못 이기는 체하고 본격적인 운동을 하기 전에 몸을 풀듯이 장시를 외우기 위한 준비운동으로 천천히 눈을 감았다. 나는 어머니의 얼굴을 빤히 올려다보며 시 낭송이 시작되기를 기다렸다. 어머니는 심호흡을 하고 조용히 시를 읊기 시작했다. 어머니가 시를 외우는 음조는 아주 특이했다.

"어둠의 장막이 내리면 바다는 더욱더 광폭해지다."

어머니는 숨을 한 번 깊게 들이쉬는 것으로 행을 분절했다.

"나 홀로 바닷가에 앉아서 춤추는 하얀 파도를 바라보고 있노라."

나는 어머니가 일러준 대로 시구 하나하나를 머릿속에 그림으로 만들어보려고 노력했다. 어둠이 내린 바닷가에 부서지는 하얀 물거품들…… 어쩐지 조금 무서운 생각이 들었다.

"그러면 내 가슴 파도와 같이 부풀어올라 깊은 향수가 내 맘을 사로잡도다."

어머니는 내 두려움을 가라앉히려는 듯 약간의 비음을 섞어 목소리에 달콤함을 실었다. 나는 사탕을 빨듯 그 달콤한 한 어절 한 어절을 맛보았다. 어머니는 숨 한번 쉬지 않고 급격하게 다디단 서정의 끈을 죄어나갔다.

"그대 위한 이 향수, 그대는 어느 곳에서도 나를 사로잡고 어느 곳에서도 나를 부르도다, 그 어느 곳에서도, 그 어느 곳에서도."

다디단 우울이 끝나는 지점에서 어머니는 격하게 숨을 몰아쉬었다. 세찬 숨소리와 함께 내 등이 서늘해졌다.

"바람 부는 소리에도, 파도치는 소리에도, 나 자신의 가슴에서 나오는 한숨 소리에도."

어머니의 목소리는 이때부터 점점 힘차게 되고 어머니의 목은 하염없이 떨렸다. 나는 '소리에도, 소리에도, 소리에도'라는 규칙성에 따라 어머니의 턱이 착, 착, 착, 단계적으로 치켜올라가는 것을 조마조마하게 지켜보았다. 뭔지 모르게 아슬아슬하고 비극적이고 암울한 상황이 닥쳐오고야 말았다는 느낌에 나는 나도 모르게 눈을 감았다. 무엇엔가 맹렬히 저항하는, 그 무엇을 마침내 쳐부수고야 말겠다는 어머니의 시적인 결기가 느껴졌다. 눈을 감은 탓에 목소리의 실물감은 더욱 섬뜩하게 귀를 찔러댔고 어머니의 목소리는 야멸치기 짝이 없었다. 아, 이제 세상이 끝나버리는구나 하고 예감하는 순간 나는 감은 눈을 한번 더 꼭 감았다가 번쩍 떴다. 어머니의 낭송은 극에 달하여 나를 전율하게 했다. 눈을 질끈 감고 턱을 치켜들고 목을 파르르 떠는 어머니…… 어머니…… 어머니……

그녀는 우렁차기보다는 카랑카랑한 목소리로 외쳤다.

"나, 노르웨이 삼림 속에서 제일 높은 전나무를 뿌리째 뽑아."

나는 거대한 삼림에서 뿌리째 뽑혀나온 나무를 떠올렸다.

"그것을 에트나의 불타오르는 저 새빨간 분화구에 넣었다가,"

에트나가 뭔지는 모르지만 어쨌든 거대한 아궁이 같은 곳에 나무를 집어넣으니 불이 단박에 옮겨붙어 활활 타오르고 그 열기가 내 얼굴에까지 확 끼쳐오는 것을 느끼는 순간,

"그 불이 붙은 거대한 붓으로,"

그것은 붓으로 변하고,

"나, 캄캄한 저 하늘을 바탕 삼아 쓰겠노라."

검붉은 연기가 치솟는 불의 붓, 밤하늘, 그리고 아아……

"아그네스! 나 그대를 사랑하노라, 라고."

나는 이를 앙다물고 주먹을 꽉 쥔 채로 어쩔 줄 몰라하며 어머니만 노려보았다. 어머니는 침을 급하게 꿀꺽 삼키고 시의 대미를 맞을 준비를 했다.

"그렇게 한다면 밤이면 밤마다 저 화염의 글자는 불타고 있으리."

불붓으로 밤하늘에 쓴 글씨들이라…… 나는 상상의 한계를 느꼈지만 어머니는 조금도 주저하지 않았다.

"그리고 뒤를 이어 쉴새없이 출생하는 우리의 후예들은 환호를 올리면서 저 하늘의 문자를 읽으리라."

어머니는 장탄식을 하며 마지막 행을 쏟아놓았다.

"아그네스! 나 그대를 사랑하노라, 라고……"

어머니의 기나긴 낭송이 끝나면 언니와 나는 덩달아 한숨을 내

쉬었고 맥이 탁 풀렸다. 나는 내 감격을 어떻게든 표현하지 않으면 안 될 것 같은 조바심에 이렇게 물었다.

"어머니는 이렇게 긴 시를 어떻게 다 외우세요?"

어머니는 오랫동안 눈을 감고 있었기 때문에 약간은 어리어리한 얼굴로 장거리를 완주한 육상 선수처럼 뺨을 발그레하게 물들이며 내 머리를 살짝 건드렸다.

"엄마 학교 다닐 때는 학교에서 선생님이 흑판 가득 필기해놨던 걸 박박 지우고 그대로 다 외워보라 그래도 토씨 하나 안 틀리고 그대로 다 외웠다. 이젠 살림하느라고 머리가 나빠져서 원체 안 되겠지만."

어머니는 나의 찬사에 언제나 똑같이 토씨 하나 안 틀리고 이렇게 응수했다. 언니와 나는 어머니 머리는 결코 나빠지지 않았다고 어머니를 치켜세웠다. 어머니는 머리가 역시 예전 같지 않다고 딸들의 말을 반박했지만 우리는 어머니가 기쁨에 겨워 굴복할 때까지 어머니 머리가 나빠졌을 리 없다고 고집했다. 어머니는 어쩔 수 없이 양보했다.

"그래, 너희들도 엄마 닮았으면 머리가 나쁘진 않겠지."

나는 잠들면서 아그네스라는 이름의 여인을 꿈꾸었다. 이상하게 아름다운 이름이었다. 때로 나는 어머니가 암송한 그대로 변사 투를 흉내내어 시의 마지막 문장을 읊어보곤 했다.

"아그네스! 나 그대를 사랑하노라, 라고……"

그럴 때 나는 한편으로 아그네스란 이름의 여인이기도 하고 다른 한편으로 그녀를 죽도록 사랑하는 그녀의 연인이기도 했다. 나는 눈을 질끈 감고 턱을 치켜들고 목을 바르르 떨었다. 누군가 이토록 애절하게 내 존재를 내 이름에 실어보내주기를 바라면서 나는 몇 번이고 이 문장을 읊어댔다. '아그네스'라는 신비한 이름을 감격적으로 외쳐 부르고 나서, 주체인 '나'라는 말은 당당하게, 객체인 '그대를'이라는 말은 약간 떨리듯이 늘여 발음한 다음, '사랑하노라'는 도솔파미레의 음계를 따르듯이 극적이고 변화무쌍한 높낮이로 읊고, 그뒤에 여운을 남기듯 길게 '도도'의 음계로 '라고'하여 마무리를 했다.

"아그네스! 나, 그대를, 도솔파미레, 도도……"

거칠게 부서지는 파도와 무섭게 타오르는 불길 속으로 곤두박질치는 꿈의 순간에도 나는 내 이름을 애타게 부르는 목소리를 들었고, 내 귓가에 흐느끼듯 부서지는 그 목소리가 있는 한 언제든 우아하고 아름답게 죽어갈 만반의 준비가 되어 있었다.

*

종태네와 함께 고풍스런 학사 주점의 골방에서 소주를 처음 마신 그날 나는 마신 걸 모두 토했다. 나는 소주를 한 잔 들이켤 때마다 찌그러진 양은 냄비에 담긴 김치찌개 국물을 한 숟가락씩 떠먹었다. 소주를 처음 마신다면서 꼴딱꼴딱 잘도 마시는 나를 모두 이상스레 바라보았지만 종태만은 내 편을 들어 말했다.

"미옥이 소원 풀이해서 좋겠다."

화제는 자연스럽게 인문대 광장의 집회 이야기로 흘렀다.

"나는 진짜 이해가 안 간다!"

얼굴도 동그랗고 눈도 동그란 정수진이란 여학생이 말을 꺼냈다. 높은 목소리와 경상도 억양이 합쳐져 그녀의 느닷없는 말은 좀 앙칼지게 들렸다. 우리가 일시에 그녀를 주목하자 그녀는 시선의 집중을 예상 못한 바는 아니지만 그래도 당황이 되는 듯 동그란 얼굴을 약간 수그리며 책을 읽어내리듯 빠른 말투로 말했다.

"우리가 왜 그런 자리에 있어야 되나? 우야든동 간에 교수님들인데, 우리가 공부 배우는 스승님들인데, 거기 있는 학생들맨치로 그래 주먹질을 하고 물러나라고 꽘을 질러도 되는지 진짜 나는 이해할 수가 없더라!"

인문대 앞 광장에서 수진과 비슷한 고민에 빠진 바 있던 철딱서니 없는 내 정신은 멋모르고 그녀의 말에 동의를 표명하려 엉덩이를 들썩거렸지만, 학사 주점 골방에 퍼질러앉아 소주를 마시고 있는 또하나의 나, 산전수전 다 겪은 고참처럼 보이길 바라는 또하나의 나는 그런 고민이 아주 케케묵은 것이며 이미 깨끗이 해결된 것으로 치부하고, 내 속의 계집애와 수진을 한데 묶어 안쓰럽게 생각했다. 나는 둘로 나뉘어 한편으로는 수진의 고민에 공감한다는 합

일과 배려의 마음을 먹는 동시에 다른 한편으로는 그 공감을 떨쳐 버리고 그녀의 생각과 분리된 나만의 독립된 생각들을 표현하고 싶은 의젓하고 위선적인 욕구를 느꼈다. 어쨌든 대학은 뭔가 다른 것들을 내 앞에 펼쳐 보이지 않았는가. 대학은 뭔가 뒤집어진 면을 이야기하고 있지 않은가. 그러니 나도, 그녀와, 그들과 뭔가 달라야 하지 않겠는가.

"오늘 일은 여러 가지 생각을 하게 만드는 것 같아."

해결책을 찾아 눈을 희번덕거리던 나는 말문을 여는 종태를 주시했다.

"난 우리의 요구가……"

우리의 요구라니? 역시 종태는 '언더'에 속한 게 분명했다.

"부당하다고 생각하지 않지만 어떤 방법으로 그걸……"

그는 잠시 멈칫거렸다.

"……쟁취해야 하는지……"

그는 분명히 선배들처럼 '쟁취'라는 어휘를 썼다. 그 발음은 낯설면서도 매혹적이었다.

"거기에 대해서까진 아직 잘 모르겠다. 아직은 그렇지만…… 어쩌면 그 투쟁 방법이란 것도 불가피하지 않나 하는 생각이 든다. 우리로서는 말이지, 지금 상태에서 일단 배워야 할 게 너무 많다."

어눌하지만 분명하게 울리는 종태의 말이 내 귀에는 수진의 의견을 조심스레 반박하는 말로 들렸는데 수진의 귀에는 전적으로 그녀의 심정을 대변하는 말로 들린 모양이었다. 수진은 열렬해졌고 그 열렬함을 실어나르는 차갑고 앙칼진 목소리는 깨지기 쉬운 유리그릇처럼 불안하게 굴러갔다.

"우리가 알아야 할 게 많고 배워야 할 게 많다는 종태 말은 맞는 말이라 생각한다. 우리는 성급하게 어떤 결정을 내리거나 그걸 강요해서는 안 된다고, 나는 그래 생각한다."

잠시 침묵이 흘렀다. 문이 스르르 열리더니 화사하고 윤기가 잘잘 흐르는 어떤 물체가 어두운 골방 안으로 스며들었다.

"오오, 정말 너무한다, 너무해."

늦게 들어온 노미혜가 호들갑을 떨며 소리쳤다. 미혜는 좀 허약해 보이긴 하지만 인형처럼 예쁘장한 얼굴과 늘씬한 몸매를 갖고 있었다.

"뭐가 또?"

명호가 방안의 궁금증을 대변하여 물었다. 미혜를 향한 그의 질문은 지나치게 허물없고 친근했다.

"여기 화장실 말야! 나 너무 싫어! 너무 이상해!"

내가 궁금해서 왜 그러냐고 묻자 남자애들은 그저 낄낄 웃고 말았다. 미혜는 분을 바른 창백한 얼굴을 내 옆에 바짝 붙이더니 속삭였다.

"이따 말해줄게."

내게 다가왔다 멀어지는 미혜에게서 향기가 풍겨와 그 상큼한 향의 방울이 내 코끝에 가볍게 부딪쳤다. 나는 눈치 채이지 않게 코의 공간을 확장하여 그 향을 남김없이 들이마셨다.

"아까 하던 얘길 계속하자면 종태 말대로 우리는 아직 걸음마도 안 뗀 상탠데……"

수진이 말을 잇는 순간 편안하게 널브러지려던 골방 분위기가 화들짝 굳었다. 미혜는 한 손으로 갸름한 턱을 고이고 고개를 갸웃해서 수진을 보았고, 종태는 진지한 얼굴로 소주잔을 들었다. 명호는 벽에 기대앉아 삐딱한 폼으로 담배를 열심히 피워댔는데 그의 머릿속을 채우고 있는 것은 인문대 집회 따위와는 무관한, 삼수를 해서 경영대에 갈 것이냐 편입할 것이냐 하는 갈림길의 고뇌인 게 분명했다. 골방에 있던 또 한 명의 친구, 호리병처럼 이마가 좁고 얼굴이 길어 약간 우스꽝스럽게 생긴 류한영은 고개를 푹 숙인 채 머리를 긁적이고 있었다. 어머니가 시를 낭송할 때처럼 수진이 긴 이야기를 하려는 듯 깊은숨을 들이쉬는 걸 나는 불길한 기대의 눈초리로 지켜보았다.

"선배들은 우리한테 사회를 알아야 한다 하고 운동권 이야기만 하는데, 우리는 각자가 생각하는 게 다르고 관심도 다른데 무조건 하고 사회에만 관심을 두고 운동권에 동참해야 한다는 건 무리가 있을 거 같고, 또 종태 말대로 우리는 지성인답게 각자의 판단에 따라 책임을 지는 방식으로다가 행동을 하면서 우리의 길을 가야 안 되나 싶고……"

수진의 얘기를 들으면서 나는 천천히 소주를 마셨다. 술기운이
알딸딸하게 오르면서 수진의 날카로운 음성도 부드러운 노랫소리
로 변해갔다. 내용을 잘 알 순 없었지만 수진의 말 속엔 일종의 굳
고 성실한 마음이 담겨 있어 나는 무턱대고 감동을 느꼈다. 나는
너그럽고 자애로운 청중이 취할 법한 그윽한 태도로 수진의 말을
경청했다. 그때 갑자기 한영이 고개를 번쩍 들고 골방 안에 있는
사람들이 깜짝 놀랄 만큼 큰 소리로 수진의 말을 잘랐다.

"네가 말하는 우리가 도대체 누군데?"

내가 알기에 한영은 불온한 모든 것에 대해 경계 태세를 취하려
고 노력하는 친구였다. 한영은 자신의 그런 태도를 자랑스레 내세
우고 그 태도에 큰 자부심을 갖고 있었다. 그는 틈만 나면 선배들
이 자기를 의식화하려고 하지만 자기는 그 논리에 어떻게든 당당
히 맞서고 있다는 식의 투지를 과시했다. 늘 어긋나기만 하는 내
짐작에 따르자면 골방에 있는 사람들 중에 수진의 말을 가장 잘 이
해할 수 있는 친구는, 내 속에 숨은 얼치기 계집애와 류한영일 것
같았다. 한영으로부터 갑작스런 질문을 받은 수진은 그의 의도가
무엇인지 몰라 놀란 토끼 눈으로 우리들을 바라보았다. 그녀의 시
선을 받은 우리는 그 시선을 고스란히 한영에게 반사시켜 무례한
질문의 의미를 캐내려 했다.

"네가 말하는 우리, 그 우리란 우리 속에 나는 절대로 안 들어가

있다는 걸 우선 밝혀두고 싶다."

한영은 '우리'의 동음이의어적인 효과를 십분 발휘하려고 애를 쓰며 느릿느릿 말했다. 그의 입가에 잠깐 천진스런 미소가 떠올랐다. 그러나 그의 말은 방안에 있는 모든 이를 긴장시켰다. 심지어 명호까지도 담배를 피우던 오불관언의 방자한 자세를 고치고 한영을 돌아보았다. 한영은 순간적으로 떠올랐던 미소를 싹 지우고 말을 이었다.

"그리고 수진이 네가 혼자만 잘나서 그런 생각을 하고, 혼자만 잘나서 그런 말을 할 수 있는 게 아니라는 것도 나는 꼭 밝혀두고 싶다."

수진은 한영의 얼굴을 뚫어지게 보았고 한영은 마주 보이는 벽을 뚫어지게 보았다. 나머지 사람들은 두 사람의 얼굴을 뚫어지게 번갈아 보았다. 한영은 젖살이 덜 빠진 듯한 둥근 볼을 실룩거리며 말을 이었다.

"오늘 집회의 의미가 뭔지 학원 자율화의 의미가 뭔지 그런 걸 한 번이라도 생각했다면 지금처럼 말을 함부로 하진 못했을 거야. 자기 생각뿐인 걸 가지고 전부의 생각인 것처럼 대표하려고 하는 그런 태도에서 바로 독단이란 게 생겨난다고 본다."

"내가 그랬었나?"

수진이 날카롭게 물었다. 그러나 한영은 수진이라는 일개인에 겐 더이상 관심이 없다는 듯 학급회의를 주관하는 의장처럼 좌중을 향해 연설하듯 말했다.

"그리고 내 생각에 차종태 얘기는 정수진의 얘기가 옳다고 한게 아니라 반대로 정수진의 의견에 전적으로 이의를 제기한 걸로 들리는데, 그런 걸 멋대로 갖다붙이면서 우리가 다 같은 생각인 것처럼 말하면 절대 토론이 안 될 것 같다."

수진이 입술을 삐쭉 내밀었다.

"내가 종태 얘기를 오해했다면 미안하다!"

수진의 목소리는 여전히 카랑카랑했다. 미혜가 나를 톡톡 건드리더니 눈을 반짝이고 입술을 오므리며 물었다.

"어머, 쟤들 왜 저래 도대체?"

다시금 미혜에게서 좋은 향기가 풍겨왔다. 나는 취한 와중에도 눈을 깜짝거리고 입을 꼭 다물어서 지금은 일단 조용히 듣고 있자는 암시를 했다.

"내가 뭔가 오해를 했다면 미안하다. 어쨌든 나는 내 생각을 말한 것뿐이다."

이렇게 좋게 논의를 마감하려는 수진에게 한영이 가혹하게 대꾸했다.

"네가 계속 우리, 우리 하니까 나도 내 생각을 말한 것뿐이다."

방안은 조용했다.

"다른 사람의 의견을 듣고 말할 때는 신중해야지. 나도 운동권이 좋다든가 잘한다든가 하는 얘기만 하려는 건 아닌데 가만히 보니까 수진이 너도 편견이 많은 것 같다."

수진은 다소 굳은 얼굴로 한영을 빤히 보고만 있었다. 다들 속수무책으로 한영이 어디까지 이 논쟁을 끌고 가는지 마음을 졸였다.

"선배들이 운동권 얘기만 한다고 하면서 실제로 그 반대되는 자기 생각만 얘기하는 것도 문제 아닐까? 대학은 누구한테나 똑같은 생각을 가지라고 강요하는 데가 아닌 걸로 나는 알고 있고, 그러기 위해선 상대방의 생각을 이해하고 인정하는 지성인다운 태도가 필요한데, 그걸 거부하고 자기 논리만 옳다는 식으로 나간다면 그게 바로 파쇼고 군부독재가 되는 거다."

한영의 청산유수 같은 말의 폭포를 고스란히 받아내면서 놀랍게도 수진은 꼭 남의 얘기를 듣는 듯 아무렇지 않은 태도였다. 심지어 그녀는 한영의 긴 연설에 조금 지루함을 느낀 투로 상체를 쭉 펴고 다리를 움직여 앉음새를 바꾸기까지 했다. 그러나 옆자리에 앉아 있던 나는 우연히 그녀가 쉬지 않고 왼손 엄지손톱으로 오른쪽 손바닥을 피가 나게 눌렀다 뗐다 하는 것을 보았다. 그녀의 손바닥을 뒤덮은 붉은 손톱자국은 그녀가 깊은 상처를 받고 있다는 숨길 수 없는 표시였다. 드디어 손톱자국 사이로 피가 배어나왔고 수진의 손바닥은 이내 피로 낭자해졌다. 피는 술상 아래 찢어진 장판으로 흘러내려 맞은편에 앉은 한영의 양말 앞부리까지 적시고 있었다. 한영의 검은 양말은 한없이 피를 빨아들이고도 아무런 빛깔의 변화를 보이지 않았다. 숨이 막히도록 놀란 나는 그의 양말을 자세히 보려고 고개를 숙였다.

그 순간이었다. 나는 소주를 여덟 잔째 받아놓고 있는 중이었는데 부지불식간에 욱, 하는 소리와 함께 내 입에서 불그스름한 액체가 토해져 나와 푸른색 스웨터 위로 쏟아져내렸다. 누군가 재빨리 내 턱밑에 냉면 대접을 받쳤고 나는 그 그릇을 거의 토사물로 가득 채우고서야 격렬한 욕지기를 멈추었다. 전광석화처럼 재빨리 끝나버린 신나는 구토였다.

나는 미혜가 건넨 향기로운 연두색 손수건으로 우선 입을 닦고 상의 위에 얼룩진 토사물도 닦았다. 스웨터는 젖어서 시큼한 냄새를 풍겼다. 나는 스웨터를 벗어 뚤뚤 말아서 가방에 넣었다. 얇은 셔츠 바람이 된 내게 모두 조롱하는 말들을 했다. 그러나 그 말들은 진정한 비난이라기보다는 방안의 분위기를 새롭게 하기 위한 장난이었고 아주 적절할 때 토해준 내게 감사하는 말들이었다. 유쾌한 일이라도 생긴 듯 골방 안이 왁자지껄해졌다.

"어쩐지 불안했어. 안주 안 먹고 소주만 들입다 퍼마실 때부터."

명호의 이죽거림 뒤로 종태의 축사가 들려왔다.

"축하한다! 이제 미옥이 술꾼 다 됐다."

내가 희희낙락하면서 술을 더 먹겠다느니 안 된다느니 즐거운 실랑이를 벌이고 있는 중에 미혜가 상냥하게 말했다.

"미옥이 좀 춥겠다."

그 말이 끝나자마자 한영이 점퍼를 벗어 내 쪽으로 건넸다. 내가 괜찮다며 호기롭게 거절하는데도 한영은 점퍼를 직접 들고 와 아무 말 없이 내 어깨 위에 걸쳐놓고 자기 자리로 돌아가 앉았다. 다시금 '우연의 새'를 인유한다면 이 뜻하지 않은 우연의 새는 내 등허리쯤에 둥지를 튼 것 같았다.

*

고삐 풀린 망아지처럼 단발머리를 나풀대며 교정을 활보하던 신입생 시절, 대학은 연애의 궁전처럼 보였다. 성에 대한 각양각색의 입장들이 난무했다. 그때 나의 입장이란 애정에 기갈 들린 계집애의 약삭빠름이었다. 누군가 내게 어떤 마음을 건네면 나는 그것을 허겁지겁 '사랑', 아니 차라리 '오묘한 호감'의 목록표에 기입했다. 예를 들어 명호는 내게 두 번의 악수를 청함으로써 한 번의 잉여 악수를 건넸고, 종태는 황급히 나를 향해 뛰어와 망설임과 단호함의 무지개다리에 서서 설렘으로 가득찬 말투를 건넸고, 한영은 모질고 쌀쌀맞게 논쟁을 벌이던 사람답지 않게 점퍼를 내 어깨에 얹어주어 돌연한 온기를 건네왔다.

나는 모든 우연을 필연화했다. 내가 채집한 어떤 정보도 새로운 사랑이 다가오는 징조였다. 나는 이런 표시와 저런 표시의 차이를 몰랐고 이렇게든 저렇게든 호감으로 치장한 이미지, 나를 인정해

준다는 것이 명백하게 조합되어 나타나는 그 이미지를 향해 질주
했다.

　수많은 디테일이 차곡차곡 쌓여 오로지 하나의 대상에 집중되
고 종합되는 열정적 사랑이 아니라, 그것과 정반대로, 그렇게 표나
는 유일무이성을 참을 수 없어하는 내 마음의 알리바바는 만나는
사람에게서 무엇인가를 건네받는 족족 그 정표에 동일한 표시를
하여 사랑이란 보물을 갈구하는 내 마음의 도적떼를 혼란시켰다.
과연 누구를 사랑하고 있는지 알아내려 애쓰는 마흔 명의 도둑은
똑같은 표시로만 이루어진 감정의 목록표를 둘러싸고 갑론을박했
다. 사랑을 갈구하는 내 욕망은 뿔뿔이 흩어진 마흔 명의 도적처럼
갈피갈피 갈라져나가, 제각기 자기들의 오판에 따르면서, 때로는
이 사람의 마음을 저울질하고 때로는 저 사람의 흉중을 염탐하는
중구난방식의 감정적 노략질을 감행하며 변덕스럽게 진군했다.

　토하고 나자 정신이 맑아지고 속도 편안해졌다. 다만 가슴 한편
이 까닭 없이 아릿아릿하게 저려왔다. 누군가 말끔히 닦아버렸는
지 골방 바닥에는 피 한 방울 떨어진 자국이 없었다. 진정한 의미
에서 나의 대학 생활은 그날의 구토로부터 시작되었다. 아무 기미
없이 야금야금 축적되다 찰나에 폭발하는 토사물의 운명처럼.

허기 혹은 질투

봄비가 내린다.

비 오는 날이면 평소보다 한술 더 뜨는 습기의 기승에 나는 다른 날보다 일찍 잠에서 깬다. 길가에 면한 오돌토돌 유리문 쪽에서 야채며 생선이며 계란 등속을 팔러 다니는 트럭들의 소음과 호객의 메가폰 소리가 들려온다. 비에 젖은 소리들이 귀에 달라붙어 나는 달뜬 뒤척임 끝에 잠에서 깬다.

꼬치에서 곶감 하나를 빼먹듯 나는 어제 하루를 먹어치웠고 이삿날은 엿새 남았다. 나는 둥지에서 빠져나와 옷을 추슬러 입는다. 벗어놓은 옷에서 비릿한 물냄새가 난다. 첫 끼에는 국을 먹을 수 있으면 좋겠다고 생각한 후로 나는 아침이면 꼭 국을 끓이려고 한다. 며칠 동안 찬거리를 사지 않아 먹을 게 거의 남아 있지 않은 오늘도 나는 국을 끓이려고 부산스럽게 냉장고와 찬장을 뒤진다.

끓이고 싶은 국은 많지만 아무래도 자주 끓이게 되는 국은 소금과 간장을 멀겋게 푼 정체불명의 액체이다. 나는 이걸 '맹탕국'이라 부른다. 솔직히 말하자면 나는 이제 와서 맹탕국보다는 차라리 맹물이 더 낫다고 생각하게 되었지만 이미 머릿속에 못처럼 분명하게 박힌 '첫 끼엔 국을 먹자'는 관념과 모순된 관념을 새로 주입하여 나를 혼란에 빠뜨리거나 또다른 의무감에 사로잡히지 않도록 하기 위해 입을 꾹 다물고 맹탕국에 밥을 만다.

내 머릿속은 바빠진다. 기억과 상상은 새로운 조리를 실현하는 또하나의 부엌이다. 기억과 상상은 도마와 칼처럼 부지런히 호응하여 비 오는 날에 어울리는 음식들을 분주하게 마련해놓는다. 나는 맹탕국을 떠먹으면서 맛있는 국들의 맛을 상상한다. 구수한 아욱국이나 배춧국, 맑은 감잣국, 시원한 콩나물국이나 매콤한 김칫국……

아주 잠깐 동안 내 혀는 이런 조작에 순순히 복종하는 체한다. 그러나 혀가 영영 속는 경우란 결코 없다. 실현되지 않은 맛에 대한 기억의 길이, 그리움의 길이가 얼마나 기나긴지 내 혀는 알고 있다. 충족되지 않은 식욕은 언제든 몸서리치게 끈끈한 식탐으로 부활한다. 내 혀가, 내 식욕이 잠에서 깨어난 것은 열한 살 때였다. 각성이 항상 인생에 바람직한 건 아니다. 그것은 맑은 날보다 비 오는 날 온다.

*

그해 봄 외가 쪽 친척들이 몰려왔다. 비유에 능한 어머니는 그들이 '중공군처럼 인해전술을 쓰며' 들이닥쳤다고 표현했다. 부스스한 차림의 첫째 이모와 민정이가 들이닥친 것을 신호탄으로 하여, 그다음에는 외할머니와 막내 이모가, 마지막으로 외숙모와 현우가 왔다. 그후로 냄비에 가득하던 돈이 줄어들기 시작했다.

첫째 이모는 이미 결혼을 해서 민정이까지 낳았지만 차마 말 못할 복잡한 사정 때문에 우리와 함께 지낼 수밖에 없다고 했다. 처음에는 쉬쉬했지만 나중에는 이모 스스로 떠벌리는 통에 누구나 다 알게 된 그 복잡한 사정이란 이모부가 바람이 나서 딴살림을 차리고 가족을 돌보지 않는다는, 말 못하게 평이한 사연이었다.

"이상하게 저 계집애 낳고 나서부터 밖으로만 돌더니 교문리 점쟁이 말로는 부녀간에 살이 끼어서⋯⋯"

첫째 이모가 모든 죄를 깡그리 뒤집어씌우는 여덟 살 민정이는 그 억울함을 호소하기 위한 기관으로 악을 쓰고 우는 일에 관해서는 누구도 따를 수 없이 뛰어난 목청을 갖고 있었다.

"하이고! 안차고 다라진 년!"

외할머니는 민정이의 악쓰는 소리만 들으면 절레머리를 흔들었다. 내 탄생을 '또 딸'이라는 간명한 말로 요약한 외할머니는 거의 과부였다. 외할머니가 완전한 과부의 반열에 오르지 못한 까닭은 외할아버지의 생사가 확인되지 않았기 때문이었다. 외할아버지는 6·25 때 납북되었다고 했다. 어머니는 외할아버지가 납북되었다는 말을 할 때면 반드시 춘원 이광수가 납북된 사실을 함께 말했다. 마치 둘이 함께 납북되기라도 한 듯이. 나는 '납북'이라는 말의 정치적 의미를 이해하지 못했지만 다만 어머니의 말하는 품을 대충 때려잡아서 납북이란 매우 애석한 동시에 그 애석함에 비견되는 영예로움을 함축한 말이라 여기고, 친척 중에 이런 일을 당한 거룩한 인물이 있다는 데 무한한 긍지를 느꼈다. 그러나 남편이 행불되어 창졸간에 생과부가 된 외할머니는 그런 긍지 따위는 전혀 갖고 있지 않았다. 외할머니는 막대한 재산을 감당 못하고 뱀이나처럼 겁을 내어 외아들인 삼촌에게 몽땅 상속하였는데 이것이 두고두고 후환을 남기리라곤 아무도 짐작하지 못했다.

외할머니는 반질반질하고 살집 좋은 갈색 얼굴에 퍽 인자한 표정을 띠고 있었다. 외할머니는 식후에 종종 불교 연속극 테이프를 들으며 낮잠을 청했다.

"모든 스님들이 많은 시주를 하시는데, 한 스님만은 가진 게 없으셔서 시주도 못하시고 자신이 드실 만큼만 가져오십니다. 그런데 저는 그 스님에게 가장 마음이 끌립니다……"

비구니 역을 맡은 여자 성우의 낭랑한 음성이 울려퍼지는 걸 들으며 낮잠에 빠지는 외할머니의 얼굴은 매끄러운 불상의 표면 같았다. 그러나 종종 외할머니는 심술궂은 노인네로 돌변하기도 잘

했다. 외할머니는 화를 낼 때만은 신봉하는 부처의 가르침 따위는 떠올릴 짬도 없이 불같은 역성을 폭발시켰는데, 항상 웃음을 머금은 듯하여 주름으로만 그 위치를 가늠할 수 있던 눈자위는 불규칙하게 실룩거렸고, 배배 틀리기 시작한 입꼬리는 공연히 화를 내는 게 아니라 도저히 참을 수 없는 경천동지할 일이 벌어졌기 때문이라는 것을 표현하기 위해 빌미가 된 사건이나 대상을 끈질기게 욕하고 저주하느라 재빠르게 움직였다. 노인네의 얼굴은 잘 구워지던 도자기의 표면이 갑작스런 센불에 그슬리고 깨지기라도 한 듯 참혹했다. 외숙모가 몰래 중얼대는 바에 따르면 그것은 '사흘 굶은 시에미 상'이었다. 그리고 외할머니의 격노한 얼굴이 향하는 곳은 늘 그런 얼굴만을 마주하여 그 얼굴의 변화나 추이에 관해서라면 모르는 게 없는 외숙모 쪽이었다. 외숙모는 외할머니의 얼굴을 할끔할끔 훔쳐보며 모진 화를 견뎌냈다. 엄청난 표정을 한 외할머니와 내쫓기지만 않는다면 못 견딜 게 없다는 태도로 설설 기는 외숙모를 부엌에서 발견하는 일은 잦았다.

외숙모의 남편이자 외할머니의 금쪽같은 외아들인 외삼촌은 듣자 하니 외할아버지를 빼다박듯 하여 어릴 적부터 과묵하고 영특했다는 것이다. 삼촌이 들어가지 않는다면 도대체 전국 팔도에서 들어갈 놈이 하나도 없을 것 같던 일류 대학교에 삼촌은 떡하니 낙방하고 말았다. 외할머니는 기가 막혀도 보통 기막힐 노릇이 아니었건만 그런 표도 낼 수 없었던 것이, 그토록 과묵한 성격의 삼촌이 한강에 빠져 죽겠다고 펄펄 뛰었던 때문이다. 그렇게 허망하게 종손을 잃으니 일류대를 포기하는 게 빨랐던 문중 어른들은 온갖 지혜를 짜내어 그들의 공동재산인 삼촌을 설득해 명문 후기대 시험을 보도록 하는 데 성공했다. 삼촌은 자기 실력에 비하면 똥통 대에 불과한 그 대학에 의당 합격은 하였으되 절대 다니지는 않겠노라고 버텼으나 이번에도 일가친척들의 한결같은 열망에 삼촌의 한몸 제물로 바쳐 어찌어찌 졸업까지 하게 되었다. 삼촌은 졸업하자마자 어서 오라고 성화를 대는 전망 좋은 취직자리를 의젓하게 마다하고 풍부한 경험을 쌓겠노라면서 친구가 경영하는 작은 사업체에 수시로 들락거리며 이문을 남게 해주는 등 사업에 빼어난 수완을 보였고, 그 기세를 몰아 친구와 동업을 하려고 거대한 유산을 사업체에 털어넣었다. 삼촌은 당분간은 승승장구 패기에 찬 사업을 꾸려나가는 듯했으나 사기에 말려 쫄딱 망하고 말았다. 망한 것도 모자라 급기야 빚에 쫓겨 도망을 다니는 신세가 되었고, 그러자니 외갓집 식구들이 몽땅 우리집에 엉겨붙어 살게 되었던 것이다.

간혹 밤에만 들렀다 황황히 가버리곤 하는 삼촌은 내게 허수의 식구였다. 물론 어렸을 때 삼촌을 실제로 본 적이 있다지만, 기억 속의 형상은 흡사 전설적인 인물이 결정적인 환골탈태를 하기 전의 모습과도 같이 비현실적이고 흐릿한 것이었다. 나는 외척들이 삼촌을 묘사하는 말들을 재료로 삼고 거기에 내 나름의 상상을 덧

붙여 삼촌의 모습을 새롭게 구상해보려 했다. 일단 삼촌은 '허우
대가 멀쩡하다'는 외가 여인들의 말에 따라 큼직한 키와 몸집으로
그려졌다. 그러나 얼굴 낱낱의 생김새는 허우대가 멀쩡하다는 포
괄적인 묘사로는 도저히 메울 수가 없었다. 나는 '인물이 좋다'든
가 '훤하다'는 말에 그다지 매력을 느끼지 않았다. 그 말들은 평범
하게 생긴 얼굴을 짐짓 치켜세우는 말처럼 들렸다. 나는 아버지의
젊었을 때 사진처럼 갸름한 미남형 얼굴을 마음에 쏙 들어했는데,
외가 쪽 친척들은 감히 아버지 사진을 향해서는 뭐라고 군시렁댈
엄두를 못 내면서 때로 내가 텔레비전이나 잡지에서 그 비슷한 얼
굴을 예로 들어 잘생겼다고 말할라치면, 삼촌의 생김새와는 거리
가 먼 그런 꼬락서니는 한낱 '기생오라비' 같은 몰골이라고 한결
같이 멸시하고 삼촌이야말로 '남자답고 믿음직스럽게' 생겼다고
윽박지르는 것이었다. 그런 어휘는 용모에 대한 묘사라기보다는
품성에 대한 신뢰를 나타내는 말에 가까웠지만 나는 별수없이 그
말에 근거하여 삼촌은 아마도 외할머니가 가장 존경하는 부처와
닮은 형상일 것이라고 짐작했다. 차라리 죽고 없었더라면 내게 삼
촌은 납북된 외할아버지만큼은 한껏 외경심을 불러일으켰을 것이
다. 그러나 부처의 모습을 한 삼촌은 뭔가 우스꽝스러운 데가 있었
다. 하지만 집안의 모든 여자들은 삼촌에 대해 외할아버지나 부처
에 버금가는 외경심을 갖고 있었다. 평소의 곱지 않은 관계와 달리
밤새 울어 퉁퉁 부은 얼굴을 하고 아침녘 부엌에서 속살대며 은밀

한 대화를 나누는 외할머니와 외숙모를 보게 되는 날은 영락없이 간밤에 삼촌이 몰래 다녀갔다는 걸 알았다.

"몸땡이가 말라삐들어져설래매, 그야말, 눈뜨고 볼 수가 없더라……"

외할머니는 당신 살점을 두툼히 떼내어 아들에게 붙여 보내지 못한 게 애통해서 하염없이 눈물을 훔쳤다. 외할머니가 이렇게 우는소리를 하는 걸 들으면 나는 더욱 회의에 빠졌다. 허우대가 멀쩡하다느니 인물이 훤하다느니 할 때는 언제고 이제 와서 말라비틀어졌다니, 기껏 상상의 붓으로 그려놓았던 삼촌의 풍채는 곧바로 물거품이 되었다. 그러나 삼촌에 대한 호기심을 입 밖에 내는 것도 금기였다. 내가 삼촌에 대해 물으면 어머니는 '납북'이라는 말을 들었을 때처럼 음울한 표정으로 고개를 살래살래 흔들며, 그 말을 듣기는 들었으되 대답하기 몹시 곤란하다, 더이상 떠들지만 않는다면 이번 한 번은 묵과하겠다는 표시를 했다. 이런 날은 외사촌 현우의 입이 한층 더 튀어나와 거의 원숭이 같은 몰골이 되는 날이기도 했다.

외할머니가 삼촌의 대용품으로 삼아 애정을 담뿍 쏟는 현우는 나보다 한 살 위인 열두 살이었는데, 이빨이 툭 튀어나와 경박하게 생긴데다 가문의 종손이라고 떠받드는 외할머니의 비호를 받아 말 못할 고집불통이었다. 나이는 한 살 위여도 학년은 나와 같았기 때문에 내가 오빠라고 부르지 않고 이름을 부르면 현우는 어김없이 기억해두었다가 결정적인 순간에 외할머니에게 고자질을 하곤 했다. 나는 현우가 외할아버지나 외삼촌처럼 과묵하기는 다 틀린 녀석이라고 단정지었다.

삼촌이 다녀가고 말고에 상관없이 노상 우울한 얼굴을 하고 있는 사람은 미혼의 막내 이모였다. 막내 이모는 바싹 마른 몸을 꼿꼿이 세우고 방방을 서성이며 돌아다녔다. 고양이처럼 예민하고 꼬챙이처럼 뾰족한 막내 이모는 시도 때도 없이 아무데나 대고 닥치는 대로 신경질을 부렸기 때문에 아이들은 아무도 막내 이모 곁에 가까이 가려고 하지 않았다.

엄청나게 불어난 식구들과 같이 살게 되면서 우리 세 모녀의 정답던 생활은 망가졌다. 세 모녀가 보유하고 있던 애정의 농도는 대가족으로 확대 개편되는 과정에서 적잖이 희석되었다. 어머니는 더이상 약병아리 같은 두 딸을 돌보는 데 시간을 할애하지 못할 정도로 분주해졌고 위엄 있는 가장의 당당함으로 무장했다. 아홉 식구를 먹여 살리는 자랑스런 아버지의 후광을 입고 선봉에 나선 어머니는 모든 집안일을 통솔하고 관리하고 지배했다. 어머니는 점점 단단해지고 무서워졌다. 나는 어머니가 변해가는 것이 안타까웠다. 아침부터 저녁까지 어머니와 내가 단둘이 있게 되는 시간은 좀처럼 없었다.

*

　아침에 일어나면 아홉 식구가 저마다 바쁘게 움직이는 통에 정신이 없었다. 느긋하게 신문이나 텔레비전을 보는 사람이 없다는 게 남자 어른이 없는 우리집 아침의 특징이었다. 대가족은 안방에 상을 두 개 펴고 식사를 했는데, 크고 네모난 나무상은 어른들 상이었고 가볍고 동그란 양철상은 아이들 상이었다. 처음부터 앉는 자리를 놓고 은근한 분란이 일었다.

　어른들 상의 가장 상좌에는 나이의 서열에서 최고인 외할머니와 재산의 서열에서 최고인 어머니가 나란히 앉았고, 맞은편에는 첫째 이모와 막내 이모가 앉았다. 이모 둘은 비록 얻어먹기로는 외숙모와 같은 처지이지만 시누이라는 텃세를 부려 당당히 나무상을 차지한 것이었다. 어머니는 그 끝자리에 중학생인 언니를 앉혔다. 외숙모는 현우와 민정이와 나를 데리고 양철상에서 밥을 먹었다. 외할머니는 가문의 종손이자 집 안팎을 통틀어 유일한 사내아이인 현우 대신 언니가 나무상에 앉아 밥을 먹는다는 사실 때문에 매번의 식사를 제대로 소화시키지 못하고 끌꺽거렸다. 외할머니의 언짢은 심기를 아는지 모르는지 어머니는 식사가 시작되기 전이면 세 모녀끼리만 살 때처럼 목소리를 가늘게 뽑아 딸들을 불렀다.

　"선아아! 옥아아!"

"네, 어머니."

언니와 내가 입을 모아 대답하면 어머니는 엄한 시험관처럼 물었다.

"이번에 아버지가 휴가 나오시는 달이 언제라고 그랬지?"

"10월이요."

"그래, 10월이지?"

"네, 어머니."

"그럼, 자, 밥 먹기 전에 아버지께 감사 인사 드리자."

"아버지, 감사히 먹겠습니다!"

다른 식구들은 숟가락을 들지 못하고 침묵을 지키며 우리 세 모녀가 거행하는 식전 의례가 끝나기를 어색하게 기다렸다. 어머니는 딸 둘을 매개로, 다른 식구들에게 그들 입에 밥이 들어가는 게 누구의 덕인지를 분명히 알렸다. 어머니는 우리뿐 아니라 외가 쪽 식구들 모두가 아버지의 휴가를 학수고대하도록 만들었다. 게다가 어머니는 일주일에 한 번씩 아버지에게 편지를 쓰기로 된 날이면 노골적으로 이런 말까지 덧붙였다.

"선아아! 옥아아! 오늘 저녁까지 아버지한테 편지 다 써야 된다, 응? 아버지가 망망대해에서 뼛골 빠지게 번 돈으로다가 너희들 공부시키고 우리가 이만큼 입에 풀칠하며 사는 거다."

어머니가 편지를 빌미삼아 아버지의 노고에 새록새록 감사하도록 하는 것 또한 딸 둘만을 겨냥한 것은 아니었다. 이럴진대 아무리 대단한 가문의 종손에다 집 안팎을 통틀어 둘도 없는 사내 녀석 현우라 한들 우리집에 발을 들인 이상 어찌 아버지의 맏딸인 언니보다 더 비중이 있을 것이라고 생각할 수 있겠는가. 그런 사실을 암시받은 외할머니는, 옛날 같으면 대를 이을 종손이 어디 계집애들하고 한 상에 앉아 밥숟갈을 섞겠느고, 고기반찬 맛깔진 반찬 오르는 할아버지 아버지 상에 앉아 귀염을 독차지하며 먹지, 하고 속으로는 가슴앓이를 하면서도 속수무책, 천금같은 손자 녀석이 여동생들과 나란히 앉아 천하게 끼니를 때우는 걸 그저 지켜볼 수밖에 없었다.

아이들용 양철상을 맡은 외숙모는 김치나 푸른색 나물류, 장아찌, 콩자반 같은 것은 나와 민정이 앞에 놓았고 김이나 계란말이, 소시지부침, 오징어채볶음 등은 현우 앞에 놓았다. 외숙모는 반찬을 우리 셋에게 공평히 나누어주는 체했지만 내 생각에는 늘 현우가 많은 몫을 먹는 것 같았다. 식사 때마다 나는 눈을 통해서가 아니라 쉴새없이 샘솟는 침으로 범벅이 되어버리는 내 혀를 통해 외숙모가 김과 계란말이를 나누고 소시지부침의 개수를 세고 오징어채를 젓가락질로 나누는 셈속을 꿰뚫어보았다. 내 혀는 맛볼 몫이 적다는 걸 단박에 알아차렸지만 그렇다고 해서 부당한 분배에 대해 혀를 놀려 왈가왈부 떠들 수는 없었다. 넉넉한 몫을 차지한 현우는 제 것을 다 먹으면 외숙모의 것을 먹었고 그것도 모자라면 외할머니 쪽을 쳐다보았는데 그럴 때면 툭 튀어나온 앞니가 더 돌출해 보였다. 외할머니는 흉측한 손자의 얼굴이 눈에 밟혀 무슨 수로든 반찬을 빼돌려 은근히 외숙모 쪽으로 밀어놓아주었다. 현우가 드러내놓고 반찬을 요구한 반면 민정이는 물밑 작업으로 욕구를 충족시켰다. 식탁에서 현우에게 뒤지지 않는 민정이는 첫째 이모를 젓가락으로 쿡쿡 쑤시면서 작은 소리로 보챘다.

"엄마, 엄마, 나 김 한 장만."

"엉? 김?"

첫째 이모는 어정쩡하게 대답을 한 다음, 독수리도 그보다 빠를까 싶게 남몰래 김을 한 장인 척 두 장을 채어 번개같이 민정이의 밥 위에 떨어뜨려주었다. 끼니때마다 나는 울분에 차서 밥을 먹었지만 멀리 벽 쪽에 앉은 어머니는 이런 내 심정을 조금도 헤아리지 못했다.

식사하는 동안 이야기의 주도권은 첫째 이모가 잡았다. 첫째 이모는 먹는 데 있어서 아무리 사소한 부분에까지라도 맛의 조화가 이루어지도록 해야 한다는 철칙을 갖고 있었다. 어른들뿐 아니라 아이들도 첫째 이모가 음식을 조합하는 방식에 귀를 기울였고 그대로 흉내내어 먹었다. 첫째 이모는 비 오는 날의 부침개라든가 칼국수에 겉절이, 비빔밥과 두부지짐이 등 보통의 어른들이 다 알고 있는 식의 상투적 조합에 달통한 것은 물론이려니와, 그보다 훨씬 비근하고 실속 있는 조합들, 예를 들어 잘 구운 파래김에는 동치미 무쌈을 곁들여야 한다든가, 된장국에 밥을 말아 먹을 때는 칼칼하게 고춧가루를 풀어서 백김치를 얹어 먹어야 하는데 백김치가 없으면 양념을 떨어낸 김치의 뽀얀 줄거리로 대용하면 된다든가, 고소하게 볶은 감자밥에는 짭짤하고 덜 익은 김칫소를 한 오라기씩 놓아 먹어야 하고, 물 만 찬밥에는 마늘 다져넣은 조개젓이 일품이라는 식의 무궁무진한 조합표를 자랑하고 있었다. 나는 첫째 이모의 말 한마디 한마디를 잘 새겨듣고 그것을 내 음식 미학의 일람표에 등재했다. 언젠가 나는 첫째 이모가 어머니에게 이렇게 말하는 걸 들었다.

"언니, 여름에 있잖우, 내가 세 들어 살던 주인집 애들은 점심때만 되면 밥그릇하고 숟가락만 들고 장독대로 가서는 독에서 고추장들을 한 숟갈씩 퍼넣고 비벼 먹는다우."

"아유, 그게 무슨 맛이야? 양념도 안 한 날고추장을……"

"아니, 나도 그게 뭔 맛일까 싶었는데 알고 보니까 주인 여편네가 애들 밥그릇에다가 오이지 있잖우, 왜 쫑쫑 썰어서 쪼옥 비틀어지게 짠 거, 그거랑 참기름 몇 방울씩을 떨어뜨려줍디다. 거기다 고추장 한 숟갈씩을 퍼넣고 썩썩 비벼서는 아예 장독대에들 앉아서 환장을 하고 먹는다우. 오죽하면·나도 한 숟갈 얻어먹어봤는데, 거 맛이 괜찮습디다. 언니네 고추장 맛있는데 여름 되면 우리 한번 그렇게 먹어봅시다."

나는 첫째 이모의 말을 듣고 그대로 먹어보리라 결심했지만 그 소원은 반쯤밖에 이루어지지 않았다. 어머니는 고추장과 오이지를 준비해주었다. 그러나 내가 밥그릇을 들고 장독대에 가서 직접 고추장을 퍼넣는 것이나 첫째 이모네 주인집 애들처럼 마당이나 장독대 계단에 아무렇게나 걸터앉아서 먹는 것을 용납하지 않았기 때문에, 나는 방구석에 얌전히 앉아서는 도저히 맛볼 수 없는 그 맛, 작열하는 태양 아래서 먹는, 입이 훨훨 타오르게 맵고 짠 오이지비빔밥의 맛을 아쉽게 여겼다. 방안에서 먹는 오이지비빔밥은 소풍 가서 먹기로 된 김밥을 교실 안에서 먹는 것처럼 무미했고, 외숙모가 싸주게 된 이래로 내가 매일 점심마다 악착같이 먹어도 남겨오고야 마는 비릿한 도시락의 맛을 닮았다. 여름날의 뜨거운 장독대가 아니고서는 비슷하게 흉내도 낼 수 없는 그 맛에의 그리움은 두고두고 나를 감질나게 했다. 실현되지 않았기 때문에 더욱 안타까운 그리움, 사실 그 그리움의 중심에는 어머니를 향한 허기가 도사리고 있었다.

*

아침을 먹고 나면 나는 도시락이 든 가방을 메고 힘없이 현관을 나섰다. 등교하는 내 뒷모습에 대고 인사를 해주는 사람은 다정한 어머니가 아니라 욕쟁이 첫째 이모였다.

"미옥이 쟤는 왜 저렇게 클수록 오뉴월 소불알처럼 축 늘어진 게 점점 거령맞아지는겨?"

이모의 말은 어느 정도 사실이었다. 나는 겨울방학 이래 멈출 줄 모르고 자라기만 하는 내 키를 잘 감당하지 못했다. 팔다리는 제멋대로 흐느적거렸고 때로는 과거의 작은 몸집으로 되돌아가려는 기묘한 자세를 취했기 때문에 몹시 꼴불견으로 보였다. 비비 틀린 자세를 오래 취하게 되면 의당 그렇듯 나는 항상 주눅이 들어 있었다. 얼간이 취급을 받지 않으려고 공부에 열을 올리는 편이었지만 반 아이들은 신기하게도 내게 제대로 된 바보 취급을 해주었다. 나는 비밀을 털어놓을 만한 마음의 벗을 사귀고 싶었지만 목이 길고 빙충맞은 내게 그런 친구가 생길 리 만무했다.

게다가 봄이 농익어가면서 여자애들은 불가사의한 변화를 일으키기 시작했고, 교실에는 성에 대한 조잡한 형태의 호기심과 속살거림이 싹텄다. 미묘한 분위기에 휩싸인 교실은 음식이 상하기 시작할 때 풍기는 시큼한 냄새로 가득한 부엌 같았다. 나는 교실을 지배하는 쉬지근한 분위기를 이해하지 못했다. 뒷자리에 포진한 키가 큰 축들은 민자라는 지긋지긋한 애를 중심으로 똘똘 뭉쳐 있었다. 민자는 나이들어 보이는 얼굴에 요란스런 너털웃음을 웃는 게 특기였다. 나는 민자네 부류에 속하지는 않았지만 앉는 자리가 뒤편이라 민자네의 이상야릇한 문화에 영향을 받을 수밖에 없는 권역에 속해 있었다.

민자네들은 기회가 있을 때마다 나를 시험에 들게 했다. 어떤 외설스런 우스갯소리가 유행할 때 그들은 유행에 민감하지 못한 내게 그 농담을 던지고 어떤 태도를 취하는지 지켜보았다. 그들의 말을 놓칠세라 귀를 쫑긋 세우고 열심히 경청하는 내 진지한 자세부터가 그들에겐 즐거운 웃음거리였다. 나는 최대한 성실하게 답변하려고 머리를 쥐어짰지만 결코 기대된 바의 대답을 생각해내지 못했다. 말을 건넨 친구는 집요하게 나를 농담의 핵심으로 유도하려고 애썼다. 그러나 나는 눈치가 없었기 때문에 땀을 뻘뻘 흘리며 용을 써봐도 번번이 그들의 소망을 저버릴 수밖에 없었다. 나는 곧이곧대로 대답하거나 쉽게 모른다는 소리를 했고, 농담을 걸어온 아이는 마침내 손을 번쩍 치켜들면서 실망을 나타냈다.

"아유, 미옥이 얘는 안 돼. 민자야! 네가 대답해봐."

민자는 탁하고 갈라진 소리로 칼칼 웃으면서 답을 대번에 맞혔다. 나는 답을 듣고도 잘 이해하지 못했다. 그럴 때야말로 나는 도저히 구제할 길 없는 바보가 되는 경험을 했다. 내게 행해진 장난들은 진지하게 받아들이지만 않는다면 오로지 놀이일 뿐인 가벼운 것들이었지만 당사자인 내 머릿속에는 장난의 상황이나 비릿한 분위기가 몹시 끔찍하게 각인되었다. 민자네는 나에 관한 한 자기들이 즐기는 어른스런 이야기의 재미와 맛을 조금도 이해할 줄 모르는 애라고 굳게 판단하고 있었다. 나는 이해할 수 없는 농담들의 의미를 뒤늦게나마 혼자 힘으로 밝혀보려 했지만 기괴한 그 말들을 되풀이하는 것만도 힘에 겨웠다.

작고 발육이 더딘 아이들은 민자네 식의 추잡한 농담을 주고받지 않았다. 나는 주책없이 자라기만 하는 내 키를 원망했다. 키가 작아 앞자리에 앉는다면 민자네들이 내뱉는 이상한 이야기를 듣지 않아도 될 것이고 더 재미있고 아기자기한 우스갯소리들을 나눌 것이고 그렇다면 나도 그런 이야기의 재미는 잘 알아 입을 크게 벌리고 책상을 두드리며 함께 웃을 수 있을 것이었다.

우연히도 내 바람은 쉽게 실현되었다. 그것은 키만큼이나 내 의지와는 무관하게 닥쳐온 행운이었다. 신체검사를 받을 때 나는 뜻밖에 눈이 몹시 나쁘다는 판정을 받았다. 이제까지 칠판의 글씨를 대충 보며 지냈다는 내 고백을 듣고 성적에 최고의 중요성을 두는 어머니는 대경실색했다. 나는 혼신의 힘을 다해 잔뜩 줄인 키로도 칠판 글씨를 볼 수 없는 자리에 배정을 받았기 때문에 어머니는 내가 앞자리에 앉을 수 있도록 허겁지겁 담임에게 청원을 넣었다. 그때부터 나는 눈을 게슴츠레 뜬 채로 칠판을 쏘아보지 않아도 되었고 내 취향에 맞는 키 작은 아이들과 어울릴 수 있었다.

나는 반장인 박해수와 짝이 되었다. 해수는 매끈한 차돌멩이처럼 차진 인상을 주는 아이였다. 해수는 앞이마와 뒤통수가 모두 볼록한 짱구였고 피부가 가무잡잡했으며 주근깨가 많았다. 그다지 예쁜 얼굴은 아니었지만 해수에게는 나름대로 비장의 무기가 있었는데, 그것은 일종의 여성스런 섬세함이라 부를 만한 매력이었다. 해수는 반에서 가장 깔끔하고 세련되게 옷을 입었다. 해수는 어딘가 다르게 양 갈래로 머리를 땋았고 어딘가 다르게 머플러를

맸고 어딘가 다르게 바지의 선을 세웠다. 사진을 찍힐 때도 어딘가 다르게 찍혔는데, 고개를 살짝 옆으로 기울이고 입을 야무지게 다문 해수의 사진을 보고 다들 우리 반에서 가장 사진이 잘 나온 아이라고 감탄했다. 이것이 바로 우리가 해수의 여성스런 매력이라고 부르는 것의 내용이었다. 해수는 노래도 잘 불렀다. 해수보다 노래를 더 잘하는 애들도 많았지만 나는 해수가 부르는 '해당화' 노래를 최고로 쳤다. 해수가 턱을 약간 치켜들고 손을 모아쥐고 노래를 시작하면 나는 무진장한 감동을 받았다. 내 취향상 해수는 나무랄 데 없이 좋은 조건을 구비한 친구였다. 더구나 해수는 민자네 부류와 달리 처음부터 나를 격을 갖추고 대했다.

처음에 반 아이들은 해수와 나의 관계를 좀 놀랍게 받아들였다. 해수에게서 냉정한 대우를 받던 몇몇 자존심 강한 친구들은 깜찍한 차돌이 소녀가 별 매력도 없는 키다리에게 분에 넘치는 친절을 베푼다고 생각해 다소 억울하고 황당한 느낌을 가졌다. 민자네는 민자네대로 뒷자리에서는 기를 못 펴던 내가 졸지에 반장의 후광을 업은 게 눈꼴시다는 투였다. 사실 나조차도 몽롱한 기분이었다. 오래도록 원해왔으면서도 정작 그 내용이 별로 실현될 가망이 없다는 이유로 전혀 마음의 준비를 하지 않았던 신심 부족한 기도자처럼 나는 내 신변에 닥쳐온 갑작스런 행운에 망연자실했다. 호감을 표현하는 데 서툰 나는 처음엔 해수를 서먹하게 대했지만 해수는 그런 내 태도에 개의치 않았다. 나보다 머리통 하나가 작은 해수는 오히려 언니처럼 어른스럽게 내 머리를 가다듬어주고 내 옷을 바로잡아주고 어딜 가나 내 손을 꼭 붙들고 다녔다. 나를 비웃는 말에 대해 사납고 쌀쌀맞게 투쟁할 때를 제외하고는 내 기억에 해수가 내 앞에서 못되게 군 적은 한 번도 없었다.

시간이 흐르면서 반 아이들은 해수와 나의 단짝 관계를 인정했고 나아가 부러움과 존경을 드러내기도 했다. 아이들은 내가 공부를 제법 한다는 사실과 흑연과 나무의 영혼이 현기증을 일으킬 만큼 연필을 기막히게 잘 돌린다는 점, 그림을 좋아해 여러 가지 카드를 재미있게 그릴 수 있다는 점을 찾아내어 해수의 단짝으로서 크게 손색이 없다고 결론지었다. 내 단짝은 해수, 해수의 단짝은 나라는 사실이 공인되었다. 아무도 그 자리를 찬탈할 수 없었다. 내게 있어서 그 자리의 확고함은 해수가 나를 알아봐주고 격을 갖춰 대해준 최초의 친구라는 데 있었다. 나는 점점 해수를 좋아하게 되었고 학교생활에 성을 붙여갔다.

그러는 사이에 뒷자리에 앉은 민자네 패거리는 해괴한 장난에 열을 올리고 있었다. 특히 민자는 넋을 잃을 만큼 그 고약한 장난에 빠져 있었는데, 그것은 다짜고짜 다른 애의 젖가슴을 만지는 짓이었다. 민자는 닥치는 대로 다른 아이의 젖가슴을 노렸다. 게다가 노상 누구는 젖가슴이 꽤 볼록하니 부풀었는데 누구는 판판 절벽이라고 떠들어댔고, 다른 애가 복수로 자기 젖가슴을 만질라치면 팔로 감싸고 피하기는커녕 나이든 아주머니처럼 뭉긋하고 꼴사납게 튀어나온 가슴을 불쑥 내밀었다.

"만져라, 만져! 실컷 만져라!"

변성기에 접어든 민자는 새된 높은 음과 웅웅대는 낮은 음을 동시에 방출하면서 이렇게 소리쳤고 언제나 듣기 싫은 칼칼웃음으로 마무리를 했다. 나는 그런 민자가 질색을 하게 싫었다.

해수도 민자네가 하는 그런 징글맞은 장난을 싫어했다. 대신에 해수는 내게 아주 깜찍한 방식으로 애정을 표현했다. 해수는 내 볼이나 입술에 입맞추기를 좋아했다. 일요일이나 공휴일 다음날이면 해수는 나를 하루 동안 못 보고 지낸 괴로움을 내게 입맞추는 것으로 해소했다. 해수는 쉬는 시간이면 내 귀에 대고 교회에서 나를 위해 기도했던 말을 속삭인 다음 아멘, 하고는 내 뺨에 작고 귀여운 뽀뽀를 해주었다. 나는 해수의 뾰족하고 부드러운 입술이 내 뺨 위에 몇 번 콩콩 부딪치는 느낌을 즐겁게 받아들였다. 그 보답으로 나도 주근깨가 자잘한 해수의 뺨에 입을 맞춰주었다. 나와 해수의 입맞춤을 본 민자는 큰 소리로 놀려댔다.

"여자애들끼리 키스, 키스, 키스하는 것 좀 보래이!"

그 소리를 들은 반 아이들은 우리의 입맞춤에 놀랐다기보다 '키스'라는 말을 따로 떼어내 아주 불결하게 발음하는 민자의 사발깨는 목소리에 놀라고 말았다. 민자의 추종자들은 해수와 나를 '그렇고 그런 사이'라고 몰아대며 흉을 봤다. 나는 해수의 작고 야무진 몸 뒤에 숨었고 해수는 기다란 내 팔을 잡아 뒤로 감춰주면서 앞에 썩 나서서 비난의 화살들을 고스란히 받아냈다. 해수는 두목인 민자와 담판을 지었던 것이다.

"그래, 그럼 너희는 남자애들하고 해라, 응?"

민자는 뒷전으로 물러나 수군덕거렸다. 사실 민자는 이 짜릿한 행위를 흉내내고 싶어도 내놓고 그럴 수 없게 된 데 대해 무척 속상해하고 있었다. 민자네가 자기들끼리 몰래 숨어서 키스를 한다는 걸 알게 된 것은 뜻밖에도 전학 온 석윤아를 통해서였다. 그리고 내가 해수와 멀어지게 된 것도 바로 그애, 인형처럼 깜찍하고 예쁜 석윤아 때문이었다. 그렇다면 열아홉의 내가 노미혜에게 끌린 것도 윤아에게 끌렸던 마음과 같은 걸까. 모든 달콤한 매혹 속에는 그렇듯 파렴치한, 스스로 외면하고 싶은 죄스런 욕망이 씨앗처럼 단단히 박혀 있는 걸까.

*

골방에서 함께 술을 마신 후 우리는 가까워졌다. 여섯 명은 자연스럽게 세 쌍으로 짝지어졌다. 명호와 미혜는 노는 일과 장난질에 능했지만 성적 관리에도 열심이라 도서관에 자리를 맡아주거나 수업을 빼먹은 친구들에게 시험 자료를 정리해주었다. 한영과 수진은 서로 잡아먹을 듯 쉬지 않고 싸움과 논쟁을 일삼았으나 무궁무진한 교양 도서들을 목록화해주고 좋은 책들을 돌려 읽게 해주었고 심각한 고민을 공유했다. 술을 좋아하는 종태와 나는 바쁜 서클 생활 중에도 짬짬이 술자리를 마련해 명호와 미혜의 가벼운 장난질에 가세하거나, 골방 논쟁 이후로 훨씬 공격적이 된 수진과 훨씬 유들유들해진 한영 사이에서 벌어지는 지칠 줄 모르는 싸움을 지켜보았다.

그러는 동안 나는 머뭇거렸다. 나는 여성적인 유혹에 마음이 끌렸다. 일견 내숭과 사치라고 비난받기도 하는, 노미혜가 가지고 있는 여성스러움의 신비를 나는 동경했다. 미혜는, 여성적인 매력을 맘껏 발산하여 그 여성스러움으로 남자에게 접근하고 남자를 매료시키고 남자로부터 횡설수설하는 고백의 말을 이끌어내고 싶다는, 내게 있어서 꽤 유서 깊은 꿈을 환기시켰다. 미혜의 향기로운 분위기는 나를 치장하고 싶게 했고 우아하고 비싼 자리에 마음이 끌리게 했고 높은 웃음소리와 수다가 꽃피는 자리, 수다와 웃음을 호위하는 게 임무인 아첨쟁이 남자들이 우글거리는 자리에 있고 싶게 했다.

인문대 앞 잔디동산에 벚꽃이 흐드러지게 만발했을 때 명호와 미혜는 그 언덕에 그림처럼 앉아 있곤 했다. 명호가 미혜에게 매일 들려주는 말들, 몸이 약하다든가 신경이 예민하다든가 하는 말, 아니면 참새처럼 명랑하다든가 귀여운 수다쟁이라든가 하는 말, 우아하다든가 귀티가 난다든가, 아무 옷이나 입어도 어울린다든가, 종잡을 수 없이 변덕스럽다든가, 남자들을 꼼짝 못하게 한다든가, 신경질이 이만저만이 아니어서 한번 화나게 했다간 큰일난다든가, 반여우라든가 바람둥이라든가 하는 말들, 이 밖에도 수없이 많은 말들, 아첨쟁이 남자가 아첨을 좋아하는 여자에게 하는 말이기 때문에 칭찬이나 애정의 말일 때는 물론이거니와 책망이나 비난의 말일 때조차도 달콤함이 잔뜩 묻어 있기 마련인 이 모든 말들이, 나는 내게 건네지기를 바랐다. 벚꽃이 질 즈음 나는 눈처럼 날리는 꽃잎을 맞으며, 이런 감미로운 말들에 비하면 명호가 신입생 환영회 날 내게 건넨 여분의 악수라든가 내 이름을 기억하지 못하면서도 취중에 알은척해주었던 호의 따위는 그야말로 아무것도 아니었구나, 아무것도 아니었구나 깨달았다.

그러나 다른 한편 독립된 어른이 되기를 갈망했던 또하나의 나는, 나긋나긋한 여성스러움 못지않게 그 대척점에 있는 중성적 견고함에도 큰 비중을 두지 않을 수 없었다. 싸고 허름한 중국집이나 학사 주점에서 바퀴벌레나 이름 모를 벌레들이 기어나왔을 때 여학생들이 괴성을 지르면 예외 없이 이런 반응을 보이는 남학생들이 있었다.

"여자들은 밖에선 저렇게 난리를 치다가도 집에 혼자 있을 땐, 응, 이거 뭐야, 하면서 꾹 눌러 죽인다고. 우리 누난 눈 깜짝 안 하고 쥐도 잡는데 뭐."

이런 시선들은 내 안에 내숭 떠는 여자에 대한 혐오를 심어놓았다. 내숭 떠는 여자의 이미지에는 항상 그와 비슷한 또하나의 비판적인 이미지가 따라다녔다. 그것은 물질적으로 풍요롭거나 적어도 그런 상태를 열망하는 사치스런 여자의 이미지였다.

"글쎄 화장실이 말야, 아무것도 없이 그냥 수챗구멍 하나뿐인 거 있지? 어쩌면 그럴 수가 있니? 아유, 나 너무 싫어!"

골방에서 술을 마신 날 미혜는 내게 간소하기 짝이 없는 화장실의 실태를 말해주며 치를 떨었다. 그후로 미혜는 그런 허름한 주점들에 절대로 가려고 하지 않았다. 좋은 화장실이 있는 곳에 가려는 여자는 의당 내숭과 사치의 화신처럼 취급되었다. 미혜는 그 전형이었다.

내게 뜻밖의 길을 열어준 사람은 수진이었다. 수진은 남학생들에게 퍼져 있는 '여자의 내숭'에 대한 관념을 산산이 부수는 망치 같았다. 여자 화장실이 따로 없는 주점들에서 여학생들은 남자 화장실 문을 잠그고 바닥에서 볼일을 보거나 아주 나쁜 경우엔 인적이 뜸한 골목을 찾아 배회해야 했다. 수진은 우는소리 없이 조용히 볼일을 끝내고 돌아왔다. 그리고 나는 부지런히 '성 용어 사전'을 편찬하고 있는 중이기는 했지만 남학생들이 흘리는 음담패설이나 성적인 뉘앙스가 짙은 농담을 들으면 어떤 태도를 취해야 할지 난감해서 얼굴을 붉혔다. 남자들은 이런 방면에서 순진한 체하는 여자들 대부분이 내숭을 떨고 있다고 생각하는 것 같았다. 진한 음담패설을 듣고 비난의 신음소리를 내는 여학생들 사이에서 피식 웃으며 더 진한 농담으로 응수하는 수진은 내게 놀라운 통쾌함이었다. 불결, 음담패설, 궁핍, 고통 등을 참아내지 못한다면 그것은 내숭 아니면 사치였다. 나는 그런 비판에서 벗어나기 위해 남학생들이 흘리는 음담패설에 그 정도쯤이야 하는 얼굴로 함께 웃었고, 벌레를 보고도 심상찮게 툭 털어내든가 눌러 죽였고, 남자 화장실 문이 잠기지 않아 한 손으로 문고리를 부여잡고 다른 한 손으로 어렵사리 바지를 내리거나 올리면서도 볼일을 보고 나와서는 아무렇지 않게 침을 한 번 캑 뱉었다.

여성적이고자 하는 욕망은 나를 부드럽게 어루만졌고, 중성적이고자 하는 욕망은 나를 심각하고 진지한 고민에 빠뜨렸다. 당시의 내게 여성성은 유혹과 매력이었고, 중성성은 당위이자 압력이었다. 누구나 그랬듯이 나는 둘 사이에서 방황했으며, 누구나 그런건 아닐진대 나는 둘 중 어느 것도 제대로 수용하지 못하고 한동안 어정쩡한 태도를 취했다.

나의 어정쩡한 불편함은 시간이 흐를수록 가중되었다. 어느 순간부터 수진과 미혜의 관계는 불규칙한 소음을 내는 고장난 기계처럼 삐걱거렸다. 수진은 미혜의 어리광을 절대로 용납하지 않고 항상 비아냥거리는 쪽이었고, 미혜로 말하자면 무척 변덕스러워서 어떤 주장을 격렬히 내세우다 의외로 쉽게 철회하는가 하면 미심쩍게 제출했던 의견을 갑자기 목숨걸고 악착같이 고집하기도 했다. 두 여자의 대화는 굵기가 고르지 않은 줄을 타는 불안정한 재주꾼의 심리를 음표로 재현한 듯 아슬아슬했다. 둘이 서로 말꼬리를 잡고 실랑이를 벌이다 급기야 다투기 시작하면 나는 엄격한 저울질을 하여 어느 쪽이 열세인가를 재빨리 파악한 후 열세인 쪽으로 미친듯이 달려가 응원을 했다. 냄비의 내용물이 끓어넘치기 전에 날렵하게 불을 줄여야 하되 아예 꺼버려서는 안 되는 조리사의 신기神技로, 나는 대화의 열도를 조절해야만 했다.

하지만 우리 셋은 요리를 하거나 설거지를 할 때 가장 사이가 좋았다. 수진이 평소의 공격성을 감추고 미혜가 어리광 반 아양 반으로 일관하던 태도를 버리는 것은 오로지 가사를 함께할 때뿐이었다. 여자들은 일에 열중할 때 가장 진지한 얼굴이 되곤 하는데, 내가 그토록 싫어했던 외가 쪽 여인들도 서로 협력하여 일을 할 때는 언제나 숭고하게 보였다.

어머니까지 포함하여 자그마치 여자 어른 다섯으로 구성된 '여인 군단'은 무척 일손이 빨랐다. 그러다보니 그들은 어지간한 힘든 일에는 눈 하나 깜짝하지 않았다. 그 용맹스런 군단은 아무리 거추장스럽고 고단한 일이라 해도 뭉치면 대번에 해치울 수 있다고 사기충천해 있었기 때문에 겁없이 힘든 싸움에 몸을 던지곤 했다. 그 군단의 용맹심을 가장 잘 입증한 대전大戰은 긴 겨울을 나기 위한 월동 작전의 하나인 '김장 조달전'이었다.

김장배추와 무를 들여오는 날부터 눈코 뜰 새 없이 바빴다. 마당 수돗가에서는 연신 물소리가 났고 집안에 있는 칼이란 칼, 도마란 도마, 무기란 무기는 죄다 동원되었다. 여인 군단의 일하는 기상은 너무나 씩씩해서 가슴이 시원해지는 청량감마저 느끼게 해주었다. 총괄 지휘를 맡은 외할머니는 적당량의 재료와 적당량의 양념을 넣어 최고의 맛을 내는, 모든 것을 좌우하면서도 모든 것으로부터 자유로운 바로 그 '적당량'의 판별을 신속하고도 정확하게 지시했다. 크고 작은 바퀴들이 정교하게 짜맞추어져 힘차게 돌아가는 기계처럼, 외할머니의 명령을 수행하는 각각의 여인들은 세상사의 아웅다웅함으로부터 초연한 자세로 그들의 힘과 재주로 진행되는 운동에만 전념했다. 여인 군단은 첫날에 알타리김치와 동치미를 작살냈고, 그다음날에는 여흥으로 갓김치와 고들빼기김치를 해치웠다. 그리고 마지막엔 접 반이나 되는 대량의 김장용 배추를 한날한시에 후려쳐서 담갔는데 그날은 고양이 손이라도 빌리게 바쁜 날이었다. 품앗이해주러 온 이웃집 할머니도 우리집 김장의 양과 종류에 기함했다. 옆집 할머니는 생전에 이렇게 많은 김장을 하는 걸 또 보기는 어려울 거라며 절여놓은 연녹색 배추의 산이 붉은 산으로 바뀌어가는 걸 감탄하며 지켜보았다. 옆집 할머니는 노랗게 절여진 배추 속잎에다 빨갛게 버무린 김칫소를 얹어 오물오물 쌈을 싸 먹으며 총사령관인 외할머니에게 찬사를 아끼지 않았다. 흡족한 얼굴로 고개를 끄덕이던 외할머니는 그 인사를 건넨 사람이 다름 아닌 옆집 할머니란 사실을 깨닫자 돌연 얼굴이 굳었다. 외할머니는 옆집 할머니의 말을 조금도 고맙게 여기지 않았다. 비록 중풍이 들었긴 하나마 옆집 할아버지가 살아 있다는 이유로 외할머니는 어린아이처럼 옆집 할머니를 질투하고 있었다.

수진과 미혜와 나도 여인 군단 못지않게 훌륭히 일을 해냈다. 날씨가 궂고 비가 내리던 그날도 우리는 수진의 자취방에 모여 칼국수 반죽을 밀고 부침개를 부치느라 흥에 겨워 있었다. 우리는 전날 미혜의 강권에 못 이겨 일일 찻집에서 즉석 미팅을 했던 일을 놓고 와자지껄 떠들었다. 미팅의 결과는 보잘것없었지만 미팅 경험이 많은 미혜의 후일담은 언제나 재미있었다.

"세상에, 너희들 내 파트너 봤지? 걔는 진짜 얼마나 순진한 녀석인지 몰라. 너무 순진해서 눈치도 되게 없어. 내가 그렇게 별로라는 티를 냈는데도 자기를 마음에 들어하는 줄 착각한 거야. 집까지 바래다준다는 걸 거절했더니 애처럼 막 울려고 삐죽삐죽하는 거 있지? 너무 불쌍해서 명호만 아니면, 그래 네 맘대로 해라 새꺄, 그러고 싶었다니깐. 근데 참, 이거 비밀이다. 명호가 나 미팅한 거 알면 엄청 지랄할 텐데."

야외용 가스버너를 앞에 놓고 애호박전을 부치던 나는 내심 놀랐다. 미혜의 말은 그녀와 명호의 관계가 얼마나 은밀하고 광기 어린 것인가를 암암리에 표현하고 있었고 나는 둘의 급속한 진도에 혀를 내둘렀다. 나는 남학생들이 언제부턴가 미혜를 두고 '소문이 나쁜 애'라고 입방아를 찧는 걸 들은 적이 있었다. 그들이 흘리는 묘한 말들은 내 호기심을 자극했다. 나는 그들이 어디서 그런 정보를 얻었는지, 과연 믿을 만한 정보인지, 소문이 나쁘다는 말의 구체적인 내용이 무엇인지 등등이 궁금했지만 그들은 내 궁금증을 풀어주지 않았다.

"그냥 어디서 들었어."

"그저 그런 정도밖에 몰라."

"뭐 그런 걸 묻고 그러냐?"

'그냥 어디서' '그저 그런 정도' '뭐 그런 걸' 등 이미 공유된 정보를 전제로 하는 대명사적 언급들은 도대체 어디서, 어느 정도의, 어떤 말을 들었는지 하는, 구체적 사실을 향한 내 호기심을 봉쇄시켰다. 남학생들은 나한테는 이렇게 얼버무리면서도 자기들끼리는 아무튼 대단하다느니, 생긴 걸 보면 그럴 만도 하다느니 하면서 뭔가 자세한 데까지 속속들이 알고 있는 듯 말하곤 했다. 나는 은밀한 소문 따위에는 전혀 깜깜할 것 같은 종태에게 미혜에 관해 떠도는 말들을 살짝 비추었다. 짐작대로 종태는 아무것도 모르고 있었다. 그 이후로 나는 미혜에 관한 소문을 알고 있는지 어떤지를 기준으로 남자애들의 인격을 판별했다. 그러나 나중에 알고 보니 종태를 포함한 모든 남자애들이 그녀에 관한 소문을 알고 있었으며 그것을 아는 체하고 나서서 떠들지 않는 편이 낫겠다고 입장을 정리한 종태 같은 축들만이 내게서 신뢰를 얻은 데 지나지 않았다. 아무튼 종태는 시치미를 떼는 데는 명수였다.

미혜가 소문이 좋지 않은 여자라는 사실은 내게 미혜에 관한 신비감만 더해주었다. 나는 미혜를 '소문이 나쁜 여자'라는 빛깔의 유리를 통하지 않고는 볼 수 없었다. 미혜는 소문 때문에 신비로웠다. 미혜에 대한 호기심을 자극한 것은 내 안에 내면화된 남자의 시선이었다. 나는 내 눈이 아니라 쑤군덕거리는 남자들의 눈으로 그녀를 보았고, 그 눈에 비친 그녀는 치명적인 매력을 풍겼다. 나는 그녀와 친하게 지내면서도 그 소문에 관해서는 일언반구 운도 떼지 못했다. 나는 다만 끓어오르는 호기심과 매혹을 주체 못하고 소문의 정체를 밝히고 싶어 몸만 달아 있었다. 그런데 아……

프라이팬에서 애호박전을 뒤집는 내 손길이 거칠어 손등 위로 따끔하게 기름이 튀었다. 나는 노미혜를 질투하고 있었다. 나는 어떤 남자에 대해서도 내 미팅이 그를 '지랄하게' 만들 거란 표현을 사용할 수 없었다. 비록 중풍에 걸렸긴 하나마 영감님이 살아 있다는 이유로 옆집 할머니를 질투한 외할머니처럼, 나는 내가 갖지 못한 것, 내가 표현할 수 없는 말들에 대해 질투심을 느꼈다. 그러나 소주병으로 밀반죽을 밀던 수진은 미혜의 말에 놀라는 기색도 없이 심드렁하게 말을 받았다.

"내가 미팅했다 그러면 아마 한영이는 대번에 논쟁을 걸어올 거다."

"맞아, 맞아!"

미혜는 신나게 맞장구를 치더니, 멸치 부스러기를 거즈 손수건에 담아 실로 묶어 끓는 물에 담그고는 내 쪽으로 고개를 살짝 기울여 긴 머리카락에서 풍기는 향내를 내게 담뿍 끼었으며 이렇게 말했다.

"종태는 미옥이 미팅한 거 알면 되게 시무룩해할걸."

얼떨떨한 내 표정을 보고 둘은 큰 소리로 웃었다. 나는 종태와 절대 그런 사이가 아니라고 변명했다. 수진이 웃다 말고 이렇게 물었다.

"그럼 나는 한영이랑 그런 사이란 말이가, 세상에?"

미혜와 명호가 연인 관계라는 것은 '지랄'이라는 말로 확실해졌고, 수진과 한영이 연인 관계가 아니라는 것은 '논쟁'이란 말로 확실해졌지만, 나와 종태의 관계는 불확실했다. 내가 여성성과 중성성 사이에 매달린 추처럼 흔들리고 있었듯이 종태와 나의 관계도 연애와 연애 아님 사이에서, 지랄과 논쟁 사이에서 그저 시무룩하게 흔들리고 있었을 뿐이었다.

수진은 소문에 휩싸인 미혜를 신비롭게 여기기는커녕 그 때문에 미혜를 좋지 않게 여겼다. 하지만 손발을 척척 맞춰 그럴듯한 안주를 만들어 거나하게 술에 취한 밤, 수진은 문득 마음이 고상해져 평소에 미혜를 경멸하고 공격해왔던 것을 속죄하느라 이렇게 미혜를 치켜세웠다.

"미혜 니는 옷 하나는 진짜 기깔나게 잘 입는다 아이가."

수진의 기분을 눈치챈 나는 공연스레 과감해졌다.

"아니야!"

나는 수진의 말을 정면으로 부정한 다음 쑥스럽게 덧붙였다.

"미혜 얘는 옷을 벗겨놓고 봐야 더 예뻐."

그 순간 들려오는 미혜의 말이 나를 아찔하게 했다.

"어머! 나 그런 말 많이 들었어."

나는 이 말이 주는 자극에 아연했다. 어떤 말을 많이 들었다는 것일까? '벗겨놓고 보면'이라는 가정하에 '예쁘겠다'고 추측하는 말을 많이 들었다는 뜻일까, 아니면 실제로 '벗겨놓고 보니' 벗은 몸이 '예쁘다'고 감탄하는 말을 많이 들었다는 뜻일까? 담백하면서도 기름지고, 고소하면서도 텁텁한, 상쾌함과 진득함이 범벅이된 이 말의 오묘한 맛. 어떤 용액에 손가락을 담갔을 때 얼얼하게만드는 그 액체가 뼈저리게 찬 얼음물인지 펄펄 끓는 기름인지를 분간 못하는 순간의 감각. 둔하면서도 예리하게 두 극단의 감을 동시에 맛뵈주는 자극적인 말의 질감.

나는 미혜의 말 한마디로 인해 내가 그토록 알고 싶어하던 '소문이 나쁘다'는 평판의 실체가 무엇인지 깨달았다. 내가 헛되이찾아 헤맸던 소문의 내용 자체는 실로 아무 의미도 없었다. 평판의실체는 결코, 미혜가 재수 시절 동거한 적이 있다든가 누구누구와동시에 사귀고 있다든가 서른 살도 넘은 유부남과 가끔 만난다든가 하는 데 있었던 것이 아니라, 그런 평판을 낳고 지속하게 만드는 힘, 다시 말해 내가 "벗겨놓고 봐야 더 예뻐"라고 도에 넘치는성적 찬사를 던졌는데도 미혜가 조금도 당황하거나 주저하지 않고 취기로 발그레해진 뺨을 반짝이며 "어머! 나 그런 말 많이 들었어"라고 받아쳤을 때 내가 받은 느낌, 나를 그렇게 아찔하고 어안이 벙벙하도록 자극했던 그 어떤 외설적인 뉘앙스들의 종합적인 효과에 있었던 것이다.

소문의 효과는 적지 않이 미혜의 육체가 그리는 아름답고도 선병질적인 보디라인에도 빚지고 있었다. 그녀의 몸이 그녀를 소문에 시달리게 만드는 동시에 소문으로 치장하게 만들었다. '벗겨놓고 보면'이란 말은 평범한 육체에 대해 발언될 경우 말이 서둘러 연상을 비껴가지만, 미혜처럼 아름답고 미끈한 육체를 겨냥하여 발언될 경우에는 말이 연상과 정면으로 단단하게 결합하여 그 육체를 만지거나 소유하고 싶은 욕망을 불러일으킨다. 그녀의 육체는 소문의 희생양이자 소문의 제사장이었다.

*

전학 온 윤아의 육체도 소문의 베일에 신비롭게 감싸여 있었다. 윤아는 새침데기처럼 하얀 얼굴과 동그란 눈, 선명한 콧날에 몸집이 자그마했다. 다만 젖가슴만은 성숙해서, 그 크기가 민자만큼 거대하지 않다 뿐 그애가 즐겨 입는 원피스 드레스 위로 도톰하고 발랄하게 튀어나와 있었다. 우리 반은 공주 같은 그애의 출현으로 발칵 뒤집혔다. 반에서 일어나는 모든 일에 대해서 갈라진 목소리로 자기 의견을 밝히지 않고는 직성이 안 풀리는 민자는 '석윤아'라는 이름을 듣자마자 대뜸 이렇게 외쳤다.

"이름은 어쩐지 몰라도 성은 별로야, 별로!"

민자네 똘마니들은 얼른 민자의 말을 복창했다.

"그래 맞아! 성은 별로야, 별로!"

반 아이들은 전학 온 윤아에게 친절하게 대하려고 애썼다. 겉보기에 수줍음을 많이 탈 것처럼 보이던 윤아는 의외로 아무에게나 쉽게 말을 걸었다. 민자네는 윤아에게 호감을 사려고 번잡을 떨면서도 뒤에서는 윤아의 하얀 살결을 트집잡은 민자의 말을 되뇌며 삐죽거렸다.

"쟤는 혼혈아 같아!"

그러나 정작 윤아가 얘, 이거 뭐니? 하고, 다른 누구도 아닌 너 말이야, 하는 식으로 손가락 표시까지 해서 호출을 하면 지목된 당사자는 잽싸게 달려가 성실한 답변으로 응했고 더 물어볼 게 없냐는 비굴한 표정을 지었다. 윤아는 반의 분위기에 빨리 젖어들었고 어느덧 반에서 꼭 필요한 귀여운 마스코트가 되었다. 나는 일종의 무심한 태도로 윤아를 휩싸고 도는 교제의 원이 점점 커지는 것을 지켜보았다. 그러나 나는 윤아가 하필 민자네와 어울리는 것에 대해서만은 의아하게 생각하지 않을 수 없었다.

민자는 때가 낀 손톱이 달린 통통한 오른손의 검지를 세워 왼손 바닥에 소복이 담긴 라면수프를 침을 발라 찍어 먹곤 했는데, 그럴 때면 윤아는 고급 요리에 질린 귀족 집안의 딸이 하녀의 거친 주전부리를 탐하듯 쪼르르 달려가 아양을 떨어 민자가 침 묻혀가며 먹던 라면수프를 제 손에 덜어 받았다.

"에구, 이 기집애, 순 프랑스 인형같이 생겼어."

민자가 침이 덜 마른 손으로 윤이 흐르는 윤아의 갈색 머리칼을 마구 흩뜨려놓았지만 윤아는 해죽해죽 웃기만 했다.

내가 윤아와 친해지게 된 건 윤아의 당돌한 접근 때문이었다. 윤아는 언제부턴가 내게 손바닥을 반짝 들어올리며 안녕! 하고 앙증맞은 인사를 해오기 시작했다. 해수가 윤아의 이런 인사에 대해 신경을 곤두세우는 눈치였기에 나는 어영부영 윤아의 인사를 피했다. 그러나 윤아는 계속 알은척을 해왔고 나는 해수의 경계에도 불구하고 윤아와 자주 어울렸다.

윤아는 나보다 조숙했다. 그해 여름 윤아는 속에 러닝도 입지 않은 할랑한 티셔츠 바람으로 철봉대에 거꾸로 매달리길 잘했다. 윤아는 티셔츠가 흘러내려 놀랄 만큼 동그랗게 부푼 새하얀 젖가슴이 커다란 운동장을 향해 드러나는데도 눈 하나 깜짝하지 않았다. 철봉대에 그렇게 대롱대롱 매달린 자세로 윤아는 내게 물었다.

"너 멘스하니?"

눈을 둘 곳 없어 황망하던 나는 누명이라도 쓴 듯 기겁을 했다.

"안 해!"

"민자는 벌써 멘스한다더라."

윤아는 태연하게 이런 말도 덧붙였다.

"민자 개한테선 있잖아, 멘스할 때 이상한 냄새 난다."

"무슨 냄새?"

"그냥 이상한 냄새."

나는 그 이상한 냄새가 뚜껑만 열면 구역질을 하게 만드는 비릿한 도시락밥의 냄새와 비슷한 것이 아닐까 생각했다.

날이 갈수록 윤아는 점점 더 맹랑한 말들을 많이 했다. 윤아가 섹스를 상징하는 손가락짓을 가르쳐주던 날 나는 심한 충격을 받았다. 한술 더 떠서 윤아는 요상한 잡지에 대한 이야기도 해주었다.

"민자가 그러는데 거기 나온 여자들은 너무 웃긴다는 거 있지? 옷을 홀딱 벗고서 거기에 난 털을 세기도 하고 뽑기도 한단다."

나는 윤아의 괴이한 말을 반신반의하면서도 호기심에 빠져 그런 사진 속의 여자들을 힘겹게 상상해보았다. 윤아는 민자네들이 몰래 숨어서 '키스'를 한다고도 일러주었다. 그런데 그애들이 하는 건 해수와 내가 하듯이 볼에 하는 '뽀뽀'나 '입맞춤'이 아니라 진짜 '키스'라는 것이었다.

"진짜 키스?"

"그래, 입 벌리고 진짜로 하는 거. 민자가 나한테도 그걸 하자더라."

나는 입이 딱 벌어졌다. 윤아는 내 귀에 대고 속삭였다.

"그리고 키스하면서 자기 가슴을 막 만져달래."

"그래서…… 너…… 했어?"

"아니."

윤아는 내가 자기 말을 안 믿는 눈치를 보이자 극구 변명했다.

"진짜 안 했어. 민자 걔는 너무 더럽잖아?"

그리고 동그란 눈에 잔뜩 장난기를 담아서는 "너랑이라면 몰라도……"라고 말해서 나를 펄쩍 뛰게 만들었다.

"장난이야, 장난!"

윤아는 깔깔 웃었다. 그리고 내게 뺨을 내밀어 해수에게 한 것처럼 뽀뽀를 해달라고 했고 나는 주근깨 하나 없는 윤아의 하얀 볼에 입을 갖다대었다. 윤아와 헤어져 집으로 돌아오면서 나는 윤아의 말을 듣고 펄쩍 뛴 게 과연 잘한 짓인지 아닌지 분간할 수 없는, 이상한 부끄러움에 얼굴이 달아올랐다.

*

열한 살 그때의 나는 민자네와 부동이 되어 수상한 짓을 하고 다니는 게 분명한 윤아의 노골적인 유혹에 무력하게 조종당했고 결국 해수와 소원해지고 말았지만, 대학생인 나의 선택은 달랐다. 수진의 방에서 술을 마신 그날, 나는 야릇한 환상들과 결별하기로 했다. 한동안 여성적인 것 주변을 서성거리며 미혜로부터 풍겨나

오는 감미로운 향기를 맡았던 기억, 벚꽃이 만발한 잔디동산의 풍
경들……

나는 거기서 한발 물러서기로 했다. 무엇에서 풀려났다는 해방
감보다는 왠지 모를 상실감, 뭔가 중요한 걸 놓쳐버렸다는 슬픔에
안타까웠지만, 그러나 나는 더이상 허기진 얼굴로 우아하고 아름
다운 여성의 자리를 기웃거리는 짓을 하지 않기로 했다. 나는 그
자리에서 훌쩍 비켜서기로 했다. 여름 농촌활동을 계기로 나는 씩
씩하고 걸출하고 통이 큰 중성적 여성이 되겠다는 비장한 결심을
했다. 이 선택도 내게 그다지 적합한 것은 아니었는지 모른다. 아
니, 어떤 선택에 대해서건 내 인생 자체가 별로 적합한 포즈를 취
해주지 않았던 것인지도 모른다.

미혜와 명호는 농활에 참가하지 않았다. 명호는 아예 휴학을 하
고 삼수의 길로 접어들었고 미혜는 농활에 불참하는 이유를 이렇
게 밝혔다.

"어머! 나 농활 못 가. 거긴 화장실이 재래식이잖아?"

미혜의 이 말은 너무나 분명하고 반박 불가능한 것이었다.

농활팀은 둘로 나뉘어, 종태와 나는 동쪽 마을에서 일했고 한영
과 수진은 서쪽 마을에서 일했다. 하루종일의 중노동도 고역이었
지만 내게 더 힘들게 느껴진 것은 고된 일 사이사이 고개를 내미
는 허기였다. 아무리 애써도 나는 규율상 먹지 못하도록 되어 있는
새참의 유혹을 머릿속에서 떨어버릴 수가 없었다. 쟁반이나 바구

니에 담겨 나무 밑 풀밭에 놓여 있던 핏덩이처럼 애틋한 새참들, 그것은 소박한 흑설탕물이나 미숫가루 탄 물이기도 했고, 수박이나 오이, 마을 입구 구멍가게에서 외상으로 가져온 팥빵이나 집에서 말아온 국수, 밀전, 찐 감자이기도 했다. 일을 하러 갈 때나 담뱃잎을 따면서나 혹은 밭에서 김을 매다 짙은 초록 숲 저편에 끝도 없이 펼쳐진 푸른 하늘을 볼 때나 일을 마치고 마을회관으로 돌아와 저녁을 기다릴 때 나는 알 수 없는 슬픔에 사로잡혔다. 나는 나도 모르는 사이에 강아지풀을 서너 개씩 입에 물고 씹는 버릇이 들었다.

작업과 분반 활동을 끝내고 평가회를 하는 동안, 비록 내가 식민지 시대 농민운동사라든가 농민 계급의 소소유자적 특성, 강철 같은 농활 수칙, 분반 활동을 통한 농민과의 교감 등을 논하는 말에 기계적으로 귀를 열어두고 있기는 했지만, 내 머릿속을 가득 채우고 있는 것은 미처 맛보지 못한 토마토와 절편, 먹고 가라고 붙잡던 점심상에 올라 있던 열무김치나 알감자조림이나 미역냉채였다. 새벽까지 계속되는 평가회 내내 나는 허기진 속을 청자 담배로 채우며 물 많은 토마토와 설탕을 묻힌 쫄깃한 절편, 열무김치에 비빈 보리밥과 시원한 냉채 국물을 잊지 못했고, 벚꽃이 날리던 잔디 동산을 잊지 못했다. 가끔씩 종태가 형편없이 늘어진 내 어깨를 꾹 눌러주고 어디서 구했는지 모를 솔 담배 몇 개비를 몰래 건네주는 것이 그나마 위안이라면 위안이었다. 나는 질깃질깃한 풋내나는 강아지풀을 꼭꼭 씹으며 내가 좀더 강하고 위대한 여성이 될 수 있기를 기원했다.

농활이 끝나고 뒤풀이를 하던 밤, 농활팀 전체가 함께 모였다. 나는 오랜만에 한영과 수진을 만나 반가움을 감추지 못했다. 그런 나를 한영이 대뜸 밀쳐내며 시비를 걸어왔다.

"너희 마을에서는 새참도 먹고 낮잠도 잤다면서?"

"그게 어디 농활인가? 순 피서 온 거지."

수진이 비웃듯 맞장구를 쳤다. 종태와 나는 질린 얼굴로 마주보았다.

"일도 제대로 못하면서 기절까지 한 애도 있다면서?"

"노는 것도 힘들었는갑네."

우리는 작당을 하고 덤벼오는 둘을 험악한 얼굴로 흘겨보았다.

"그런 농활은 농땡이 농 자, 농활이라고 한다."

"애초부터 동쪽 마을에는 떨떨한 것들만 갔으니까 뭐."

동쪽 마을에서 일한 우리 편과 서쪽 마을에서 일한 반대편이 한바탕 맞붙어 싸웠다. 서로를 쥐어박고 때리고 발로 차고 '쁘띠'적으로 군 죄를 이실직고할 것을 요구하면서 우리는 무수한 구타 속에서 역설적인 애정을 맛보았다. 싸움이 끝났을 때 나는 린치를 당한 듯이 뻗어버렸다. 나는 막걸리잔들을 숨가쁘게 비워냈고 힘든 일정을 끝냈다는 홀가분함에 정신이 혼미해지면서 탁자에 고꾸라졌다. 어느 결엔가 나는 살풋 잠이 깨었다. 한영이 하던 말의 끝부분이 귀를 파고들었다.

"……미옥인 너무 약해."

나는 엎드린 채로 가만히 있었다.

"그래도 이번 농활에서는 정말 열심히 일했다."

종태 목소리였다.

"점점 좋아지고 있긴 한데, 보고 있으면 왠지 불안불안하더라."

이건 수진의 말이었다.

"난 미옥이를 믿는다. 미옥이는 잘해낼 거야."

종태의 말이 내 어깨를 꾹 눌러주었다. 그들은 다른 화제로 넘어갔고 나는 어깨를 흠칫 떨며 곧 잠들었다. 제발 내가 더 강한 여성이 될 수 있기를……

강해지고 싶은 욕망은 언제나 내 속에서 한결같았다. 더이상 어머니 주변을 맴돌지 않으리라 결심했던 열한 살 그때도 나는 똑같은 욕망에 사로잡혀 있었다. 대문 밖에 서서 대문 안쪽을 노려보며 어머니의 착한 딸이기를 포기했던 그때, 그러나 결국 시시껄렁하고 채신없는 짓만을 저지르고 다니게 된 그때도 나는 내가 더 강해지기를 빌었으며 그렇게 변해가고 있다고 믿었다.

*

학교에서 돌아와도 어머니는 혼자 있지 않았다. 어머니를 중심으로 여자 어른들은 마루에 둘러앉아 찬거리를 준비하고 양념을 다듬는 등 자질구레한 일거리를 놓고 떼 지어 모여 있었다.

"영애 너, 시집 안 보내준다고 발광 떨 거 하나도 없다."

시작부터 흥분하면서 훈계조로 막내 이모를 닦달하는 사람은 첫째 이모였다. 첫째 이모는 한 문장에라도 욕을 섞지 않으면 자기 삶의 불행이 미흡하게 표현되는 줄로 알았다. 난데없는 공격에 막내 이모는 숨을 헉 들이쉬고 눈을 치켜뜨더니 불쾌함을 참느라 턱을 바르르 떨었다.

"작은언닌 내가 무슨 시집 얘길 꺼내기나 했다고……"

막내 이모의 눈은 너무나 동그랗고 때꾼해서 옛날 어른들이 '지팡이 구녁' 같다고 해괴해 마지않았다는데, 아무 관심도 흥미도 담겨 있지 않은 그 눈이 치켜올라가면 고양이처럼 신경질적인 이모의 인상이 더욱 날카롭게 부각되었다. 이모는 침울함을 오래 견뎌내지 못하면서도 거기서 쉽게 빠져나오지도 못했다. 누적된 짜증에 대한 억제, 대상 없이 솟구치는 신경질적인 분노는 마침내 이모 자신의 몸을 혹사하는 자학의 수준에 도달했다. 이모는 울분을 이기지 못해 때로 혼절하곤 했는데, 평소에 그걸 이겨내려는 이모의 극기심은 이를 악물고 뾰족한 턱을 미세하게 바르르 떠는 것으로 표현되었다. 가볍고 빠르게 떨리는 역삼각형 턱과 얼어붙은 듯이 꼼짝도 하지 않는 깡마른 몸통은 독이 잔뜩 오른 파충류 같았다.

"네가 맨날 엄니 들볶아처먹는 거 내가 모를 줄 아냐?"

첫째 이모는 누가 뭐래도 바른 소리는 하고 만다는 자부심에 어조도 당당히 막내 이모의 속을 질렀다. 막내 이모는 자기 모친을 흘낏 쳐다본 다음 대꾸할 가치조차 없다는 듯 소쿠리에서 감자를 꺼내 성의 없이 숟가락으로 긁는 시늉을 했다. 막내 이모는 집안 내에서 조리사 자격증을 가진 유일한 사람이었지만 요리 솜씨는 엉망이었다. 뭐든 칭찬하기를 딱 싫어하는 첫째 이모의 말에 의하면 조리사 자격증을 갖추고 있다는 사실 자체가 요리를 못한다는 증거라는 것이었다. 얼마나 요리 솜씨가 없으면 그런 자격증 따위를 딸 생각까지 했겠느냐는 것이었다. 나는 막내 이모가 껍질을 깎기만 해도 그 감자는 낙인찍힌 죄수처럼 다른 감자보다 한결 맛없어질 게 틀림없다고 우려하고 있었다.

한편 막내딸의 곱지 않은 눈빛에 당황한 외할머니는 첫째 이모의 대책 없는 지원사격을 고마워해야 할지 원망해야 할지 갈피를 못 잡고 있었다.

"더러운 쌍놈의 새끼!"

드디어 첫째 이모는 본격적인 주제로 접어들었다.

"사기꾼에 정신병자 같은 놈! 어디서 염병에나 걸려 뒈질 새끼! 그런 놈한테 잘못 걸려서 내가 이날 입때까지 이 지랄을 떨면서 사는데 내 앞에서 지금 네가 시집 안 보내준다고 주둥일 놀리면 미쳐도 보통 미친 년이 아니다."

모든 길이 로마로 통하듯 첫째 이모는 모든 대화가 자기 남편을 욕하고 원망하는 내용에 직결되지 않으면 어떤 대화에도 흥미를 보이지 않았다. 그래서 모든 대화에 흥미를 갖기 위해 모든 대화를 남편과 직결시켰다. 막내 이모를 핑계삼아 첫째 이모가 흥분할 기색을 보이면 언제나 옳고 신중한 판단만을 내려 집안 식구들의 존경을 한몸에 받는 어머니는 말막음을 하려고 따끔하게 충고를 했다.

"그 원수 같은 인사 얘기는 하지도 마라!"

그러나 어머니의 말은 첫째 이모의 흥분을 가라앉히기는커녕 되레 고조시키는 역할을 했다. 불손하게도 첫째 이모는 어머니의 말이 채 끝나기도 전에 남편에 대한 증오에 부르르 치를 떨며 '끓는 기름에 튀겨 죽일 놈'이라느니 '사지를 갈기갈기 찢어 죽일 놈'이라느니 하며 상소리를 늘어놓았다. 뭐니 뭐니 해도 이모가 남편을 죽이는 방법 중에 가장 마음에 들어한 것은 '똥물에 빠뜨려 죽이는 것'이었는데, 똥물에 빠뜨려서도 그냥 죽여선 절대 안 되고 '더러운 똥물을 열 바께스는 먹이다 죽일 것'인즉, 그렇게 되면 이모부는 '살가죽이고 내장 창새기고 할 것 없이 안팎으로다 똥독이 올라 미친 개새끼처럼 펄펄 뛰다 뒈지게 된다'는 것이었다. 첫째 이모는 세월이 지날수록 남편에 대한 원한을 잊어가기는커녕 새록새록 절절한 미움에 사무쳤다. 언제 어디서건 그 화상을 만나기만 하면 당장에 그 흉측한 물건을 잡아 뽑아놓겠다는 둥, 그 물건

의 대가리를 싹둑 쳐내고야 말겠다는 둥, 남은 물건 등속은 질겅질
겅 씹어 삼키겠다는 둥 신이야 넋이야 떠들어댔다.

막내 이모는 첫째 이모의 푸짐한 욕설을 들으며 아주 혐오스럽
다는 표정을 지었다. 첫째 이모가 흥분하여 제정신이 아닌 틈을 타
서 막내 이모는 묘하게 입을 씰긋거리며 조그맣게 중얼거렸다.

"하여간에…… 못 배운 것들은 할 수 없어."

그 싸느란 어조가 형부인 첫째 이모부를 향한 것인지 언니인 첫
째 이모를 향한 것인지는 알 수 없었다. 외숙모만이 귀 밝게 이 말
을 알아듣고 빙그레 웃었다. 첫째 이모에 대해 무한한 동정을 품고
있긴 하되 교육상 좋지 않은 이런 식의 욕설을 차마 계속 듣고 있
기가 민망했던 어머니는 고사성어나 속담에 빗대어 말하기를 즐
기는 버릇대로 점잖게 타일렀다.

"수원수구다. 네가 좋아 간 거지 엄니나 내가 등 떠밀어 보낸 거
아니다. 모시 고르다 베 고른다고 그렇게 고르더니 어째 그런 인사
를 골랐니? 좌우지간 네가 고른 사람인데 맹모삼천은 못할망정 애
들 듣는 데서 이럴 일이 아니야."

첫째 이모는 잠시 어머니의 어려운 말을 새겨보려는 듯 조용하
게 눈을 굴렸지만 이후로 더욱 흥분하여 길길이 날뛰는 게 보통이
었다. 다음 순서는 첫째 이모가 소리를 지르며 울고불고하도록 각
본이 미리 짜여 있기 때문이었다.

"난 다 원망스러워. 엄니도 원망스럽고 오빠도 원망스럽고

오…… 친정이 번듯하면야 그 새끼가 그렇게 개지랄을 떨 수가 있어? 다 원망스럽고오, 다아 밉고오……"

자기편인 줄 알았던 첫째 이모의 태도가 급변하는 바람에 두 딸 모두에게 원성을 듣게 된 외할머니는 돌처럼 굳었다. 그 태도에는 외할머니 자신이 원망의 표적이 된 억울함이 아니라 열 딸을 합쳐도 당하지 못할 금쪽같은 외아들이 하찮은 일로 동생의 원구를 듣는 게 섭섭하고 짠해서 그렇다고 하는 마음이 담겨 있었다. 웅크린 짐승처럼 뒷전에 뭉긋하게 물러앉은 외할머니는 묵묵히 수모를 받아내는 대속자와 같은 표정으로 아들을 향해 쏟아지는 비난을 비통한 침묵으로 막아냈다.

"이년의 팔자 칵 죽어버려야 끝나지…… 그때 연탄가스 먹고 칵 죽어버렸어야 되는 건데 내가 민정이 저 계집애가 불쌍해서……"

첫째 이모는 목이 잠기도록 악을 썼다. 일부러 지어내어 억지로 짜내기가 전문인 첫째 이모 특유의 울음은 참으로 듣기 괴로웠다.

"작은아주버님도 정말 너무하세요."

외숙모는 평소에는 대화에 별로 끼지 않았지만 일단 말을 시작하면 누구의 면전에서든 무조건 비단결같이 듣기 좋은 소리만 해서 상대방의 환심을 사려고 했다. 비단결이든 삼벳결이든 외할머니는 외숙모에게 못마땅하다는 기색을 역력히 표시했다. 사람이 잘못 들어와 집안이 망했다고 믿는 외할머니로서는 외숙모가 죄인처럼 죽은듯이 엎어져 있지 않고 닷곱참례 서곱참례 하는 게 주제넘다고 생각했다. 외숙모는 남편을 따라 순사하는 아내처럼 자신의 존재성을 최소화함으로써 남편 없이 사는 슬픔을 이겨내고 있었다. 가끔 외숙모가 남편 없이 산다는 가책을 잊고 치솟는 의사 표현 욕구에 굴복하게 되면 가차없이 외할머니의 끙끙대는 소리를 들어야 했고 깨진 도자기 속에서 흘러나오는 액처럼 할머니의 균열된 얼굴 표면에서 불편한 심기가 쏟아져내리는 것을 보아야 했다.

"내가 어떻게 사는데, 어떻게 사는데…… 그 미친 새끼가 별의별 지랄을 다 떤 걸 생각하면 안 그래도 내가 머리가 쪼개져서 밤이면 잠을 잘 수가 없이, 낮에도 머리를 들 수가 없이 그렇게 사는데…… 거기다 굴속 같은 쪽방에서 연탄가스 먹고 반 뒈지다 살아나서 이렇게 머리를 움직일 수가 없이, 죽지 못해서 이렇게 사는 걸 누가 알아? 누가 알아? 내가 밥 한 톨 먹는다고 그게 제대로 목구멍으로 넘어가는 줄 알우? 그게 제대로 목구멍으로 넘어가는 줄 아냐고?"

밥 이야기가 나오는 바람에 나는 남겨온 도시락밥이 마음에 걸려 책가방을 슬그머니 안방에 들이밀어놓았다.

첫째 이모는 사리를 분별할 경황이 없어서 '미친 새끼'와 '연탄가스'가 만들어낸 그 끔찍한 두통 때문에 머리를 좀처럼 움직일 수 없다고 말한 것조차 잊고 맹렬하게 머리를 뒤흔들며 울었다. 첫째 이모가 목이 잠겨 소리를 지를 수 없게 되면 그뒤를 이어 민정이가 악을 쓰며 울었다. 민정이는 첫째 이모보다 훨씬 유리한 목청을 타고나서 아무리 악을 써도 좀처럼 목이 쉬는 법이 없었고 악을 쓸 때의 옥타브도 첫째 이모에 비할 바가 아니게 높았다. 꼴뚜기가 뛰니 망둥이도 뛴다고, 멀쩡하던 현우도 돌연 질세라 튀어나온 이빨을 옥수수알 쏟아놓듯 순식간에 드러내며 제 아버지를 데려오든지 십원을 내놓든지 하라고 잔뜩 골을 내며 발을 굴러댔다.

"하이고, 저 어린것이 애빌 찾을 때야 그 심정이 오직허믄……"

평소에는 다 큰 계집애가 오빠한테 현우야가 뭐냐고 나를 쥐 잡 듯 야단치던 외할머니는 갑자기 '다 큰 계집애의 오빠'를 '어린것' 이라고 바꿔 부르면서 치마를 들추고 속바지 주머니에서 십원을 꺼냈다.

"짠혀서 못 보겄네, 짠혀서 못 보겄어."

외할머니의 푸념을 뒤로하고 나는 몰래 대문을 빠져나왔다. 어머니는 왜 이들을 모조리 내몰지 않을까? 어머니는 왜 이들을 내 모는 대신, 외숙모가 싸준 괴상한 반찬 때문에 도시락도 다 먹지 못하고 돌아온 나를, 이렇게 허기진 나를 대문 밖으로 내모는 것일 까?

대문 밖에서 나는 눈이 빠질 듯 대문 안쪽을 노려보았다. 나는 절대로 착한 딸이 되지 않겠다고 맹세했다. 윤아와 어울리면서 해 수와 멀어지게 된 것이나 내게 도벽이 생긴 것이나 다 이즈음의 일이었지만 무엇보다 나쁜 것은, 나를 이해해주지 않는다는 이유로 가장 사랑하는 사람에 대해 독한 앙심을 품는 버릇이 생긴 것이었다.

가을의 사다리

새벽 두시.

나는 속옷 차림으로 침대에 누워 술을 마시며 책을 읽는다. 침대 시트는 누렇게 변색되었고 베갯잇에서는 머릿기름내가 난다. 약간의 눅눅함은 더이상 내게 거부감을 주지 않는다. 나는 더할 나위 없이 편안하고 자유롭다. 나를 둘러싼 모든 것들이 내 입김과 체액과 분비물들에 의해 친숙한 표정을 하고 있다.

침대 밑에 놓아둔 소주병 옆으로 벌레 한 마리가 빠릿빠릿 기어간다. 젖은 방에는 습기 찬 데서 살기 좋아하는 벌레들이 종종 출몰하곤 한다. 내가 한참 동안 방바닥을 내려다보고 있노라면 쓸데없이 호기심만 많은 또하나의 내가 물어온다.

"뭐야?"

"까맣고 윤이 나고 집게 같은 게 달린 벌레야."

"으음, 커?"

"아니, 새끼손톱 반만한 거야."

또하나의 나는 새끼손톱을 눈앞에 갖다대고 엄지로 손톱의 반을 가린다. 그러고는 벌레의 정체를 알겠다는 듯, 한번 잡아본 적이 있는 벌레라는 듯 휴지를 흔들어 벌레의 뒤통수에 대고 알은체를 한 다음 눌러 죽인다.

소주를 한 모금 마시고 둥지에 누우면 세상은 온통 묵직한 웅얼거림 속에 잠겨버린다. 방의 습기와 싱싱한 취기가 나를 감싸안는다. 나는 책을 덮고 눈을 감는다. 내 상상은 양수에 둘러싸인 아기처럼 편안하게 유영한다. 젖은 살결 같은 베개에 얼굴을 파묻고 나지막이 웅웅거리는 자장가를 들으며 몸을 살짝 트는 순간 맨살의 종아리에 감겨드는 보드라운 이불의 감촉이 나를 희열에 빠뜨렸다. 내 몸이 삽시간에 많은 말을 걸어왔다. 나는 무엇이든 내게 말을 건네오는 걸 좋아한다.

열한 살의 계집애가 미간을 독하게 찌푸리고 퉁퉁 부은 종아리로 서 있다. 나는 난해시를 읽듯 힘겹게 그 표정을 해독하려 한다. 초승달처럼 우스운 곡선을 그리고 있는 계집애의 길고 가느다란 눈썹과 그 사이를 세로로 구획 짓고 있는 주름살을 바라본다. 나는 기억의 시선을 따라 천천히 내려온다. 미간에 잡힌 두 개의 주름에서부터 매를 맞아 부어오른 종아리에 이르는 계집애의 몸, 그 두 줄의 선을 나는 사다리로 읽는다. 나는 내 몸속에 내장된 그 좁고 가파른 사다리를 타고 여기, 이 젖은 방까지 내려왔다고 생각한다.

*

그해 초가을, 나는 시위에 참가하기 전에 조금씩 술을 마시는 버릇이 들었다. 그래선 안 된다는 것쯤은 나도 알고 있었다. 안 그래도 신문에서 대학생들의 시위를 무슨 불한당들의 테러쯤으로 보도하는 판국에 술까지 먹고 시위를 하는 사례가 있다고 하면 언론은 마녀사냥에 나선 심문관처럼 앞다투어 날뛸 것이 뻔했다.

햇살이 따갑고 날씨가 무척 후덥지근한 초가을날, 나는 종태와 한 조가 되어 가리봉 오거리에 도착했다. 가리봉 오거리는 허름한 시 외곽의 번화가답게 자잘한 가게들이 빼곡히 들어차 있었다. 시간은 삼사십 분가량 여유가 있었다. 우리는 골목으로 들어섰다. 골목 뒤편에는 쓰러져가는 집칸을 개조해 장사를 하는 가게들이 꽤 있었다. 종태와 나는 시원한 음료수를 마시려고 작은 식품점 앞에 놓여 있는 평상에 걸터앉았다. 내가 장난삼아 가게 밖에 놓인 빨간 플라스틱 대야를 가리켜 보이자 종태는 나무라듯 고개를 저었다. 물이 찰랑거리는 대야에는 막걸리통 서너 개가 시원스레 담겨 있었다.

"농활 가서 보니까 시골에서는 새참으로 막걸리 먹더라."

종태는 못내 망설이는 기색이었다.

"막걸리가 뭐 술인가? 너랑 나랑 딱 한 사발씩이면 끝나겠다."

종태는 가만히 아랫입술을 씹다가 가게 안으로 들어갔다. 그가 식품점 여자에게 빨간 대야 쪽을 고갯짓으로 가리키는 걸 보고 나는 입이 함박만해졌다. 종태는 막걸릿값을 치르고 사발 두 개를 받아 나왔다. 내내 긴장을 풀지 못하는 내가 안쓰러워 막걸리를 가져오긴 했지만 종태는 여전히 꺼림칙한 얼굴이었다.

우리는 사이좋게 막걸리 한 통을 나눠 먹고 또 한 통을 먹었다. 막걸리를 마시면서 나는 마음이 가라앉았고 시계도 자주 보지 않았다. 막걸리를 다 비우자 시간이 얼추 되었다. 우리는 대로변을 향해 걸어나갔다. 초가을 햇살이 뜨거웠다. 골목 사이사이에서 시위대로 보이는 학생들이 꾸역꾸역 쏟아져나왔다. 그중에는 친한 얼굴도 있었고 안면만 익힌 사람들도 몇 있었다. 우리는 서로를 알은척하지 않으면서도 서로를 아주 반갑게 알아보았다. 텅 빈 거리 어느 곳에 숨어 있었는지 모르게 속속 모여드는 사람들의 무리는 내게 위로와 안도감을 주었다.

귀에 익은 노래가 힘차게 시작되었다. 노래를 부르면서 종태와 나는 어느 순간 덥석 스크럼 속으로 빨려들어갔다. 나는 열정에 가득찼고 알 수 없는 힘으로 충만했다. 종태의 굵직한 노랫소리가 내 귀를 뜨겁게 울렸다. 앞줄 스크럼을 짜고 전진하는 학생들의 뒤통수가 약간 들려 있었고 내 어깨 위엔 종태의 팔과 낯선 남학생의 팔이 얽혀 있었다. 종태의 셔츠와 낯선 남학생의 얇은 점퍼를 틀어 쥔 양손에서 땀이 살짝 배어나왔다. 차도를 타박타박 내딛는 발걸음이 가벼웠다. 진지하고 뭉클한 것이 가슴속에서 꿈틀거렸다. 스크럼은 의연히 전진했다. 근로기준법을 지켜라아…… 헛되이 마라아…… 피 맺힌 그 소리에 젊은 피가 끓는다……

어디선가 펑, 하는 소리가 들렸고 우리는 걸음을 멈췄다. 온몸에 전해져오는 놀람과 주춤함. 그러나 놀라거나 주춤한 것은 내가 아니었다. 내가 아니라 스크럼이라는 전체 구조가 기다렸다는 듯이 펑 소리와 함께 놀랐고 주춤했다. 용감한 사람들이 곧 노래를 다시 시작했고 멈추려는 스크럼을 재가동하려 했다. 그러나 스크럼은 좀처럼 복구되지 않았다. 최루탄을 터뜨리는 펑! 펑! 소리가 빈번해지고 커졌다. 푸른 하늘에 노랗고 빨간 색색의 사과탄이 터졌다. 단단하던 스크럼의 매듭이 풀렸다. 나는 앞으로 나아가기는커녕 제자리를 지키고 서 있기도 힘들었다. 앞줄 스크럼이 뒤로 밀려 앞사람의 등허리가 내 가슴을 압박해왔다. 어깨에 걸린 손들이 내려졌고 나는 끈에서 떨어져나온 구슬처럼 옆으로 밀려났다. 눌린 채로 어찌나 비비적거렸던지 나는 옆에 있던 남학생의 점퍼를 틀어쥔 손에 힘을 주어 그 점퍼를 반 넘게 벗겨냈다. 앞줄 사람이 뒤돌아 뛰기 시작하는 순간 나도 반사적으로 뒤돌았다. 시위대는 전진하던 방향과 반대 방향으로 뛰기 시작했다. 점퍼가 뒤로 홀렁 벗겨진 남학생이 헐레벌떡 뛰면서 팔을 허우적거려 겨우 점퍼를 제대로 추스르는 게 보였다.

흩어지던 시위대가 질서!를 외치며 대열을 정비하기 시작했을 때 나도 멈춰 섰다. 종태는 보이지 않았다. 가슴이 파닥파닥 떨리고 급히 마신 막걸리 향이 들큼하게 목젖을 타고 올라왔다. 나는 대열의 앞을 향해 기운차게 걸어나갔다. 근로기준법을 지켜라아…… 헛되이 마라아…… 아직도 노래의 여운이 귓가에 남아 있었다. 나는 인도 가까이에서 별로 크지 않은 돌을 하나 집어들었다. 돌은 내가 기대했던 것처럼 시원하지 않았다. 햇볕을 오래 쬔 돌은 거칠고 딱딱하고 미지근했다. 나는 돌을 손안에 꽉 움켜잡았다. 거인의 어깨에 올라탄 난쟁이처럼, 막걸리 탓에 우쭐해진 나는 있는 힘껏 돌을 던졌다. 하지만 돌은 우스꽝스럽게 하늘 높이 치솟았다가 그대로 떨어져 나는 내가 던진 돌에 맞을까봐 피해야 할 판국이었다. 나는 다시 급히 새로운 돌을 주워 앞으로 뛰어나가며 팔을 휘둘렀다. 이번에도 돌은 제 방향을 못 찾고 손아귀에서 미리 미끄러져 코앞에 톡 떨어졌다. 세번째 돌을 집은 나는 신중을 기했다. 표적을 맞히려는 사수처럼 나는 고도의 집중력을 발휘하여 건너편 전경들을 노려보았다. 나는 경직된 어깨 근육을 살살 돌려 풀었다. 정확한 동작을 취하기 위해 정지한 찰나 나는 아무 사심도 근심도 없는 그야말로 무념무상한 상태였다.

"노동삼권 보장하라! 노동 악법 철폐하……"

쾅쾅쾅쾅쾅!

시위대의 후미에서 들려오던 구호 소리가 귀청을 찢는 폭발음에 묻혀버렸다. 삽시간에 퍼진 최루가스로 앞이 아득해졌다. 활시위를 당기듯이 팔을 뒤로 부드럽게 당긴 나는 갑작스레 어떤 급류에 휘말리듯 인도 한편 구석으로 거의 내동댕이쳐졌다. 순식간이었다. 나는 한 무리의 사람들과 함께 상가 진열대 쪽으로 몰렸다. 나는 꼼짝할 수 없이 사람들 사이에 꽉 끼여버렸다. 사람들은 점점 상가 진열대 쪽으로 몰렸고 반대편에서 곤봉을 든 전경들이 사람들을 사정없이 내리치고 있었다. 사람들은 앞으로 나아가지도, 뒤로 빠지지도 못하고 한덩어리의 햄처럼 뭉쳐진 채 전경들로부터 멀어지기 위해 점점 상가 건물로 밀착했다. 쉴새없는 기침 소리 사이로 유리창이 와장창 깨지는 소리와 여자의 비명소리가 들렸다.

"밀지 마요!"

"아가씨가 다쳐요!"

"아이고, 사람 죽네."

"다쳤어요! 피 나요!"

나는 나를 찍어 누르는 힘을 왈칵 밀쳐냈다. 안간힘을 다해 발버둥을 치자 오른쪽의 압력이 약해졌다. 내가 다시 심하게 반발하려는 순간 내 오른쪽은 허무하게 휑하니 비어버렸고, 그러는가 싶더니 내 어깨 위로 몹시 차갑고 무거운 것이 쿵 내려앉았고, 나는 그 자리에 주저앉았다. 나는 내장을 휘젓는 구토증을 느끼며 눈물이 배어나오는 매운 눈을 가늘게 뜨고 위를 올려다보았다.

곤봉을 든 전경이 내 옆에 서 있었다. 나는 그가 곤봉으로 내 어깨를 내려친 것을 알았다. 나는 여전히 어리둥절했다. 왜 불행은 가장 사심 없고 순결한 순간에 나를 습격하는가? 나는 주춤주춤 일어나 전경 앞을 지나쳐 걸었다. 곤봉이 언제 내 뒤통수나 등허리를 강타할지 몰랐지만 다리가 굳어서 뛸 수 없었다. 나는 욱신욱신 쑤셔오는 오른쪽 어깨를 왼손으로 어루만지며 약간 절뚝대는 걸음으로 무작정 걸었다. 오른손에는 아직도 돌이 꼭 쥐여 있었다. 나는 돌아보지 않고 비틀비틀 걷기만 했다. 바보이거나 맹추인 듯 보이는 이 자세는 내 안에서 어떤 이상한 느낌, 아주 낯익어서 기묘한 느낌을 불러일으켰다. 내 몸안에 오래도록 웅크리고 있다가 가리봉 오거리에서 한참 투지에 불타 씩씩거리던 내 몸 전체를 별안간 장악해버린 이 자세…… 열한 살 그때도 이렇게 햇살이 뜨겁고 후덥지근한 초가을 오후였던가.

나는 조무래기들을 상대로 과자나 색연필을 파는 가게 좌판에서 고구마과자가 든 상자를 들여다보고 있었다. 유리로 덮어놓은 과자 상자를 오래 들여다보다 나는 슬쩍 유리를 들추고 과자를 한 주먹 꺼냈다. 딴전을 피우고 있으려니 여겼던 아저씨가 소리쳤다.

"야! 너 돈 내고 가져가는 거냐?"

들켰구나 생각한 나는 다시 유리를 들추고 한 주먹 집었던 과자를 도로 상자 안에 쏟아넣었다. 내 오른손에는 미처 떨어지지 않은, 내 첫 장물인 과자 몇 개가 달라붙어 있었다. 나는 가게 아저씨

쪽으로는 고개도 돌리지 않고 무작정 돌아서서 걷기 시작했다. 그때도 이렇게 절뚝거리며, 돌을 움켜쥔 손을 감추듯 과자를 움켜쥔 오른손을 앞으로 숨기고, 왼손으로 오른쪽 팔꿈치를 감싸쥐면서 아주 멍청하고 바보같이 보이도록 찔뚝찔뚝 걷기만 했다. 봐달라는 듯, 눈감아달라는 듯, 나는 도대체 상대할 가치조차 없는 존재라는 듯 비굴하고 무방비적인 그 자세, 그렇게 맹추 같은 모르쇠의 자세는 팔 년이 지난 초가을날 가리봉 오거리에서 그대로 재현되었다. 마치 열한 살의 내가 몸안에 고스란히 들어 있다가 팔 년 동안 성장한 몸의 크기에 맞도록 끈을 교묘히 이용해 그 자세를 그대로 연출해내기라도 한 듯이.

곤봉 세례는 없었다. 한참을 걷다 나는 뒤를 돌아보았다. 뿌연 최루가스가 말끔히 걷혀 있었다. 멀리서 전경들이 철수하는 모습이 보였다. 유리가 박살난 상가 앞에도 사람들은 없었다. 쨍한 가을 해가 내리쬐는 차도에는 차들이 반짝거리며 달리고 있었다. 꿈에서 깬 듯 술에서 깬 듯 모든 것이 달라져 있었다. 나는 오른쪽 어깨를 어루만졌다. 걷고 있을 때는 몰랐는데 셔츠가 손가락 한 마디만큼 찢겨 있었다. 오른손이 저절로 펴지면서 돌이 툭 떨어졌다. 아무도 없는 골목 모퉁이에서 몰래 손바닥을 펴 끈적한 과자 부스러기를 보았던 때처럼 뜨겁게 생목이 올랐다.

*

나는 저녁 늦게까지 동네를 싸돌아다녔다.

그러나 외가 식구들과 함께 살면서 어머니와 멀어졌다고 느낀 건 나뿐만이 아니었다. 저녁식사 시간이 지나고 어둑해질 무렵에 집 근처를 배회하고 있으면 나는 중학생인 언니를 만날 수 있었다. 언니의 귀가 또한 조금씩 늦어지고 있었다. 늦은 이유를 묻는 어머니에게 언니는 조그맣게 웅얼거리는 소리로 뭐라 뭐라 핑계를 둘러댔는데 그렇게 거짓말을 할 때마다 피노키오의 코가 자라듯이 언니의 양어깨는 안쪽으로 점점 구부정하게 쪼그라들었다. 어머니는 언니의 늦은 귀가보다 응달의 거지처럼 계속 굽어가는 어깨를 더 걱정했다. 그러나 두 현상의 원인이 같은 데 있다는 걸 알지 못한 어머니는 언니의 어깨만이라도 어떻게든 원상 복구해보려고 무던히 애를 썼으나 불행히도 어깨는 그후로도 약간씩 구부정해갔고 언니의 귀가는 점점 늦어졌다.

나는 동네를 돌아다니면서 구멍가게에서 고구마과자나 껌, 낱개 담배 따위를 훔치기 시작했다. 가을이 깊어갈수록 나는 점점 담대해져 값비싼 색연필이나 볼펜 세트를 훔치는 것도 예사롭게 해치웠다. 손해가 날로 막심해지는 걸 견디다못한 가게 아저씨는 결국 어머니에게 내 도벽을 고해바쳤다. 나이보다 얼뜨고 부끄럼쟁이인 내가 그런 어이없는 범죄를 저질렀다는 걸 안 어머니의 놀람과 분노는 이만저만이 아니었다. 어머니는 총채 자루를 들었다. 내가 매를 맞으면서도 눈물 한 방울 흘리지 않고 비명만 질러대는 걸 보고 더욱 화가 치솟은 어머니는 생각보다 훨씬 많은 매를 내 종아리에 내렸을뿐더러 매질을 끝내고도 분이 풀리지 않아 내게 다락방으로 가서 손을 들고 꿇어앉아 있으라고 엄하게 명령했다.

다락방은 우리집에서 가장 무섭고 싫은 장소였다. 다락방에는 쓰지 않는 잡동사니 가구들이 되는대로 쌓여 있었다. 젖은 방처럼 다락방에서도 매캐한 먼지내와 눅눅한 곰팡내가 풍겼고 벌레들이 곳곳에 죽어 있었다. 언젠가 민정이는 다락방에서 쥐를 본 적도 있다고 했다. 다락방 창문은 중풍 든 옆집 할아버지네 마당 쪽을 향하고 있었는데, 할아버지네 마당가에 심은 나무가 다락방 창문 앞에 삐죽삐죽 솟아 음산한 분위기를 더해주었다.

춥고 습기 찬 다락방에 들어서자 억울하고 분한 기운이 폭발했다. 날 돌봐주지도 않으면서 나를 때리다니…… 나를 때리다니…… 내 몸은 에트나의 분화구에서 막 꺼낸 전나무처럼 말 그대로 활활 타오르는 불기둥이었다. 나는 미간을 잔뜩 찌푸리고 눈썹을 모아 눈을 독하게 떴다. 심통이 날 대로 난 나는 팽팽하게 부어오른 종아리를 뭉개듯이 깔고 앉았다. 아픔과 분노가 범벅이 되어 이대로 눈도 멀고 귀도 먼 채로 죽어버렸으면 좋겠다고 생각했다. 팔을 번쩍 치켜드니 추위가 끼쳐왔다. 나는 창문 밑에 놓인 고물 반닫이 옆에 바짝 달라붙었다. 얼마 지나지 않아 아늑한 느낌이 오면서 표독스럽던 내 눈빛도 풀렸다. 둥지에 깃들인 새처럼 나는 다락방 구석에서 잠들었다.

먼 곳에서부터 알아들을 수 없는 고함소리가 들려왔다. 민정이의 비명처럼 높디높은 목소리였다. 게다가 아무것도 없어야 마땅할 내 오른쪽에 무엇인가 거무스레한 기둥이 버티고 서 있었다. 나는 진땀을 흘리면서 내 오른편에 솟아 있는 어두운 기둥의 실체를 알아내려고 기를 썼다.

"휴우……"

귀신이 우는 듯한 탄식 소리가 들려왔고 기둥은 점점 내 쪽을 압박해왔다.

"어머니!"

나는 무서워서 소리를 꽥 질렀다. 그런데 내 소리에 놀란 것은 정말로 어머니였다. 오른쪽에 서 있던 기둥은 어머니의 남색 월남치마였다. 창 너머로 무언가를 몰래 구경하고 있던 어머니는 놀라 펄쩍 뛰었다.

"아이고머니! 간 떨어질 뻔했네."

나는 잠에서 덜 깬 멍한 눈으로 어머니를 올려다보았다. 어머니는 무릎을 구부려 내 곁에 앉았다.

"추웠지? 이제 그만 일어나라. 남의 물건에 손대는 그런 나쁜 애가 어딨니? 엄마는 너무 실망했다."

어머니로부터 동정의 말을 들은데다 내 손을 잡아주는 어머니의 손이 너무 따뜻해서 나는 사시나무 떨듯 달달 떨었다. 나는 내가 용서받았다는 것을 알았다. 일어서려고 했지만 오랫동안 꿇어 앉아 있던 끝이라 발이 저려 일어설 수가 없었다. 나는 힘없이 주 저앉으면서 통곡을 터뜨렸다. 그제야 나는 내가 얼마나 수치스런 짓을 저질렀는지 깨달았다. 어머니는 엉엉 울어대는 내게 등을 내 밀었다. 나는 울면서 얼씨구나 어머니에게 업혔다.

"아이구, 내가 죽어야지. 에미란 게 애 벌세운 것도 까맣게 잊어 먹고 있었으니…… 이게 이 찬 방에서 이러고 있었으니 감기라도 들면 그 노릇을 어째?"

어머니의 이 중얼거림으로 인해 내 반항, 내 도벽의 짧은 역사 는 끝났다. 나는 꺽꺽 흐느끼면서 어머니의 등에 업혀 마루로 나왔 다. 어머니는 안방에 자리를 깔아 나를 눕혀주고 내가 그 촉감을 몹시도 좋아하는 보드라운 담요로 온몸을 폭 싸주었다.

"그래, 잠이 오면 좀 자라, 응?"

실로 오랜만에 어머니는 나를 행복하게 만들어주고 방을 나갔 다. 나는 문이 열린 틈새로 마루에서 어머니가 첫째 이모와 이야기 를 나누는 걸 들었다.

"얘야, 내가 다락방에 갔다가…… 아휴, 세상에 내가 대체 그런 못 볼 꼴을 다 봤구나."

"무슨 꼴, 응? 무슨 꼴이길래?"

직접 보지 않아도 나는 첫째 이모가 얼마나 호기심에 불타고 있을지가 훤하게 그려졌다. 나는 어머니가 성냥팔이 소녀처럼 졸고 있던 나의 불쌍한 몰골을 이야기하려니 기대했다. 너무 행복해서 부르르 진저리가 쳐졌다. 어머니가 나직하게 말하는 소리가 들렸다.

"아니, 옆집 할머니네 있잖니? 그 집 할아버지가 풍기가 있으시지 않냐?"

"그러게. 그 할아버지도 젊어서 난봉꾼이었다지? 젊어서 딴짓하면 늘그막에 죄다 그렇게 끝이 안 좋다니깐. 이 빌어먹을 인간도 당최 그런 이치를 알아먹어야지."

첫째 이모는 이번 이야기에서도 남편에 대한 분풀잇거리를 찾아냈지만 워낙에 궁금증이 동하는지라 분을 잠시 삭이고 물었다.

"근데 그 할머니네가 왜?"

"글쎄, 내가 옥이 벌세운 걸 깜빡했지 뭐니? 그래서 부랴사랴 다락방으로 뛰어가봤더니 애는 방 구석통이에서 자고 있고, 우연히 창밖으로 보니깐……"

어머니는 우연이라고 말했지만 나는 어머니가 오래 그곳에 서서 옆집 마당을 구경하고 있었던 걸 알았다.

"보니깐?"

"아이고, 망측해서."

"아니, 왜?"

"할아버지가 옷을 다 벗고 서 있는데 할머니가 수돗가에서 호스로 막 물을 쏘면서 할아버지를 돌려세워가면서 씻기는데, 할아버지는 덜덜 떨고⋯⋯"

"엉? 마당 한가운데서 빨가벗기고 그러더란 말유?"

"그래, 요즘 날씨에 그 찬물로다가⋯⋯ 거기다 소리는 얼마나 질러대고 욕은 또 얼마나 퍼붜대는지 아휴⋯⋯"

"아니, 그 집엔 목욕탕이 없나, 왜 마당에서 그러고 있대?"

"목욕탕이 없긴 왜 없어?"

"그럼?"

"내 생각엔 할아버지가 나갔다가 똥을 싸고 들어온⋯⋯"

"아이고, 그 노인네 똥오줌도 못 가려?"

"못 가리긴? 그런 건 아닌데 가끔씩 나갔다가 급하긴 한데 몸은 말을 안 듣고, 그러다보면 제시간에 못 대서 들어오니까 어쩌다 그러는 적도 있다나봐."

"아이고, 원수가 따로 없네."

"그래도 그렇지, 세상에, 이 추운 날씨에 찬물에 손만 담가도 오싹한데!"

"그러게 말유⋯⋯"

"할아버지는 춰가지고 갓난쟁이 궁둥이처럼 시퍼레져서는⋯⋯"

"아이고! 하하!"

"얜, 그게 어디 웃을 일이니? 그 할머니 그렇게 안 봤는데 명색이 남편인 영감님을 그렇게까지⋯⋯ 아무리 젊었을 적 한때 객기로다……"

"언니! 모르는 소리 말우!"

첫째 이모는 엉겁결에 동조했던 것을 만회하려고 어머니의 말을 가로막았다.

"나 같아도 그러겠네! 백번 그러겠네! 이 원수 같은 새끼가 늙어서 똥오줌까지 질질 싸고 들어오면 내가 그 꼴 볼 줄 알우? 힝! 지나가는 동네 사람들 다 구경하라고 그 자리에서 빨가벗겨서 대문 앞에 보초를 세워놓지 그걸 그냥……"

설핏 잠이 든 나는 나쁜 꿈을 꾸었다. 내가 가게에서 물건을 사고 돈을 내려는데 아무리 찾아도 돈이 없었다. 가게 주인은 옆집 할아버지였는데 시퍼렇게 힘줄이 선 팔과 다리로 나를 잡으러 쫓아왔다. 맹렬히 도망을 치다 절벽에 몰려 뚝 떨어지고 마는 장면에서야 나는 잠을 깨었다. 그만 컸으면 싶은 키가 또 크려나보았다. 안 그래도 해수보다 머리통 하나가 더 큰데 말이다.

*

그날의 마지막 집결지는 교회였다. 오늘로선 이게 끝이구나 하는 희망이 피곤을 조금이나마 가시게 했다. 나는 교회 입구에서 종태를 만났다. 종태도 많이 울고 다닌 얼굴이었다. 모두 최루탄 가루 때문에 눈가와 볼이 붓고 빨긋해진데다 햇볕에 타고 먼지에 쏘여 거무스름하고 지저분해진, 지치고 배고픈 얼굴들이었다. 그러나 종태는 여전히 활기에 차 있었다.

"살아 있었네."

그는 반갑게 웃으며 내 어깨를 꾹 눌러주었다. 우리는 교회 마당으로 들어섰다. 교회 건물이란 게 몰려든 사람들에 비해 도무지 너무 작았다. 건물의 문은 활짝 열려 있고 교회 마당에는 철제 의자들이 즐비하게 놓여 있었다. 건물 안에는 사람들이 꽉 찼고 마당에 있는 철제 의자도 반 이상 차 있었다. 자리에 앉은 사람들보다 마당이나 문간에서 서성대는 사람들이 훨씬 많았다.

"앉을래?"

"아니."

나는 얼굴을 비볐다. 종태가 내 어깨를 한번 더 꾹 눌러주었으면 싶었다. 내가 먼저 팔을 뻗어 종태의 어깨를 꾹 눌렀다.

"나 세수하고 올게."

"그래, 여기 꼼짝 않고 있을게."

종태는 내게 어깨를 눌린 그대로 있겠다는 부동의 자세로 말했다. 교회 건물로 들어가 화장실을 찾느라 두리번거리는데 얼핏 낯익은 얼굴 하나가 나를 빤히 지켜보고 있었다. 나는 시선을 비키려다 멈칫했다. 해수였다. 해수는 긴 나무의자에 앉아 있다가 몸을 일으켰다. 해수는 나를 보고도 놀라는 기색이 없었다. 해수가 내 쪽으로 와주려니 했는데 해수는 그렇게 몸을 일으켜 나를 향한 채

가만히 서 있었다. 나는 주춤거리며 해수에게로 걸어갔다.

"저…… 박해수, 맞지?"

그제야 해수는 내게로 상체를 기울였다.

"응, 반갑다, 미옥아."

해수의 목소리는 뜻밖에도 차분하고 나직했다.

"너 들어올 때부터 보고 있었어."

"그랬니? 난 지금 봤는데."

해수가 예전처럼 내 셔츠 깃을 바로잡아주며 물었다.

"여기, 다쳤니?"

"아니, 그냥……"

해수는 아무 말 없이 자꾸 내 셔츠를 만지작거렸다. 어색한 침묵을 견디지 못한 나는 해수에게 어리석은 질문을 했다.

"넌 어디서 왔어?"

내 질문의 뜻은, 너도 대학 다니지, 그치? 너도 운동권이지, 그치? 하는 투의 한심한 것이었고, 그걸 해수도 알아들은 게 틀림없었다.

"나 원래 이 교회 다녀."

"응, 그랬구나. 참, 너 교회 다녔었지."

"……"

"아! 전에 민자가 전화했더라. 반창회 한다고."

"난 연락 못 받았어. 이사도 하고 그래서."

"나도 못 갔어."

"……"

"근데 여기 화장실이 어디니?"

"저기 까만 문 보이지?"

"아, 그래, 저기구나. 그럼 또 보자."

나는 무엇에 쫓기듯이 그녀와 헤어졌다. 아주 짧은 만남이었다. 해수는 여전히 짱구였고 주근깨가 많았다. 양 갈래로 땋던 머리를 하나로 묶고 있을 뿐 크게 달라진 게 없었다. 아니, 해수는 조금 변해 있었다. 당차고 날쌔고 욕을 먹어도 두려워하지 않던 해수, 작은 차돌멩이에다 반에서 최고로 멋쟁이였던 해수가 아니었다. 해수는 5학년 이후로 더 크지 않은 듯 몸집이 작았다. 해수의 얼굴엔 차돌멩이처럼 반질반질한 맹랑함 대신 등을 서늘하게 하고 목이 메게 하는 어떤 것, 어리고 순하고 가련한 어떤 절절함이 깃들어 있었다. 까무잡잡한 피부에 점점이 박힌 갈색 주근깨들이 눈물 자국처럼 빛났다. 나의 단짝이었던 해수, 차돌멩이 해수가 왜 이토록 작고 연약하게 자라난 것일까? 그것이 설마 내가 해수를 외면했기 때문은…… 그 때문은 아니겠지만……

내가 윤아와 어울리면서 해수와 멀어졌을 때, 해수는 윤아를 미워하고 나를 서운하게 여기면서도 내 면전에서 대놓고 분통을 터뜨리지는 않았다. 내가 의도적으로 해수를 버리고 윤아를 선택한 것은 아니었다. 끈기 있게 견뎌주는 조강지처를 믿고 사랑하긴 하되 첩이 자아내는 이색적인 분위기에 말려들고 마는 우유부단한 남편처럼, 해수를 좋아하고 윤아를 조금도 좋아하지 않았던 나는 어이없이 윤아와 더 자주 어울렸고, 해수의 얼굴을 대하기가 껄끄럽고 미안한 마음에 오히려 해수와 더 서먹서먹해졌다. 양심의 가책이 내가 뻔뻔스러워지는 걸 도왔다. 해수와 친하게 지내던 시절 우리는 영원한 친구가 될 것을 맹세했었다. 그러나 5학년 가을이 지나고 6학년이 되어 각자 다른 반에 배정받은 후 해수가 몇 번 편지를 보냈지만 나는 끝내 해수에게 연락하지 못했고 중학교에 간 후로는 해수를 본 적조차 없었다. 쌀쌀맞은 멋쟁이에다 차돌멩이처럼 단단한 해수가 내게는 한 번도 화를 낸 적이 없다는 사실을 생각하면 나는 해수와 자진해서 멀어지고 만 나를 용서하기는커녕 절대적으로 머릿속에 떠올릴 용기가 나지 않았다. 늘그막에 길에서 돌베개를 베고 죽는 한이 있더라도 결코 제 발로 조강지처를 찾아가지 못하는 늙은 남편들의 마음을, 나는 이런 맥락에서 이해했다. 아내를 사랑했으면 사랑했을수록, 아내가 착하고 바르다는 걸 알면 알수록, 아내에게 저지른 낱낱의 죄를 직시할 자신이 없어지는 그 마음을 나는 해수에 대한 나의 태도에서 유추해냈다. 호기심 만만한 첫째 이모가 어느 결에 사정을 알아와서 어머니에게 일러준 바에 따르면 중풍 든 옆집 할아버지도 결코 자기 발로 할머니를 찾아온 것은 아니라고 했다.

　"그 첩년이란 것이 단물만 쪼옥 빨아먹고 수족도 못 쓰는 영감

탱이를 구루마에 싣고 와서 거적때기째로 할머니네 대문 앞에 내 버리고 갔다지 뭐유?"

어머니는 설마 하는 얼굴이었다. 첫째 이모의 얘기는 늘 어느 정도 과장이 섞여 있다는 평을 받고 있어, 이모는 자기가 한 말에 한없이 긴 주석을 달아 신빙성을 높이지 않으면 안 되었다.

"아이고, 언니! 그땐 정말 꼴이 말도 못했대여. 거지 중에 상거 지에다, 그때는 지금처럼 몸뗑이를 놀리고 다니지도 못할 정도로 심하게 풍을 맞았었다네. 옆집 할머닌 첨엔 길 가다 죽은 거진 줄 알았는데 가만 들여다보니 당신 영감쟁이라서 아주 기겁사팔을 했대지 뭐유? 첨년이 죽은 송장이나 치우라고 실어다냈나 싶었는 데 그 영감쟁이가 그래도 양심은 있었는지 거적때기에 누워서는 눈물을 질질 짜고 있어서 안 죽고 산 사람인 줄 알았답디다."

"아이구나, 시상에, 무신 천벌을 받을라구, 아이구나."

이렇게 끙끙 앓는 소리를 낸 사람은 남편 그늘 아래서 오래오래 살지 못한 것을 천추의 한으로 여기는 외할머니였다.

"엄니! 엄니! 세상에 그런 일이 얼마나 쎄고 쎈 줄 알우? 그나마 본처 있는 데다 실어다놓고 갔으면 그건 양반 노릇 한 거유. 길바 닥에다 그냥 내버려도 그만이고 수틀리면 집구석에서 굶겨 죽이 는 일도 있답디다. 그런들 어쩌겠수? 몸뚱이 병들고 수족 못 놀리 니 당하면 당해야지. 그게 바로 천벌이고 자업자득인 걸 그 빌어먹 을 대가리 휘두르고 다닐 때는 꿈에도 몰랐겠지. 이놈의 미친 새끼도 아직 젊어 저 지랄이지⋯⋯"

늘어서 조강지처의 수발을 받게 된 영감님들의 이야기 속엔 언제나 이런 식의 타의성이 숨어 있었다. 도저히 빼도 박도 못할 정도로 망가져서, 조강지처에게 결코 돌아가지 않으려는 그 마음조차도 주장하고 실현할 수 없을 정도로 망가져서, 누군가의 손에 의해 조강지처에게 떠맡겨지는 그 마음을 나는 가끔 몸서리를 치며 헤아려보곤 했다. 나도 그런 천벌을 받을까 두려워하면서⋯⋯

예배를 보는 동안 내 눈길은 해수의 동그란 뒤통수 주변을 맴돌았다. 설교가 끝난 후 뒤쪽에 있던 사람들을 중심으로 스크럼이 짜였고 나는 그 속에 끼여 교회 정문을 향해 걸어나가며 해수를 보았다. 해수는 의자에서 일어나 대열의 선두를 보며 노래를 부르고 있었다. 나는 해수의 옆모습만을 볼 수 있었다. 〈우리 승리하리라〉를 부르는 그 입술을, 내 뺨에 깜찍한 입맞춤을 해주던 그 입술이 가사에 맞춰 움직이는 걸, 그녀의 턱과 목에 이르는 갈색 선이 음의 높낮이에 따라 달라지는 걸 나는 보았다. 해수는 기도하듯 노래했다. 아아, 참맘으로 나는 믿네⋯⋯ 우리 승리하리라⋯⋯ 아아아⋯⋯

노래를 들으면서 나는 나를 위해 주먹을 쥐고 화를 발칵 내며 다른 아이들과 겁없이 맞서던 예전의 해수, 아무 이유 없이 아무 원망도 없이 나를 아껴주었던 해수를 생각했다. 해수가 이렇게 슬픈 얼굴을 한 숙녀가 되리라고 누가 짐작이나 했을까? 혹시 옛날의 해수도 지금처럼 눈물 같은 주근깨를 매달고 슬프게 멀어지는 나를 바라보았던 것일까? 그리고 "나 원래 이 교회 다녀"라고 말할 때처럼 낮고 가느다란 목소리로 윤아 따위와 어울려 쏘다니는 나를 위해 기도를 해주었던 것일까? 그것이 해수와의 마지막 만남일 줄을 그때의 나는 알지 못했다.

스크럼은 교회 문을 통과해 행진했다. 희미한 어둠이 내린 건너편 차도에 호송차들이 늘어서 있었다. 진입로 앞에 도열한 전경들의 무리가 손에 잡힐 듯이 가깝게 보였다. 우리가 노래를 부르는 동안 전경들이 천천히 다가왔다. 두려움이 없네⋯⋯ 두려움이 없네⋯⋯ 두려움이 없네⋯⋯ 그날에⋯⋯

앉자! 앉자! 하는 외침이 뒤에서 들려왔다. 맨 앞줄에 선 사람들이 엉거주춤 앉기 시작했다. 종태와 나도 앉았다. 나는 뒤를 돌아보고 싶었지만 돌아보지 않았다. 해수가 긴 나무의자에 기대서서 나를 위해 노래를 불러주고 있으리라 믿었다. 내가 이 자리에서 죽더라도 해수가 나를 위해 기도해줄 것이라고 믿었다. 아아, 참맘으로 나는 믿네⋯⋯ 우리 승리하리라⋯⋯ 아아아⋯⋯

느리게 다가오던 전경들이 갑자기 난폭한 몸짓으로 덤벼들었다. 나는 몽상에서 깨어나듯 몸을 일으켰고 종태도 몸을 들썩였다. 그러나 우리는 동시에 알았다. 이젠 틀렸다! 나는 본능적으로 뒤를 돌아보았다. 바라는 것이 분명히 뒤에 있다고 인간에게 확고한 보증을 하고 그 대신에 절대로 뒤를 돌아보아서는 안 된다는 약속을 받아냈던 짓궂은 신들, 그들의 의도는 바로 이런 인간의 허약함을 악용한 사기였을까? 뒤에 의연히 버티고 앉아 자리를 지키고 있으리라 믿어 의심치 않았던 사람들은 애초에 제대로 앉지도 않았던 듯 재빨리 우르르 흩어져버렸다. 해수가 있는 교회 건물 쪽으로 고개를 돌리려는 참에 내 고개가 푹 꺾였다.

"계집년이 이거!"

나는 뒷덜미를 잡는 강하고 거친 손길에 순순히 잡혔다. 고개를 들지 못하고 구부정한 자세로 끌려간 나는 호송차 앞에서 뒷덜미가 놓였다. 전경의 손길이 무뚝뚝하게 등을 밀었고 나는 차에 올랐다. 먼저 잡혀온 학생들이 뒷자리에 앉아 있었다. 나는 가운데 창가 쪽에 앉았다. 종태가 옆자리에 와 앉으며 나를 향해 환하게 웃었다. 나도 얼굴을 찡그리며 웃었다.

속속 잡혀오는 사람들로 인해 앞자리도 거의 다 채워졌다. 뒷자리에서 군부독재와 폭력 경찰을 규탄하는 구호를 외치는 소리가 들렸다. 구호 소리가 차 안에 웅장하게 울렸다. 전경 한 명이 차의 계단을 올라오자 구호 소리는 현저히 작아졌다. 전경은 둔한 복장을 하고 있기는 했지만 머리에 아무것도 쓰지 않아 맨얼굴이 고스란히 드러나 있었다. 전경에게도 표정이 있었다. 할일이 산더미같이 쌓여 분주하기 짝이 없는 형이 시끄럽게 울어대는 동생들을 위협하듯이 그는 몹시 성가시고 짜증스럽다는 표정으로 차 안을 쫙 훑었다.

"조용히 안 해?"

그의 어린 입에서 짤막한 한마디가 튀어나왔다. 그러나 학생들은 즉각 더 크게 구호를 외쳐 그의 비위를 건드렸다. 전경은 가볍게 입을 실룩거리더니 두툼한 가죽장갑을 천천히 벗었다. 그는 장갑을 한 손에 말아 쥐고 곤봉으로 자신의 맨손바닥을 탁탁 두드렸다.

"입 벌리고 싶은 놈은 이리 나와! 여기 나와서 떠들어봐!"

뒤쪽에서 다시 구호가 들려왔지만 나는 그 구호를 따라서 외칠 수가 없었다. 구호를 복창하는 소리 대신 비명소리가 차 안에 울려퍼졌다. 전경이 자기 손바닥을 톡톡 치던 곤봉으로 앉아 있는 사람들의 머리를 닥치는 대로 내려치기 시작했다.

"고개 처박아! 이 새끼들아! 처박으란 말야!"

전경이 이쪽저쪽으로 마구 곤봉을 휘둘렀다. 내 옆에서 딱 하는 소리가 크게 들려왔고 동시에 종태의 비명소리가 들렸다. 종태가 양손으로 머리를 움켜쥔 채 고개를 푹 숙였다. 나는 얼떨떨했다. 지금 무슨 일이 일어난 걸까. 종태가 죽은 건 아닐까. 나는 종태의 어깨에 손을 얹었다. 다행히도 종태는 죽지 않았다. 그러나 몹시 아픈지 머리를 감싸쥔 손을 풀지 못했다. 나는 그의 어깨를 토닥이며 고개를 들어 차 안을 살폈다. 전경이 종태 옆쪽 통로를 지나가고 있었다. 나는 전경과 눈이 마주쳤다. 그는 장갑을 끼려다 말고 아직도 고개를 처박지 않고 목을 길게 빼고 있는 나를 보자 들고 있던 가죽장갑으로 내 뺨과 이마를 찰싹찰싹 후려갈겼다. 나는 얼얼해진 얼굴을 싸안으며 고개를 처박고 울었다. 곤봉으로 맞았다면 이렇게 기분 나쁘지는 않을 것을……

여전히 기만에 찬 감상을 못 버린 나는 내 눈물이 장갑으로 따귀를 맞은 모욕감에서 솟구치는 것이라고 해석했다. 그러나 진정 내 눈물의 의미는 그런 고상한 것이 아니었다. 사람이 눈빛에 어떤 감정을 담을 수 있고 상대방이 눈빛을 통해 그 감정을 읽을 수 있다면 전경과 나는 그 순간 진정 눈빛으로 교감했던 것이다. 전경을 바라볼 때의 내 눈빛에는, 비록 불타는 적의를 담으려고 애썼지만 안타깝게도 실제의 내 눈빛에는 애원과 공포가 담겨 있었을 것이고, 전경은 그것을 제대로 읽었던 것이다. 내 속에 있던 약아빠진 계집애가 내 눈초리에 그런 얄궂은 색칠을 했고, 꼬리를 내린 강아지같이 샐쭉 내려앉은 내 눈을 본 전경은 닭 잡는 데 어찌 소 잡는 칼을 쓰겠느냐는 심정으로 곤봉이 아닌 가벼운 가죽장갑으로 나를 따끔하게 혼내주었던 것이다. 종태가 아픔을 못 이겨 울었다면 나는 모욕도 울분도 아닌, 분노도 치욕도 아닌, 단지 비굴한 감사를 못 이겨 울었을 뿐이다. 내가 이런 연유로 운다는 걸 종태나 해수가 알지 못하는 게 다행이었다. 예전에 해수의 차돌맹이 같은 몸 뒤로 내 길쭉한 몸을 숨겼듯이 어딘가로 숨어버리고 싶었다.

차가 움직이기 시작했을 때는 이미 밤이었다. 더이상 매를 맞지 않아도 된다는 안도감 때문에 차 안은 활기를 띠었다. 종태는 머리에 혹이 났다고 말하면서 입술을 살짝 씹었다. 나는 그 혹을 살살 만져보았다.

"되게 많이 부었는데?"

"그나저나 다들 우리 때문에 걱정하겠다."

"그래."

무덤덤한 얼굴로 우리를 맞을 동료들, 그러나 그 이면에는 무한한 다정다감이 살아 숨쉬고 있을 그들, 나는 그들의 절제된 애정을 생각하며 수치를 느꼈다. 차 안에서는 안면이 있는 사람들끼리 조용히 이야기를 나누는 소리가 사분사분 들렸다. 철망이 둘러쳐진 창틈으로 거리의 불빛이 새어들어 어두운 차 안에 이상스런 그물무늬를 만들었다. 나는 오래도록 차를 타고 달렸으면 좋겠다고 생각했다. 가을이었다. 나의 가을에는 언제나 은밀한 배반이 준비되고 있었다.

*

영등포역 앞 다방은 빛바랜 붉은색 우단을 입힌 의자들이 곳곳에 널려 있어 마치 삼류 극장의 휴게실 같은 분위기를 풍겼다. 커피는 맛이 나쁜데다 조금도 뜨겁지 않았다. 탁자 위에는 백동전을 넣어 그날의 운세를 점치는 양철통이 놓여 있었다. 나는 그 통을 만지작거리며 종태에게 물었다.

"취직됐어?"

"아직."

"어떨 것 같아?"

"미필이어서 꺼리는 것 같더라. 한 군데 잘 말하면 될 것 같은 데가 있긴 한데."

종태와 나는 담배를 피웠다. 종태는 내가 먼저 무슨 말인가 꺼내주기를 기다리고 있었다. 머리가 휑하니 비어왔다. 술기운이 확 끼쳐오는 중에도 아직 정신은 말짱하여 귀가 시간이라든가 내일 해야 할 일이라든가 하는 일상적인 압박에 시달리며 괴로워할 때와 같이, 나는 담배로 인해 멍해진 정신과 앞으로의 사태에 대해 노심초사하는 예민한 정신 사이에서 난도질당하고 있었다.

"술을 한잔 먹었으면……"

순하고 부드러운 종태의 얼굴이 엄격하게 바뀌었다. 나는 종태의 즉각적인 반응에 입을 다물었다. 탈진 상태와도 같은 무기력증에 사로잡혔던 그 가을, 나는 이미 3학년이었지만 여전히 상습적으로 술을 마시고 시위에 참가하는 버릇을 고치지 못하고 있었다. 이런 사실을 아는 종태는 술에 관한 한 내게 엄한 태도를 취했다. 처음 그런 사실을 알았을 때 종태는 놀라움을 감추지 못했다.

"정말, 왜, 왜…… 왜 그러는 거냐, 미옥아?"

종태는 심하게 더듬거리기까지 했다.

"안 그랬으면 좋겠다, 정말……"

그러나 종태의 간곡한 부탁에도 불구하고 나는 내 몸 어딘가에 틀어박힌 정체불명의 계집애와 숨바꼭질하는 심정으로, 이렇게 말할 수 있다면, 결코 내놓고 키울 수 없는 사생아를 약 먹여 재우는 야박한 모정으로, 가방 속에 싸구려 양주병을 넣어가지고 다니며 시위 때마다 몰래 마셨고, 시위가 끝나고 나면 다시는 술을 마시고 가투街鬪에 참가하지 않겠노라고, 내 안에도 분노와 희망과 사랑이 살아 숨쉬고 있노라고, 알딸딸한 얼굴로 부스스 깨어나는 그 계집애를 향해 눈물어린 속죄를 하곤 했다. 죄와 속죄의 수레바퀴는 멈추지 않고 돌았다. 커피잔을 빙빙 돌리는 내게 종태가 참았던 질문을 던졌다.

"오늘 일 끝내고 온 거 아니지?"

나는 종태를 물끄러미 보았다. 그는 입가에 살짝 웃음을 실으며 늘 하듯이 입술을 깨물어 보였지만 내 눈에는 그의 얼굴이 낯설었다. 종태는 다 타버린 담배를 들고 있는 내게 담배 한 대를 더 권했다. 나는 꽁초를 양철 재떨이에 버리고 새 담배에 불을 붙여 물었다.

"쉬는 날인 거야? 안 간 거야?"

"안 갔어."

"그랬구나."

나는 쓰고 떫은 커피로 마른 목을 조금 축였다. 다방 안의 사람들이 나를 힐끗거렸다. 진한 호기심, 괘씸하다는 분노, 집요한 불쾌감 등이 혼합된 다종 다기한 시선들이 내 얼굴과 손가락 새에 끼워져 있는 담배를 오고갔다. 나는 불편한 마음으로 담배를 피우며 공장을 그만두겠다는 얘기를 종태에게 어떻게 꺼내면 좋을까 고심하고 있었다.

"내일은 출근할 거지?"

종태가 싹싹하게 물어왔지만 나는 고개를 저었다.

"그럼?"

"다른 데 취직할래."

"다른 데도 어디나 다 비슷할 거야."

"공장 말고."

"공장 말고? 그럼 어디?"

나는 할말이 없었다. 공장처럼 시끄럽지만 않다면 아무데나 괜찮다고 말할 수는 없었다. 종태는 나를 공장으로 되돌려보내려고 설득했지만 나는 묵묵히 버텼다. 내가 아무 말 하지 않아도 종태가 제발 나를 조금은 이해해주었으면, 늘 그랬듯이 약간 나무라는 눈빛만 짓고 곧 관대하게 웃어주었으면 하고 나는 허황한 기대를 품었다. 내 고집에 지친 종태는 도대체 어떤 일을 하고 싶은 거냐고 반 타협적으로 물어왔다. 그제야 나는 간신히 입을 뗐다.

"직업소개소에 가보려고."

종태는 철없는 후배를 바라보듯 나를 바라보았다. 나는 그의 얼굴에 일어나는 작은 변화도 놓치지 않으려고 눈에 힘을 주어 그의 표정을 샅샅이 훑었다. 그러나 내 혀는 몹시 둔해서 발음하는 말들이 어물어물 허물어졌다.

"혼자 가기는 좀 그래서……"

"날 만나잔 목적이 그거였구나?"

"……"

"혼자 다 정해놓고 나왔으니 무슨 일 할 건지도 정했겠네?"

"아니……"

"그래도 네 생각에 뭔가 이런 일이다 싶은 게 있어야지."

종태는 화가 좀 나 있었다. 나는 마음이 급했다.

"청소부 같은 거……"

공장 일보다 더 미천한 일을 찾으려는 일념에서 나는 되는대로 중얼거렸다. 내뱉고 나니 별로 나쁘지 않은 생각 같았다. 청소를 시키면서 음악을 크게 트는 곳은 없을 것이고 그 일도 민중의 고통을 더불어 느낄 수 있는 일임이 분명했다. 꼭 노동운동에만 투신해야 한다는 법은 없었다.

"괜찮겠지?"

이렇게 묻는데 꼬고 앉은 내 다리가 떨렸다.

"그것도 좋겠지."

종태가 무덤덤하게 대꾸했다.

"일단 일어나자."

종태는 아무 내색도 하지 않고 자리에서 일어났지만 나는 그가 다방을 나서면서 짧게 탄식했던 것을 기억한다. 직업소개소를 찾아가는 내내 나는 나를 조금도 믿고 있지 않은 그의 마음을 아주따갑게 느꼈다.

*

종태와 나는 공장 활동을 함께 준비했다. 나는 성수동에 있는 공장에 취직이 되었고 종태는 여전히 공단을 돌며 일자리를 찾는 중이었다.

나는 일주일 남짓 공장에서 일했다. 첫날 하루는 공단을 돌며취직자리를 구하느라 반나절을 보냈다. 나는 몇 군데 공장에서 허탕을 치고 의류업체 간판이 붙은 공장에 들어섰다. 수위는 내 용건을 듣더니 잠시 기다리라며 인터폰을 들었다.

"여기 취직하겠다고 아가씨 하나가 와 있는데."

수위의 '아가씨'라는 호칭이 몹시도 위험하고 감미롭게 들렸다. 잠시 후 건물 쪽에서 양복 입은 남자가 나타났다. 수위가 그를 따라가라는 턱짓을 했다. 나는 양복 입은 남자를 따라 봉제공장 건물로 들어갔다. 철문을 열자 봇물 터지듯 소음들이 와르르 쏟아져나왔다. 그곳은 거대한 강당처럼 확 트인 작업실이었다. 하늘색 머릿수건에 하늘색 상의를 입은 오륙십 명의 여공들이 수십 대의 자잘한 기계 앞에서 바쁘게 움직이고 있었고 커다란 짐꾸러미를 나르는 청색 점퍼의 남자들이 그 사이를 누비고 있었다. 철문 맞은편에 유리로 칸막이한 사무실이 있었는데 그곳이 여공들을 휘둘러보는 감시초소인 것 같았다. 나는 양복 입은 남자를 따라 유리 사무실로 들어갔다.

"주민등록증 가지고 왔지, 잉?"

나는 주민등록증을 분실해서 등본을 떼어왔다고, 미리 준비해 간 등본 한 장을 내밀었다.

"스물한 살이나 먹었어? 이때껏 뭐했어?"

이런저런 일을 하면서 집에 있었다고 둘러대자 그는 몹시 딱하다는 얼굴로 나를 쳐다보았다.

"특별한 기술은 있고?"

내가 고개를 젓자 그는 의당 그럴 줄 알았다는 듯 고개를 힘차게 끄덕였다.

"동네가 상당히 멀기는 한데 그건 뭐 우리 회사에 기숙사가 있응게 상관은 없고, 어떻게 당장 오늘부터 일 시작하지그려?"

나는 평범한 여공 지망생처럼 보이기 위해 주저하는 목소리로 월급이 얼마나 되느냐고 물었다. 그는 당찮은 질문을 받았다는 듯 혀를 차더니 이 근처 회사들은 다 똑같다고 선수를 쳤다.

"아가씨같이 아무 기술이 없는 사람한테는 많이 주는 데가 없지. 또 뭣이냐, 일하다보면 다 일당이 오르게 돼 있고 뭣보담도 여기선 기술을 배우게 해주니께."

그는 큰 선심을 쓰듯 서랍에서 종이쪽지를 꺼내 내게 주었다.

"식권 사십 장인데 나중에 월급에서 제하기로 하고 당분간은 그 것으로다 밥을 먹으면 쓰겠네."

그는 나를 데리고 유리 사무실을 나왔다. 귀가 먹먹하도록 소음 이 심했다. 하늘색 머릿수건 몇이 나를 힐끔힐끔 쳐다보았다.

"새로 온 직원잉게 일 잘 그르쳐주고, 잉?"

양복 입은 남자는 나에게 자리를 지정해주며 좌우에 앉은 여자 들에게 이렇게 소리쳤다. 그녀들은 고개를 두어 번 끄덕거려 알았 다는 시늉을 했다. 왼쪽에 앉은 나이들어 보이는 여자는 단춧구멍 을 스티치하는 일을 하고 있었고, 여드름투성이의 오른쪽 여자는 단추 박는 일을 하고 있었다. 둘 다 재봉틀 비슷한 기계 앞에 앉아 있었다. 내 앞에는 노란색 면 티셔츠가 잔뜩 쌓여 있었다. 왼쪽 여 자가 내게 연필을 하나 주었다. 그녀는 노란 티셔츠의 앞섶을 잘 맞추더니 스티치된 단춧구멍 사이로 연필심을 넣어 단추 달 자리 에 작은 점을 찍었다. 나는 그녀가 시범을 보인 대로 했다. 왼쪽 여 자가 단춧구멍을 스티치한 티셔츠를 내 앞에 던져놓으면 나는 단 춧구멍에 맞도록 단추 달 자리를 표시하여 오른쪽 여자 앞에 던져 놓으면 되었다.

일은 간단하고 쉬워 보였다. 그러나 나는 한 시간도 못 되어 일 의 고됨을 절감했다. 단추는 세 개였다. 왼쪽 여자가 단춧구멍을 스티치하는 데는 '도르르 도르르 도르르' 하는 시간밖에 걸리지 않았고, 오른쪽 여자가 단추를 박는 데는 '득 득 득' 하는 시간밖에 걸리지 않았다. 나는 그 사이에 옴짝달싹할 수 없이 끼여 기계의 속도를 따라잡으려 안간힘을 썼다. 내 앞에는 옷이 점점 높이 쌓여 갔다. 단추를 박는 오른쪽의 여드름투성이는 아예 팔짱을 끼고 내가 연필심으로 표시한 옷을 던져주기만 기다리고 있었다. 나는 음악소리도 기계 소리도 듣지 못했다. 서툰 애가 와서 일이 느려진다고 여드름이 나를 미워하지 않을까 걱정이 되었다. 그러나 공장 일은 무한했고 일을 빨리 해치운다는 건방진 생각 따위는 아무도 갖고 있지 않았다. 왼쪽 여자가 진땀을 흘리는 내게 천천히 하라고 말해주었다. 나는 왼쪽 여자에게 발작적인 친근감을 느꼈다.

단추 자리를 표시하는 일이 끝난 후 나는 다른 자리로 옮겨 단추나 리본 따위의 장식품을 달 자리를 표시하거나 완제품의 실밥을 제거하는 단순한 일들을 했다. 저녁때가 되자 실내가 어수선해졌다. 음악이 꺼지자 납덩이를 뗀 듯이 양쪽 귀가 홀가분해진 대신 피곤이 밀려왔다. 특근을 위한 저녁이 준비되었으니 모두 식당으로 가라는 방송이 흘러나왔다. 나는 식당의 위치를 몰라서 하늘색 머릿수건의 물결이 흘러가는 방향을 따라갔다. 그러나 작업실 입구를 나선 후에는 머릿수건의 물결이 제각기 다른 방향으로 흩어졌다. 멍하니 서 있는 나를 누군가 툭 쳤다. 돌아보니 첫 작업을 할 때 오른쪽에 앉아 있던 여드름투성이 여자였다.

"식당은 지하에 있는데."

나는 그녀에게 감사의 미소를 보냈다. 그녀는 내게 가까이 다가오더니 은밀한 거래라도 제안하듯 낮게 속삭였다.

"밥 먹으려면 식권이 필요한데 내 식권 몇 장 살래요?"

고맙지만 내게도 식권이 있다고 사양했더니 그녀는 깜짝 놀랐다.

"어디서 났어요?"

나는 양복 입은 남자를 지칭할 말을 고르느라 더듬거리다가 '아까 그분'이 주셨다고, 주머니에서 식권 사십 장을 꺼내 친구처럼 다정한 그녀에게 내보였다. 그녀가 신경질적인 신음소리를 냈다.

"으휴, 정말 미쳤어!"

나는 그녀의 얼굴에 다다귀다다귀 들러붙은 여드름만 물끄러미 쳐다보았다. 투덜거리는 내용으로 미루어 다행히 그녀는 내게가 아니라 양복 입은 남자에게 화를 내는 것 같았다. 그녀는 내게 식권을 사십 장이나 떠넘긴 그 양복쟁이에게 욕을 퍼부었고, 남은 식권을 내게 팔려던 계획이 어그러진 걸 드러내놓고 분해했다. 나는 곧 그녀의 분노를 이해했다.

식사는 형편없었다. 밥은 맛이 없는 대신 무한정 먹을 수는 있다고 했다. 국은 건더기가 별로 없는 된장국이었고, 반찬은 김치 외에 동태 대가리와 무를 넣고 얼큰하게 지진 조림뿐이었다. 빠끔빠끔한 동태 대가리와 커다랗게 썬 무조각들이 시럽처럼 엉긴 갈색 양념에 버무려져 있었다. 남자들은 식판에 얹힌 동태 대가리를 집어 입으로 쭉쭉 빨기도 하고 꾹꾹 씹어 뱉기도 했지만 여자들은 주로 거무죽죽하게 물러터진 무를 숟가락으로 끊어 먹고 동태 대가리를 젓가락으로 쑤시다 말았다. 나는 여드름 난 여자와 같은 탁자에 앉아 밥을 먹었는데, 그녀는 다른 여자와 식판 하나를 가지고 나눠 먹었다.

"식권을 갖다가 애초부터 봉급에서 떼고 무조건 삼십 장씩 앵겨버리니까 사람 환장하지."

"두 끼나 먹는데 삼십 장이면 모자라지 않아요?"

내 물음에 두 여자가 웃었다.

"밥 먹으면서도 저러네. 맨날 남아요."

"돈 있으면 나가 사 먹고, 아니면 기숙사에서 라면 끓여먹고, 또 이렇게 한 판으로 노나 먹고, 그러니깐 한 달에 최소 열 장씩은 남 가지지."

나는 정말 그렇겠구나 생각했다. 여드름이 내가 양복쟁이에게서 식권을 사십 장이나 받은 사실을 일러바치자 상대편 여자는 눈을 새치름히 뜨면서 혀를 찼다. 나는 음식을 반도 먹지 못했다. 내가 수저를 놓는 걸 보자 여드름이 내 식판에서 된장국을 가져갔다.

작업실로 돌아왔을 때 앳된 얼굴의 여자가 여드름을 반갑게 불렀다. 그런데 어찌된 일인지 여드름은 앳된 얼굴이 몇 번이나 애처롭게 불러대며 손짓을 하는데도 들은 척도 않고 다른 사람들과 얘기하거나 사탕을 까먹으며 딴청을 피웠다. 나는 여드름을 불러대는 앳된 여자를 안쓰럽게 생각했다. 그 여자는 상체의 발육이 좋지 않아서 언뜻 어린아이처럼 보였다. 마침내 모른 척하기에도 지친 여드름이 마지못해 그녀 쪽으로 다가갔다. 여드름을 부른 여자는 가까이서 보니 좀 음울하고 어두운 얼굴을 한 소녀였다. 그녀는 누런 종이라도 발라놓은 듯 여위고 주름진 얼굴에 용서를 비는 미소를 지었다.

"여기 어디 못 쓰는 천이 있을걸."

여드름이 박스를 뒤지는 동안 소녀는 끈기 있게 기다렸다. 소녀는 남는 시간에 여드름으로부터 단추 박는 법을 배우고 있었다. 여드름은 헝겊조각 하나를 찾아내 훌쩍 소녀 앞에 내던지곤 소녀가 공손히 의자를 비켜 마련해준 자리에 다리를 쑤셔넣고 기계를 밟았다. 소녀는 여드름이 하는 것을 주의깊게 살폈다. 여드름은 내게 연필을 달라고 하더니 그것으로 헝겊에 점 하나를 찍었다.

"밟아봐, 어디."

소녀는 헝겊을 받아들고 조금 전에 여드름이 한 순서에 따라 기계를 밟았다. 여드름은 헝겊을 빼보더니 나무랐다.

"전에 말했지? 발을 너무 빨리 뗀단 말야."

여드름이 다시 점을 찍어 내밀자 소녀는 다시 단추를 박았다.

"이젠 얼추 됐네."

소녀의 얼굴에 웃음이 번졌다. 소녀의 피부에는, 연령의 극단적인 격차에도 불구하고 갓난애와 노인의 살갗에서 공히 찾아볼 수 있는 명주실처럼 가는 주름들이 골고루 퍼져 있었다. 그녀가 웃음을 띠자 얼굴의 실주름들이 잔잔한 파문을 일으키며 바깥쪽을 향해 대이동을 시작했다. 여드름은 얇은 춘추용 스웨터를 내밀었다.

"이건 제품인데……"

소녀가 걱정스런 얼굴로 올려다보자 여드름은 의젓하게 고개를 끄덕였다.

"잘하니까 해봐. 못하면 주지도 않아."

소녀는 스웨터를 밑에 놓고 표시한 점 위에 단추를 대었다. 그러고는 입을 질끈 다물어 입 끝의 주름을 세로 방향으로 정렬시키면서 기계를 밟았다 떼었다.

"거봐, 됐잖아?"

여드름의 말에 소녀는 의자가 들썩거릴 만큼 감격했다. 여드름은 또다른 스웨터를 내밀었고 소녀는 단추를 박아냈다. 여드름은 잠시 스웨터를 들여다보더니 흡족해했다. 여드름은 언제 귀찮아했냐는 듯 소녀 못지않게 완전히 열중해 있었다. 여드름은 다섯 장의 스웨터를 계속 들이댔고 소녀는 능숙하게 단추를 박아냈다. 나도 소녀처럼 조만간 여드름이나 다른 누구에게서 이런 절차로 기술을 배우게 되려니 싶었다.

이십 분간의 저녁식사 시간이 끝났음을 알리는 방송과 함께 음악이 굉음처럼 울려퍼졌다. 작업이 다시 시작되었다. 소녀는 함박웃음을 지우지 못한 채로 자기 자리로 돌아갔고 여드름은 그 자리에 앉았으며 나는 이곳저곳을 옮겨다니며 무엇을 표시하거나 잘라내는 등의 단순 작업을 했다. 이튿날에도 그다음날에도 나는 똑같은 일을 했다. 내 몫의 하늘색 머릿수건과 상의가 배당되었고 몇몇 여공들이 나를 알은척해주었다. 일도 처음보다 훨씬 할 만하게 느껴졌다. 그러나 일주일 내내 나는 심한 두통에 시달렸다. 밤이면 밤마다 잠자는 내내 줄곧 공장의 끔찍한 소음과 음악소리가 동전이 든 저금통을 냅다 흔들듯 내 머리를 빠르게 뒤흔들어놓았다. 나는 극도로 무기력해졌고 일주일 만에 공활을 포기했다.

*

직업소개소 직원의 머릿속에는 내 나이 또래의 여자가 할 수 있는 일과 할 수 없는 일의 목록이 일목요연하게 입력되어 있는 듯했다. 직원은 청소부가 되고 싶다는 내 말에 잠깐 귀를 기울이는 시늉을 하더니 이내 시큰둥한 태도를 취했다.

"청소부?"

그는 생전 처음 들어보는 직업이기라도 한 듯 놀란 발음으로 내뱉고는 짜증스럽게 고개를 흔들었다. 직원의 그런 반응을 보자 나는 더욱 청소부가 되어야겠다는 사명감에 불타올랐다. 그 일은 내가 공활에서 도피한 죄를 사해줄 수 있는 구원의 직업처럼 여겨졌다. 나는 수차 간청했지만 직원은 더이상 내 말에 청력을 할애하려

하지 않고 딱 잘라 말했다.

"청소분지 뭔지 그게 정 그렇게 하고 싶으면 딴 데 가서 알아보라고!"

소개소 안은 많은 사람들로 북적거렸다. 대부분이 사오십대였고 남자보다 여자가 많았다. 남자들은 담배를 피우거나 초조하게 서성였고 의자에 앉은 여자들은 둘씩 셋씩 짝을 지어 얘기를 나누고 있었다. 남녀를 불문하고 어느 누구든 자기 이름이 불리면 흠칫 놀라며 옷매무새를 가다듬고는 약간 면구스럽고 어정쩡한 자세로 직원을 향해 조심스럽게 걸어갔다. 나를 퇴짜놓았던 직원은 오십대 여자를 한 명 앉혀놓고 상담을 하면서 가끔 내 쪽을 돌아보았다. 그는 그 여자에게도 전혀 친절하지 않았다.

"그건 일단 아줌니 생각이고 그렇게 입에 맞는 떡이 없다니까 그러네, 참!"

그는 반말로 나이든 여자의 기를 사정없이 꺾어놓았다.

"시간이 자유롭길 해, 아니면 기술이 있길 해? 취직하겠다고 오는 사람 중에 아줌니 같은 사람 아주 널렸다고, 널렸어."

그는 비굴하게 눈치를 살피는 상대방 여자에게 식당 주방에서 설거지하는 일을 권했다. 그의 주장에 따르면 시간제 파출부보다는 그쪽이 훨씬 낫다는 것이었다. 여자가 계속 망설이며 시간제로 아이를 보는 일을 할 수 없겠냐고 고집을 피우자 직원은 대번에 신경질을 냈다.

"아따, 이 아줌니, 그러려면 딴 데 가봐요, 딴 데 가봐!"

직원은 딴 데 가보라는 말을 무슨 협박이나 되는 듯이 써먹었다. 나는 직원과 여자 사이에서 벌어지는 실랑이를 지켜보다 저토록 후줄근한 여자조차도 꺼리는 일이라면 주방에서 설거지하는 일도 청소부 일 못지않게 비천한 일임이 틀림없겠다는 생각이 들었다. 그 여자보다 더 낮아지겠다는 희망 하나로 나는 그 일을 지원했다.

청소부 일을 포기하고 주방일을 하겠다는 필생의 양보를 했는데도 직원은 전혀 반가운 기색을 보이지 않았다. 그의 두뇌 속에 새겨진 일람표에 의하면 주방일마저도 내게는 적합하지 않다고 기재되어 있는 모양이었다. 그의 탐탁지 않아하는 표정에 나는 풀이 죽었다. 직원은 고개를 설레설레 저으며 기가 막힌다는 웃음을 흘렸다. 나는 그 웃음에 한 가닥 실낱같은 기대를 걸고, 저 아주머니한테는 그 일을 하라고 그러지 않으셨냐고 힘겹게 반박을 해보았다.

"하 참! 이 아가씨가 이렇게 세상을 모르네. 아줌니가 할일 따로 있고 아가씨가 할일 따로 있지, 누가 주방일을 아가씨한테 맡겨? 주방일이 어떤 건지 알기나 해?"

주관적 열망으로 모든 걸 해결하려는 오류에 찬 시도가 늘 실패하기 마련이듯, 열심히 하겠노라고 다짐해 보이는 나의 애원도 대번에 거부당하고 말았다.

"이거 보라고, 아가씨! 내가 아가씨를 청소부고 주방이고 간에 취직을 안 시켜주고 싶어서 안 시켜주는 게 아니야. 쓰려는 사람이 없어. 이를테면 청소 용역 하는 데서고 식당에서고 간에 아가씨 같은 사람한테는 그런 일을 안 준다 이 말이야."

그럼 도대체 내가 할 수 있는 일은 어떤 게 있냐고 힘없이 따지고 들자 직원은 내 말을 완전한 투항으로 받아들이고 만족하여 내가 미처 기대하지도 않았던 곰살궂은 친절까지 내비치며 이렇게 권고했다.

"일단 아가씬 말야, 주방 말고 홀 있잖아, 그런 데서 서빙하는 일을 하는 게 좋아. 왜냐? 그게 힘도 훨씬 덜 들고 큰 식당 같은 데면 그건 거지반 회사나 다름없다 이 말이야. 월급 꼬박꼬박 나오고 뽀나스까지 나온다 이 말이야."

홀이란 말이 입을 꾹 다물고 있던 종태의 보호 본능을 자극했다.

"홀이라면 무슨 술 팔고 그러는 데 말씀하시는 겁니까?"

직원은 몹시 분개했다.

"아니, 이 사람이! 무슨 소리야? 지금 식당 얘기야 식당 얘기! 술집 같은 그런 데는 우리 소개소에서는 소개하지도 않아! 여길 뭘로 보고 이래?"

종태는 화난 얼굴로 잠자코 있었다. 직원은 간신히 분을 삭이더니 뚱하니 앉아 있는 나를 구슬렸다.

"이거 봐, 아가씨. 지금 아가씨 맘으로야 힘든 일도 다 해낼 수 있을 것 같지만 서빙하는 일도 힘이 든다면 힘이 들지 왜 안 들겠어?"

"그렇겠지요."

내가 순순히 대답하는 걸로 보아 소개료를 챙길 가망이 있다고 판단한 직원은 아주 신명나게 떠들었다.

"늙다리 아줌니들은 아무도 서빙으로 안 써주니까 주방일을 하지. 같은 값이면 왜 젊은 아가씨가 생고생을 하면서 주방일을 하려고 그래? 아가씨 같은 사람한테는 그런 일 시켜주지도 않아요, 시켜주지도. 지금 내 말 무슨 얘긴지 알아듣겠어, 아가씨?"

나는 반박할 기운도 수긍할 기운도 없었다. 이런, 빌어먹을! 내가 청소부 일이나 주방일을 할 수 없는 위인이라는 게 누구에게나 이토록 명백한데 왜 나만 그것을 모르고 있었던 것일까. 과연 나는 몰랐던 것일까.

"주방일 한다고 돈 더 받는 것도 아니라고. 아줌니들이 기를 쓰고 일해봤자 서빙하는 아가씨들만큼도 못 받는 경우가 아주 쎄고 쎘다 이 말이야."

소개소 안은 담배 연기로 가득찼다. 참다못한 직원이 자리에서 벌떡 일어나 좌중을 향해 사무실 안에서 담배를 피우지 말고 계단에 나가서 피우지 못하냐고 소리를 버럭 질렀다. 호령하는 직원의 손에도 버젓이 담배가 들려 있었지만 담배를 피우던 남자들은 서

둘러 담배를 껐다. 나는 직원이 자리에 앉아 몸을 추스를 틈도 주지 않고 재빨리 인사를 한 후 직업소개소를 나왔다. 가을 오후의 깊은 햇살이 소개소 계단 밑부리를 적시더니 어느덧 역전 거리를 환히 비추었다. 종태가 내 눈치를 살폈다.

"어떡할래? 더 다녀볼래?"

"글쎄······"

"내일부터라도 공장에 다시 나가는 게 어때?"

"그래야겠지."

종태는 반색을 했다. 그러나 내게 종태의 얼굴은 자꾸 낯설게만 보였다.

"정말이야?"

"응."

"잘 생각했다. 그럼 오늘은 가볍게 술이나 한잔할까? 그동안 공장에서 일한 얘기도 좀 듣고."

내 마음은 열심히 고개를 끄덕였다. 종태에게 내 불안과 두통과 무기력을 낱낱이 털어놓은 후 머리를 맞대고 손을 맞잡고 어떤 해결책을 모색할 수 있다면 얼마나 홀가분할 것인가. 그러나 눈높이로 쏟아지는 가을 햇살에 잠시 휘청거리던 나는 마음을 바꾸었다.

"아니야. 술 먹으면 내일 아침에 못 일어날 거야. 그냥 갈래."

"그럴래?"

"응."

"그럼 커피나 한잔할까?"

"아까 마셨는데 뭐."

"집에 가서 쉴래?"

"응, 정말 피곤해."

"그래, 그럴 거야."

종태는 입술을 지그시 깨물며 내 어깨를 꾹 눌렀다. 그리고 못내 섭섭한 얼굴로 나를 보내주었다. 그 가을 오후 내가 그의 믿음을 저버리기 전까지 종태는 내게 한 자락 부드러운 시선이었다. 호수의 구름다리를 배경으로 나를 향해 펄쩍펄쩍 뛰어와주었던 그 순간 이래로 항상 너그러운 눈길로 나를 지켜봐주고, 수줍고 머뭇거리기를 잘했던 종태는, 나의 따뜻하고 아름다운 울타리였다.

*

심하게 매를 맞고 다락방에서 벌을 선 그날 밤, 깊은 잠에 빠지기 전에 나는 이불을 걷고 퉁퉁 부어 열이 오른 내 종아리를 살그머니 쓰다듬는 어머니의 손길을 느꼈다. 어머니의 손은 처음엔 뜨겁고 건조했지만 잠시 후엔 눈물을 훔치던 손이어서 축축했다. 그날따라 어머니는 말 상대가 필요했던지 뒤척이는 외할머니를 불렀다.

"엄니, 주무세요?"

"낮에 깝뿍 졸았드니만 영 잠이 안 오네 그랴."

외할머니가 슬금슬금 일어나 앉자 어머니는 뜬금없이 물었다.

"내가 왜 가지를 안 먹는지 알우?"

"니가 클 적부텀두 원체 가지를 좋아는 안 했더니라."

"그래도 먹긴 했었지. 이제는 아주 입에 대지도 않잖우?"

"그려."

"옥이 애 가졌을 때 말유, 그땐 애 가진 것도 몰랐지만."

어머니는 긴 이야기를 풀어낼 듯 긴 한숨을 쉬었다.

"손서방이 휴가 나와서 돈이란 돈은 탈탈 털어 쓰고 막 바다로 훌쩍 떠나고 보니 집구석에 먹을 거라고는 씨알 한 낱도 없지 않겠수? 근데 그해따라 집 뒤란에 심은 가지가, 별로 즐기지도 않는 그게 어쩌면 그렇게 풍작이었는지. 없는 반찬값 벌충은 해야 하고, 내가 그걸 갖다가 밥에 쪄서 무쳐도 먹고, 기름에 달달 볶아도 먹고, 왜 있잖우, 엄니 옛날에 잘하던 식으로다가 반 딱 갈라서 고추장양념을 발라 구워도 먹고, 뻐득뻐득 말려서 간장에 조려도 먹고. 어쨌든 그해 겨울 넘어갈 때까지 그 가지를 바싹 말려서 이만한 포대에 갈무리해뒀다가 먹어치우느라고 얼마나 고생을 한 줄 알우? 그담부터 가지만 보면 그때 생각이 나면서 생목이 오르고 이가 득득 갈린다우."

"좋은 음식두 만날천날 먹으면 질리니라."

"생각해보면 그래서 옥이 얘가 이렇게 약골이 아닌가 싶수. 싫은 걸 억지로 먹으려니 저도 뱃속에서 고역이 아니었겠수? 옥이 얘가 태어나면서부터 어쩌나 골골댔던지 업고 병원 뛰어다니느라 내가 어깨가 다 빠지고 허리가 다 휘었잖우. 엄니, 생각나우? 어떤 돌팔이가 옥이 기관지가 너무 약하니까 바닷가나 깊은 산속 같은 데 들어가서 요양인가 뭔가 안 하면 온전하게 사람 구실 하기는 다 틀렸다고 그러던 거?"

"그려, 그랬댔지."

"근데 그깟 기관지가 다 뭐유? 옥이 네 살 날 적에 오른쪽 눈 밑에 꼭 고춧가루만한 빨간 점이 하나 생겼던 거, 엄니도 기억나지?"

"알지……"

외할머니는 스르르 드러눕듯이 기댔지만 어머니는 눈을 천장에 두고 시를 외울 때처럼 턱을 높직하니 치켜들었다.

"처음엔 뭐가 묻었나 해서 눈 밑을 몇 번씩 닦아줬더랬는데, 그 새빨간 게 어제보다 오늘 더 자라고, 오늘보다 내일 더 자라고, 이런 식으로 매일매일 좀씩 좀씩 자라는 거 아뉴? 처음엔 별거 아닌 줄 알았다우. 근데 의사 말이 그게 혈관종이라고 합디다. 이를테면 핏줄이 뭉쳐서 생기는 종양이라는 건데, 세상에, 그게 자꾸자꾸 자라서 나중엔 엄니, 우리 옛날 포도밭 있잖우, 더위 먹고 하루가 다르게 영그는 포도송이처럼 주렁주렁 얼굴에 매달리게 된답디다. 계집애 얼굴이 그래가지고서는 도대체 어디 살았대야 살았다고 할 수 있겠수?"

외할머니는 연령을 떠나 같은 여자 된 입장에서 생각해보니 그
도 그렇겠다 싶었는지 흥미를 보이며 베개를 돋우었다.

"나야 병이나 의학에 대해서 잘 모르니까 무슨 치료할 방도가
있겠거니 했는데 의사가 내 얼굴을 물끄러미 들여다보기만 합디
다. 수술을 하면 더러 낫는 경우도 있긴 한데 애기가 너무 어려서
수술은 도저히 어렵답니다. 하물며 수술을 할래도 큰 병원에나 가
야지 자기는 할 수도 없다는 거유."

"거기 벤두리야 큰 뱅원은 없었은께."

외할머니는 점점 얘기에 몰입하여 얼추 장단을 맞춰가기 시작
했고, 어머니의 명민한 머리가 그 함자까지 분명히 외우고 있는 세
브란스병원의 모 박사 얘기가 나오자 무릎까지 치면서 추임새를
넣었다.

"그려, 미국서 공부하구 온 유명한 박사님이랬지, 왜?"

"그 박사님이 그러시는데 이 종양이라는 게 오묘해서 자라다가
그만 딱 멈추는 경우가 있다고 하시는 거라. 오직 거기에만 희망을
걸고 병원을 나오는데 왜 그렇게 눈물이 쏟아지는지, 저 어린 걸
안고 길바닥에 앉아서 마냥 울기만 했다우."

어머니는 이 이야기의 전모를 외할머니에게 이해시키는 데는
아무리 심오한 표현을 동원해도 불가능하다고 여기고, 그 이해 불
가능성을 자신의 감정을 반복해서 술회하는 것으로 메우려 했다.

외할머니는 그 중복에 약간 지루해진 듯 서둘러 다음 이야기를 재촉했다.

"그래, 나도 다 생각난다. 니가 엎으라질 듯 고꾸라질 듯 와가지구 울며불며 벵원 뛰댕기던 일이. 근데 집에 내려가서 어쨌냐?"

"엄니도 기억나지, 왜? 손서방 혼자 집에서 선이를 보고 있고, 그래서 내가 그날 밤차로 내려간다는데 왜 엄니가 이래갖고는 못 간다, 길바닥에서 쓰러진다 그러면서 하룻밤 자고 가라는데 내가 기어이 저걸 들쳐업고 차부로 갔잖우?"

"왜 아니래냐? 그때 에미 맘이 오직했는 줄 아냐?"

"아이고, 엄니! 그러니 그때 내 맘은 오죽했겠수?"

나는 외할머니의 '오직한 마음'과 어머니의 '오죽한 마음' 중 어느 것이 더 절실했을지 저울질을 해보았다. 어머니는 눈가를 찍어내며 그때의 막막했던 심정을 똑같은 어휘로, 그러나 그 반복되는 횟수마다 어휘의 뜻이 상투적이 되기는커녕 한층 더 깊고 풍부해지리라는 걸 굳게 믿으며 말했다. 나는 어머니에 대한 애정이 더 깊었기에 어머니의 '오죽한 마음'이 더 절실했을 거라고 결정을 지었다.

"집에 왔더니 애들 아부지가 마당가에 나와 서 있는데 선이가 토사곽란을 만나서 반 죽다가 살아났다지 뭐유? 이러다간 애 둘을 다 잡겠다 싶어서, 그야말로 천지신명만 믿고서는, 이날 입때껏 세상 살아오면서 누굴 도와주면 도와줬지 누구한테 신세 안 지고 못할 짓 한번 안 하고 살았는데 하늘이 무심하시지 않으면 저 어린것을 그렇게까지 흉측하게 만드실까, 울며불며 애아버지랑 희망을 갖자고, 용기 잃지 말자고 참, 얼마나 기막힌 세월을 살았는지 알우?"

"그래서 그때 내가 그 절 얘길 안 했냐?"

외할머니는 이제나저제나 하고 기다려도 '그 절' 얘기가 안 나오자 염치 불구하고 직접 그 얘길 비쳤지만 어머니는 그 얘기가 나오기까지는 기구한 사연이 한참이나 남았으므로 '그 절' 얘기는 뒤로 미뤄두고 자연주의적인 방식으로 그사이에 생긴 모든 일들을 세밀하게 열거했다. 그런 후에 어머니는 짜증을 못 이기는 외할머니에게 갑작스레 의미심장한 눈짓을 하며 '그 절' 얘기를 꺼냈다.

"그때 엄니가 관사 뒤편에 있는 그 절에 가서 한번 빌어보라고, 그런 얘기를 했던 게 퍼뜩 생각이 안 나겠수?"

외할머니는 당장에 지루한 기색을 내팽개치고 대화에 적극 가담했다.

"그래, 내가 안 그래도 그전부텀 그 절 얘기를 안 했더냐?"

"아휴, 엄니는! 그때 내가 무슨 경황으로 절에 가 빌고 있을 시간이 있었겠수?"

어머니는 약간 샐쭉해져서 이렇게 쏘아붙였지만 얘기의 흐름상 외할머니에게 은근하게 굴 필요도 있어서 상냥하게 뒷말을 이었다.

"그날도 그저 마음이나 가라앉히자 하고선 옥이 애를 들쳐업고 절로 갔지. 엄니 얘기도 있고 해서."

"그래, 그래서?"

외할머니는 이미 대충은 알고 있는 얘기면서도 처음 듣는 얘기이기나 한 것처럼 궁금해하며 물었다.

"처음엔 어떤 아주머니가 나와서 어서 오라고 날 반깁디다. 법당에 죽들 앉아서 설법을 듣는데 난 도대체 무슨 소린지도 모르겠고, 그래서 내내 앉아서 설법을 들으면서 속으로 기도만 했다우. 그렇게 얼마를 빌었던지, 점심때가 됐다고 다들 식당으로 내려갔는데, 이만한 대접에 비빔밥을 주는데, 아이고 엄니, 내 생전에 그렇게 맛난 비빔밥은 처음 먹어봤지 뭐유? 어찌나 입에 단지, 절 음식이라고 뭐 양념도 안 넣고 그렇게 되는대로 무친 나물들인데 어째 그렇게 맛난지 애를 들쳐업은 채로 밥 한 그릇을 게눈 감추듯 먹고 내려왔는데……"

어머니가 숨을 갈아쉬고 침을 삼키는 동안 외할머니는 빨리 결론에 이르고 싶어 몸서리를 쳤다.

"내려왔더니, 응?"

"절에서 내려온 그날 저녁은 그냥 아무 일도 없이 지나갔는데, 아이고, 다음날 새벽에 아침 짓느라고 부엌에 나와 있는데 갑자기 애들 아버지가 소리소리 지르면서 빨리 들어와서 이거 좀 보라고

난리가 났지 뭐유? 이번엔 또 무슨 날벼락이 때렸나 싶어 부랴사
랴 방으로 들어가보니까 아니, 이게 웬일이유. 저거 눈 밑에 그 시
뻘겋던 게 글쎄 색깔이 좀 빠지면서 발그레하게 돼가지고는, 아주
어른 엄지손톱만큼 잔뜩 부풀었던 게 쪼글쪼글하니 가라앉아가지
고설랑 이게 완연히 줄어들어 있는 거 아뉴? 애들 아버지랑 나랑
저걸 안고 춤을 추면서, 아이고 부처님 감사합니다, 감사합니다,
수십 번도 더 절을 했다우."

감동한 외할머니의 갈색 뺨 위로 눈물이 주르륵 흘렀다. 병원에
갔더니 의사가 이제 혈관종이 줄어들고 있으니 걱정할 것 없다고,
그런데 참 희한한 일도 다 있다고 하더란 말을 어머니가 덧붙이는
순간 외할머니는 버럭 고함을 질렀다.

"아이구나! 부처님 자비다! 부처님 자비야!"

그후로 어마어마한 환율 덕분에 아버지 월급이 이전의 세 배나
되게 올랐다는 것까지 어머니가 얘기하자 외할머니는 의기양양해
졌다.

"그러게 내가 뭐랬더냐? 파랑새는 복뎅이라 안 했더냐?"

그들 모녀는 각자 서로 다른 부분에 중점을 두고 서로 다른 부
분에 감격하면서도, 일단 이런 얘기를 주고받았다는 공감의 바탕
위에서 흡족해했다. 어머니는 영웅의 일대기에서나 있음직한 출
생의 비범함(파랑새 신화)이라든가 어린 시절의 고난(혈관종)과
극복(기적적 치유) 등의 모티프를 내 유년에서 발견했다고 믿고,

그와 똑같은 영웅적 삶을 내 미래에 투사하고 있었다. 어머니는 내가 외관상으로는 아버지를 빼다박았지만 그 내부, 즉 빼어난 머리라든가 예민한 감수성 등은 자신을 빼다박았다는 것을 믿어 의심치 않는다고 외할머니에게 솔직히 고백하기까지 했다.

어머니는 이 모든 얘기를 마친 후 내 종아리를 어루만지던 손으로 자칫하면 검붉은 혹으로 뒤덮였을지도 모르는 내 뺨을, 그러나 팔 년 후에는 전경의 가죽장갑에 찰싹찰싹 두드려 맞고도 감지덕지해야 할 신세가 될 그 뺨을 마구 쓰다듬었다. 나는 깜빡깜빡 잠이 쏟아지는 가운데서도 내 이마나 뺨, 목덜미를 쓰다듬는 어머니의 손을 민감하게 느꼈다. 그 순간 나는 행복했던 시절, 아니 정확히 말하자면 행복이란 걸 몰랐지만 다행히 불행조차도 알지 못했던 잊혀진 어린 시절로 돌아간 듯 한없는 만족감을 맛보았다.

어머니는 후회하고 있다…… 나는 어머니의 손을 건조하게 혹은 축축하게 느끼는 나 자신이기를 그만두고, 내 살결을 매만지는 어머니의 손의 심정이 되었다. 어머니의 손이 된 나는 이렇게 생각했다.

'이렇게 보드라운 것에게 그토록 화를 내고 벌을 주다니, 참 나쁜 짓이었어.'

진심으로 후회하고 뉘우치는 어머니의 손이 되어보고 난 후에 나는 다시 어머니를 용서하는 나 자신으로 돌아왔다.

'어머니, 전 원래 이렇게 착하고 예쁜 아인데 절 미워하고 때리

면 안 된단 말이에요.'

나는 내 가련한 마음을 전달함으로써 어머니에게 따끔한 일침을 놓기라도 한 양 흐뭇해져 편안한 얼굴로 잠에 빠져들었다.

*

어머니의 손이 되어 나를 만지는 나와, 가만히 누워 어머니의 손을 느끼는 나, 그 사이에는 무엇이 있었을까?

누군가 자기를 바라보고 있다고 느낄 때 자기가 어떻게 보일까를 자연스레 생각해보게 되는 여인처럼, 나는 어머니의 손이 내게 시선을 던지는 걸 느끼고 그 시선 속에서 내가 어떻게 만져질지를 생각해본 것이다. 이런 '상호적'인 동일시는 기쁨을 준다. 해수의 입술과 내 볼 사이에도, 종태의 팔과 내 어깨 사이에도 이런 행복한 동일시가 존재했다.

그러나 지금 젖은 방 침대에 누워 소주를 마시는 나는 그때와는 전혀 다른 방식의 동일시 놀이를 한다. 그것은 더이상 '상호적'인 꿈들의 교환이 아니다. 그것은 터무니없는 대상에 닥치는 대로 내 꿈을 투사하는 '일방적'인 놀이이다. 소주 한 병에 취한 나는 방구석의 가구들이나 꽃무늬 커튼이나 벌레들에게 내 꿈을 들려준다. 취한 정신에서 나오는 내 꿈의 언어들은 언제나 경청을 구걸하는 '잘 들어, 응?'이라는 애원으로 시작된다.

"잘 들어, 웅? 나는 건강한 옛날 여자가 돼서 많은 식구 거느리고 큰살림 꾸리면서 힘차게 사는 거야."

나는 경쾌한 상념의 걸음으로 꿈속을 헤맨다.

"······김장 몇 접씩 담그고, 고추장 된장 간장을 장정 키만한 독에 담그고, 생선을 소금에 절이고, 장아찌를 박고, 산나물을 가마니로 뜯어다 말리고, 철따라 밑반찬을 갈무리해두고, 책상만한 부뚜막에서 큰 가마솥으로 밥을 하고, 떡이랑 감자를 찌고, 솥뚜껑에 기름 둘러 전 부치고, 불 지피고, 물긷고, 양잿물로 빨래하고, 술 빚고, 밭일하고, 새참 먹고, 밤이면 골골한 요즘 남자 말고 건강한 옛날 남자와 씩씩하고 담백하게 정사 한판 치르고, 꿈도 없이 장작 개비처럼 뻗어 자고, 부지런한 새처럼 깨어나고, 건강한 옛날 아기들을 힘 안 들이고 간단하게 쑥쑥 내지르고, 옛날 공기 마시고, 옛날 길 걷고, 옛날 풍경 보고, 옛날이야기 하면서, 그렇게 옛날 여자로 사는 거야······"

젖은 방에서 영위되는 잿빛 삶과 대조적인 총천연색 원시의 풍경들이 방안을 환하게 물들인다. 내가 말하는 동안 둥지 속에 숨어 있는 또하나의 나는 죽은듯이 듣고 있다. 반짝이는 은사슬처럼 엮인 환각들이 열거법의 시냇물을 타고 졸졸 흐른다. 메마른 내 정신과 육체를 닮지 않은, 농익어 터진 과육같이 싱싱하게 흘러내리는 황금빛 꿈들이 율동한다. 꿈은 불가능에 대한 집요하고도 힘찬 편집적 기상을 담고 있다. 불가능하기 때문에 자못 대단한 그 기상!

나는 다시 '잘 들어, 응?' 한다.

"이번에는 나는 질투하는 사람이 되는 거야."

외할머니가 옆집 할머니를 향해 쏘아올리던, 한때 내가 석윤아나 노미혜를 향해 쏘아올리던 독 발린 질투의 화살이여.

"……이제 사랑은 내 것이 아니야. 나는 질투만을 갖고 살아. 나는 나를 인정해주지 않는 저 순결한 세상에 침을 뱉어. 침 뱉기는 질투의 표현이야. '시여! 침을 뱉어라!'라는 김수영의 시구는 끊을 수 없는 세상과의 인연에 대한 분노를 아주 잘 요약하고 있지. 미옥아! 침을 뱉어라! 순결한 세상에 가래침을 마구 뱉어라! 피를 토해라! 질투하는 자의 눈에 세상은 그지없이 순결하게 보여. 아니, 그지없이 순결해야만 해. 만약 세상이 순결하지 않다면, 잘 들어, 응? 첫째, 질투하는 자는 더이상 세상을 질투할 필요가 없게 되고, 둘째, 질투하는 자에게 질투가 없어지면 그는 더이상 질투하는 자가 아니게 되고, 셋째, 중요한 건 이거야, 그렇게 해서 질투하는 자가 멸종하면 세상은 더이상 순결하게 보일 수 없기 때문이야. 내가 질투하고 있는 한 세상은 순결할 수밖에 없어……"

나는 내 꿈의 횡설수설을 되새길 틈도 없이 다시 '잘 들어, 응?' 하고 다음 꿈으로 넘어간다. 불타는 질투심에 힘입어 나는 새로운 대상을 찾아낸다.

"이번에는 나는 천재가 되는 거야…… 식민지 시대에 살았던 한 천재는 말이지, '시여! 침을 뱉어라!' 한 게 아니라 '시인이여!

일보 전진하자!' 했단 말이지. 이후로 모든 시인은 이 명제를 적극적으로 실현하는 도구가 되거나, 이 명제 주변에서 뛰어노는 어린애가 되거나, 이 명제를 잊고자 노력한 나머지 어떤 것도 기억할 수 없게 된 정신질환자로 변하는 것 말고는 한 일이 없어. 내 삶은 이런 핫바지들이 아니라 진정 위대한 인류의 천재들이 짜내는 조각보 이불의 한 귀퉁이를 장식하도록 결정된 거야. 하늘은 형벌 없이는 재능을 내리지 않는 법이라서 천재들이 감내해야 할 고통이란 건 가히 상상조차 할 수 없지. 나는 천재 없는 사회에서 천재로 살아가야 하는 그 정신적 고독을 감내해야만 해. 나는 세상 어디에서도 고향을 발견할 수 없는 나그네가 되는 거야. 그리고 어느 광야에서 돌베개를 베고 죽을 즈음엔 '시인이여! 침을 뱉으며 일보 전진하자!'라는 합성명제를 유언으로 남길 수도 있겠지……"

나는 쉴새없이 '잘 들어, 응?' 한다. 나는 옛날 여자가 되기를, 질투하는 자가 되기를, 천재가 되기를 꿈꾼다. 나는 고유명사 손미옥을 끊임없이 일반명사로 바꾼다.

상호적인 동일시는 관계를 전제로 한 것이었다. 어머니의 손은 나와 깊고 특수한 관계를 맺고 있었다. 그래서 나는 어머니의 손이었다가 다시 나였다가 하는 식의 즐거운 시소 놀이를 하면서 깊고 특수한 애착을 느낄 수 있었다. 내 볼에 닿던 해수의 입술도, 내 어깨에 꾹 얹혀오던 종태의 팔의 무게도 그랬다. 그러나 일방적인 동일시는 아무 관계도, 연고도 전제하지 않는다. 그야말로 미친 총

잡이처럼 일방적으로 허공을 향해 난사하는 동일시이다. 나는 동일시를 통해 투사되었으나 다시금 나로 귀환할 길이 없다. 상호적인 동일시가 내게 특수한 기쁨을 안겨주었던 반면, 일방적인 동일시는 내게 허무 일반을 던져준다. 하지만 나는 공허하고 무위한 이 놀이를 포기할 수가 없다.

나는 '잘 들어, 응?' 하면서 내 존재를 바꾸는 꿈을 꾼다. 나는 '……가 되는 거야' 하면서 바뀐 내 존재를 명명한다. 이름을 얻는 순간 나는 불사의 존재가 되었다는 오만으로 찬란히 비상한다. 나는 개체가 아니라 이름, 개체들의 영원한 재생산을 통해 불멸하는 이름이 된 것이라 믿는다. 나는 흐린 날엔 구름이 되고, 비가 개면 무지개가 되고, 밤이 오면 암흑이 되고, 해뜰 무렵엔 새벽별이 되고, 갇히면 죄수가 되고, 탈출하면 탈옥수가 되고, 식탁에선 음식이 되고, 취하면 주정뱅이가 되고, 거울 앞에선 나르시시스트가 되고, 못을 박을 땐 아찔한 정신이 되고……

툭하면 나를 질책하기 좋아하는 방안의 벌레들이 내 꿈을 듣다 말고 아우성친다. 그들은 이런 동어반복이 대체 무슨 의미가 있는지 이해하지 못한다. 내 욕망은 무한한 복제를 원하는데, 복제 속에서나마 사무치게 세상과 조우하려 하는데, 도시 이 작것들은 이런 처절한 자위의 놀이가 왜 필요한지 알려고조차 하지 않는다.

될 수 있는 한 양껏 모든 일반명사가 되고자 하는 내 욕망은, 허무를 견디기 위한 혹은 허무를 견디지 못하는 백과사전적 발버둥이다. 나는 내 꿈의 문법을 원하기도 하고 거부하기도 한다. 나는 양$_量$에 들려 있다. 나는 내 꿈이고, 내 과거이고, 내 현재이고, 내 모든 것이 되고자 한다. 그러나 정작 그 와중에서 흔적도 없이 사라지는 것은 고유한 나 자신이다. 혹시 내게 고유한 것이 있기나 했다면. 설혹 없었다면 그 고유한 없음조차도 이 와중에 흔적없이 사라진다. 나는 '내 모든 것'이 되고자 하지만 남은 것은 '내'가 떨어져나간 것, 즉 아무것도 아닌 '모든 것'일 뿐이다.

오돌토돌 유리문이 희뿌옇게 밝아오는 새벽, 젖은 방에는 닥치는 대로 짓이겨진 이름들만 가득하다.

미완의 책

이삿짐을 싸다 말고 나는 숨을 죽인다. 내 손에는 아주 낡은 문고판 『아라비안나이트』가 들려 있다. 오돌토돌 유리문 쪽에서 거리의 소음을 뚫고 귀에 익은 여자의 목소리가 또렷이 들려온다.

나는 한때 젖은 방에서 벌레들과 같이 생활하는 것에 대해 몹시 절망한 적이 있었다. 이사온 지 얼마 지나지 않아 벽지가 바닥 쪽에서부터 눅눅해지기 시작했고 나는 당분간 아무 조치도 취하지 못했다. 나는 오랫동안 눅눅한 둥지 안에 누워만 있었다. 잠에서 깨어나도 눈을 뜨지 않았고 벌떡 일어나 앉았다가도 다시 쓰러지곤 했다.

어느 날엔가 나는 꽃무늬 커튼을 친 어두운 방에서 가구에 둘러싸인 채 동그마니 앉아 있었다. 움직일 수 있다고, 내부에서 무언가 꿈틀거리고 있다고 믿고 싶었지만 믿음과는 달리 습기를 잔뜩 머금은 젖은 나무토막처럼 나는 꼼짝도 할 수 없었다. 오랜 세월이 흐르도록 이렇게 서서히 젖어가고 싶다는 축축한 욕망이 혈관을 타고 번졌다. 먼 훗날 누군가 이 방에 들어와 내겐 전혀 개의치 않고 이 방의 가구들과 함께 나를 들어내어서 어디론가 싣고 가 낱낱이 부수어주기를, 그렇게 해체된 채로 햇볕 받으며 말라가기를, 골수부터 관절까지, 마디마디까지 곰팡이로 뒤덮였던 몸이 쫙쫙 쪼개지고 틀어지며 버쩍버쩍 말라가기를 나는 꿈꾸었다. 그때 여자의 목소리가 구원처럼 들려왔다.

"찹쌀떡이 왔어요, 꿀떡이 왔어요, 바람떡이 왔어요오오……쑥떡이 왔어요, 시루떡이 왔어요오오……"

나는 그 소리에 귀를 기울였다. 입천장을 간질이며 침이 솟구쳤다. 나는 목과 턱에 힘을 주어 침을 삼키려고 했지만 침은 그대로 뚝뚝 떨어졌다. 순간 기억이 나를 통과했다. 기억의 빛살은 마치 새를 뚫는 화살과도 같다. 부드럽고 따스하고 말랑말랑한 살덩어리가 날카롭고 단단한 막대기에 의해 관통당하는 이미지, 화살 맞은 새의 이미지로 내 휴학 생활은 아픈 기억의 화살에 꿰뚫린다.

나는 어두운 학생식당 구석에 홀로 우두커니 앉아 있었다. 나는 영등포역 버스 정류장에서 종태와 헤어진 후 곧바로 학교로 가 휴학계를 제출했고 그후 두 시간 동안 학생식당의 구석자리에 앉아 있었다. 식당 안은 한동안 저녁을 먹는 학생들로 북적거렸다. 나는 무엇인가를 먹는 그들의 입을 지켜보았다. 입맛을 다시는 입, 질긴 것을 씹는 입, 뜨거운 국물을 후루룩 떠넣는 입, 밥을 우물거리는 입, 반찬을 넣느라 수염 사이로 벌어지는 입, 화장이 지워질까봐 작은 나팔 모양으로 벌어지는 입, 포만감으로 걸게 트림하는 입, 담배를 피우는 입, 물이나 음료, 커피 등을 마시는 입, 소화불량으로 끌꺽거리는 입……

그 입들을 보고 있노라니 모든 사람들이 입이라는 구멍 하나로 축소된 것처럼 보였다. 침이 슬금슬금 혀 위로 올라와 입천장을 간질이고 목구멍 입구에서 딱 멈추었다. 나는 째깍 초침 소리를 내며 침을 삼켰다. 턱이 살짝 당겨지고 목젖이 늘어나면서 침이 넘어갔다. 그 순간 나도 그들처럼 군침을 삼키는 입으로 축소되었다. 나는 천 번도 넘게 침을 삼키면서 그들이 떠나갈 때까지 학생식당 구석자리를 지켰다. 북새를 놓던 학생들이 떠나고 식당의 소란이 가라앉으면서 내 식욕도 줄어들었다.

밖은 캄캄했다. 식당을 둘러친 커다란 유리창 밖으로 두런두런 귀가하는 학생들이 지나갔고 그뒤로 호젓한 가을밤이 찾아와 창 앞에 머물렀다. 그때도 나는 누군가 나를 어딘가로 날라다 내팽개쳐주었으면, 그렇게 아무도 모르게 실종되었으면 하고 간절히 바랐다. 그 가을밤 나는 휴학을 하고 아버지가 하루종일 지키고 있는 집으로 돌아왔지만 내 식욕은 어디론가 사라져버리고 돌아오지 않았다. 그 가을 낯선 우리집으로 내가 데리고 돌아온 것은 과연 무엇이었나. 나는 여전히 가을 햇살을 받으며 영등포 역전에 서 있거나 어두운 학생식당 구석에 앉아 천번째 침을 삼키고 있는데 집으로 돌아온 또하나의 내 안에는 과연 무엇이 들어 있었나.

나는 『아라비안나이트』를 움켜쥔다. 드디어 떡이랑 젓갈을 함께 팔러 다니는 여자의 메가폰 소리가 가까이에서 들려온다. 종류별로 길게 늘여대는 음조가 꽤나 규칙적이고 입에 붙기 좋아서 나는 그 소리를 따라 해본다.

"명란젓이 왔어요, 창난젓이 왔어요, 오징어가 왔어요오오……새우젓이 왔어요, 조개젓이 왔어요오오……"

맑은 침이 솟아난다. 이삿날이 사흘 남았다. 피곤과 허기에 지친 나는 『아라비안나이트』를 품고 둥지로 돌아와 눕는다. 머리가 아득하게 헝클어지고 가슴 깊은 곳에서 노랗고 하얀 액체들이 스멀스멀 흘러나와 아지랑이처럼 몸속을 맴돈다. 정신의 항아리 안에서 소용돌이치던 어지러운 상념의 가루들이 잦아들면서 나는 잠이라는 고운 뻘밭으로 한 발씩 빠져든다. 나는 꽃 한 송이를 꿈꾼다. 철 이른 진달래꽃…… 진달래 한 송이……

아버지의 휴가가 끝나는 날이면 어머니와 언니는 늘 슬픈 표정이었다. 그러나 뭐니 뭐니 해도 제일 슬픈 얼굴을 한 사람은 아버지였다. 아버지는 배로 돌아갈 날이 가까워오면 입맛을 잃었고 말수가 줄었다. 아버지가 공항으로 출발하기 전, 나는 찬바람을 맞으며 집밖을 나돌다 꽃 서너 송이를 발그레하게 매단 철 이른 진달래를 보았다. 아버지에게 보여드리고 마당에 심어놓을 작정으로 진달래 가지를 뽑으려 했지만 진달래는 의외로 뿌리가 깊어 잘 뽑히지 않았다. 나는 맨손으로 흙을 파헤집어 간신히 진달래를 뽑아냈다. 그러는 동안 내 손톱은 부서지고 진달래는 꽃이 떨어져 한 송이밖에 남지 않았다. 내가 꽃 한 송이만 매단 진달래 가지를 소중하게 품고 집으로 돌아왔을 때 현관에 버티고 서 있던 첫째 이모가 버럭 소리를 질렀다. 언제나 첫째 이모는 만만한 남편을 들볶는 소문난 악처의 포즈로 허리에 손을 얹고 양다리를 벌리고 서서 호령하기를 좋아했다.

"늬 아버지 벌써 가셨다! 도대체 어딜 싸돌아다니다 이제 오냐? 늬 엄마 오면 직사하게 혼날 줄이나 알아라!"

나는 들고 있던 진달래를 마당에 내던졌다. 마지막 남은 진달래 한 송이가 떨어졌다. 이따위 진달래쯤이야, 이따위 부서진 손톱쯤이야……

잠에서 깨어나면서 나는 호흡이 달라진 걸 느낀다. 느릿느릿 울렁거리는 이 조짐, 아무것도 느낄 수 없게 만드는 이 산만한 우울증. 둥지가 바르르 떨리고 있다. 문틈으로 새어드는 겨울바람처럼 어디선가 차가운 냉기가 끼쳐왔다. 이따위 진달래쯤이야, 이따위 아련한 봄쯤이야……

잠에서 깨어날 때면 이렇듯 벽돌처럼 단단한 시간에 금이 가는 소리가 들렸다.

*

아버지가 켜놓은 라디오 소리를 들으며 나는 잠에서 깨었다. 정오 뉴스였다. 음절과 음절 사이를 하염없이 흐르는 듯한, 달착지근한 남자의 목소리가 희미하게 들려왔다.

'오늘은 에이엠이군.'

나는 의미 없이 확인해두었다. 나를 깨우는 소리는 라디오의 에프엠인 적도 있었고 때로는 낡은 녹음기에 걸려 돌아가는 흘러간 옛 노래이기도 했다. 나는 벽에 걸린 시계를 보았다. 열두시 사분이었다. 나로서는 아침을, 아버지로서는 점심을 먹어야 할 시간이었다. 나는 다시 눈을 감았다. 무엇을 먹어야 한다는 생각만으로도 비위가 들놓였다. 외숙모가 싸주던 도시락밥, 반 아이들이 복도나 운동장에서 뛰어노는 동안 아무리 진을 빼며 먹어도 줄지 않고 구역질만 더하게 하던 도시락밥이 생각났다.

휴학을 하고 난 후 나는 그동안 집밖으로 나돌면서 집안일에 전적으로 무심했던 죗값을 치르듯 본의 아니게 집 지키는 신세가 되었다. 아버지와 나는 거의 매일 단둘이 집을 지켰다. 한꺼번에 들이닥쳤던 외가 식구들은 떠날 때는 적당한 시차를 두고 차례차례 떠나갔다. 제일 먼저 이탈한 사람은 막내 이모였다.

"어디 후쳐로나 자리가 나서려나, 그냥은 좀 어렵지?"

이런 첫째 이모의 말마따나 미혼 여성으로서는 막바지에 이른 서른셋의 나이에 막내 이모는 후취도 아니고 조건도 괜찮은 서른 여섯의 남자와 결혼했다. 그다음으로 독립한 식구는 외할머니와 외숙모네였다.

"아이고, 사내 동생이라고 하나 있는 게 철부지도 그런 철부지가 없어서 재산 다 날린 것도 모자라서 저희 매형 등골을 빼먹는구나. 저희 매형 뼈빠지게 번 돈을 다 이렇게 허투루 나가게 만드는구나, 아이고 세상에⋯⋯"

어머니가 노상 외할머니 안 듣는 데서 가계부를 쓰다 말고 소리 죽여 원망하곤 했던 삼촌은 마침내 과거의 빚으로부터 자유로워졌다. 그 자유는 삼촌이 빚을 깨끗이 청산했기 때문이 아니라 공소시효가 만료되었기 때문에 주어진 영광이었다. 외할머니가 입에 침이 마르도록 칭송하는 그 번듯한 실력 덕에 삼촌은 좋지 않은 전력에도 불구하고 취직까지 했다.

마지막까지 아버지의 등골을 빼먹다 떨어져나간 식구는 첫째 이모네였다. 아버지가 실직하기 직전 첫째 이모는 첫째 이모부와 극적인 화해를 했다. 맺고 끊는 게 확실했던 첫째 이모는 일단 남편에게서 바람기를 딱 끊겠다는 각서를 받아냈다. 그러나 이모가 결정적으로 남편과 화해한 요인은 남편 없이 사는 동안 이모의 치를 벌벌 떨게 만들었던 가난이었고 그 결과 생겨난 약삭빠름이었다. 워낙에 얼렁뚱땅하는 수완가 기질이 있었던 이모부는 만만찮은 밑천을 한몫 단단히 잡아서 돌아왔다. 이모가 이 유혹에 넘어가지 않았다면 우리 첫째 이모가 아니었을 것이다. 더부살이하던 친척들은 모두 아들을, 남편을, 아버지를 되찾아 떠났다. 그리고 우리 세 모녀도 남편을, 아버지를 되찾았다.

아버지가 실직한 후 어머니는 돌연 독실한 불교신자가 되어 내 눈 밑의 혈관종을 감쪽같이 낫게 해준 '그 절'에 출근해 하루종일 살다시피 했고, 결혼해서 이 년쯤 살다 이혼한 언니는 작은 액세서리가게를 운영하며 혼자 살았다. 집은 늘 텅 비어 있었다. 세상에 얼굴 내밀기 부끄러운 그 시절을 아버지와 나는 칩거와 음주로 버텼다. 그 겨울 아버지와 내가 주로 일용한 양식은 라면과 소주였다.

나는 방문을 열고 마루로 나갔다. 마루에는 아버지가 채워놓은 씁쓸한 담배 연기가 자욱했다. 남자 아나운서의 목소리가 크고 분명하게 울렸다. 아나운서는 끝 어절을 약간 높여 뒤에 따라오는 어절들에 은근히 의미를 유착시키려는 교묘하게 훈련된 억양을 구사하고 있었다. 저런 목소리의 남자가 주정하는 걸 듣는다면 어떨까, 나는 의미 없이 생각했다.

"아버지, 라면 끓일까요?"

낡은 소파에 누워 있던 아버지가 기다렸다는 듯 벌떡 몸을 일으켰다.

"그래라."

아버지는 다시 몸을 눕혔다. 아버지 내부에서 처절한 고민이 시작되는 시간이었다. 나는 작은 양은 냄비 두 개에 라면 끓일 물을 각각 받았다. 아버지와 나는 라면을 끓여먹는 취향이 달라서 두 개의 냄비에 따로 끓였다. 아버지는 국물을 넉넉히 붓는 편이고 나는 적당히 붓는 편이었다. 아버지는 라면을 네 조각으로 쪼개고 나는 통째로 넣었다. 아버지는 라면발이 퉁퉁 불도록 끓여 숟가락으로 뚝뚝 떠서 먹고, 나는 면발이 살짝 덜 익어 쫄깃거리게 하여 젓가락으로 호로록 건져 먹었다. 아버지와 나는 라면 먹는 방식에서 도저히 화합할 수 없었다.

코 먹은 듯도 하고 성대가 협소한 듯도 한 남자의 목소리가 딱 꺼졌다. 그와 더불어 아버지의 고민도 끝났다. 나는 라디오 버튼을 가볍게 누르는 아버지의 집게손가락을 감촉했다. 아버지가 내 쪽으로 걸어왔다. 담뱃진 냄새와 씻지 않은 몸에서 풍기는 찝찔한 냄새가 한 발 한 발 다가오고 있었다. 나는 냄비 둘을 가스레인지에 올려놓았다. 심상찮은 조짐이 느껴졌다.

"우욱!"

나는 급히 냄비 손잡이에서 손을 떼고 부엌 쓰레기통에 머리를 박았다. 빈속을 훑어내리는 요란한 헛구역질이 시작되었다.

"거 예삿일이 아이다."

아버지가 내 옆에 두루마리 휴지를 밀어놓았다. 내가 한바탕의 구역질을 끝내고 일어나 가스레인지에 불을 켜려 하자 아버지는 다급해졌다.

"옥아! 소주 한잔할라나?"

나는 그제야 알아챈 듯 아버지를, 아니 아버지의 냄새를 돌아보
았다. 아버지는 라디오를 꺼지게 한 집게손가락에 엄지를 보태 술
잔 모양을 만들어 입에 꼴깍 붓는 시늉을 했다. 아버지의 눈이 신
기한 빛을 발하고 있었다. 아버지를 쏙 빼다박았다는 내 눈에서도
이런 신기한 빛이 뿜어져나오는지 궁금했다.

"엄마는 오늘도 늦는다 하니까 생각 있으면 한잔하자."

어머니는 매일 아침 아버지에게가 아니라 자고 있는 내게 말했다.

"옥아! 엄마 나간다. 절에서 좀 늦을 거다. 밥 없으니까 점심에
새로 해먹든지 라면 끓여먹든지 네가 알아서 해라."

듣는 쪽은 나로 설정되어 있지만 정작 귀담아듣고 기억해두는
쪽은 아버지였다. 어머니는 오늘도 절에서 무엇인가를 빌며 울고
있을 것이다. 멀쩡한 오른쪽 뺨에는 물론이거니와 얼마 전 아버지
와 벌인 몸싸움으로 푸르게 멍든 왼쪽 뺨에도 똑같은 눈물이 흘러
내릴 것이다. 공정하고 편리하게도 나는 맞은 쪽도 때린 쪽도 편들
지 않기로 하고 있었다.

"아버지 돈 있으세요? 저는……"

아버지가 바지 주머니에서 오천원짜리 한 장을 꺼냈다. 지폐는
어머니가 노상 탓하는 아버지의 늙은 피부처럼 험하고 너덜댔다.

"아버지 담뱃값 하셔야죠."

나는 끝까지 발뺌을 하여 모든 책임을 아버지에게 전가했다. 이

렇게 뻗대도 결국 아버지에게서 얻어낼 것은 남김없이 얻어낼 수 있으리라는 탐욕스런 기대를 하면서.

"아부지 담뱃값 있다. 이건 저참에 아부지가 지방 내리갔다 올라오문서 냉기온 기다."

아버지는 어머니의 성화에 못 이겨 서너 달에 한 번씩 구직 활동을 하러 항구도시에 내려갔다 성과 없이 돌아오곤 했다. 분명히 빠듯했을 그 여비에서 아버지는 몇 푼 아껴두어 용돈으로 삼았다. 나는 아버지가 슈퍼마켓에서 소주를 사올 동안 라면 봉지를 뜯어놓고 불을 줄이고 양은 냄비의 물을 끓였다. 이때부터 나의 고민이 시작되었다. 아버지처럼 늘 뻔한 결론에 이를 줄 알면서도 나는 매일 새로운 고민에 빠진 양 심각하게 미간을 찌푸리고 관자놀이를 누르면서 절박해했다. 아…… 눈을 뜨자마자 소주를 마셔도 되는가? 이렇게 살아도 되는가? 하루를 덧없이 취기와 울분으로 보내도 되는가?

지고한 것에 대해 복종하고 헌신하는 태도를 톨스토이는 감격벽이라고 불렀다. 누구에게나 감격벽으로 충만한 시절이 있기 마련이다. 감격하기 쉬운 습벽은 아마도 고결한 이기주의와 맹목적인 이타주의의 결합이 아닐까 나는 생각한다. 감격벽을 가진 사람은 결코 비열해질 수 없고, 실리적인 문제에 어둡거나 적어도 그런 체해야 하며, 증오와 애정의 선이 분명한 대신 그 근거는 박약하기 짝이 없고, 세상이 이편과 저편으로 명확하게 분리되어 있다고 믿는다. 지고한 가치에 스스로를 비추어보아야만 직성이 풀리는 이 습벽은 냉철한 실용주의의 대척점에 있기도 하다. 나도 한때 감격 벽에 사로잡힌 젊은이였던 적이 있었다. 그러나 감격벽, 그 나르 시시즘적인 욕망을 극복하는 길이 무엇인지 나는 지금도 알지 못 한다.

현관문이 열리고 아버지가 성큼성큼 들어와 식탁 위에 비닐봉 지를 내려놓았다. 바깥 겨울바람 냄새가 났다. 나는 소주 두 병이 들었을 봉지를 뒤적이다 말고 물었다.

"아버지, 이게 뭐예요?"

점퍼를 벗어부치고 아버지가 뛰어왔다.

"아하, 그거! 아부지가 슈퍼 갔더마는 굴을 팔길래 쪼매 샀다."

"굴요?"

"그거 라면에 같이 옇서 끓이면 아주 시원하제. 파는 아지매가 이천원어치는 안 판다 카는 걸 아부지가 생떼를 써서 사왔다 아 이가."

"잘하셨어요. 그럼 물을 더 부어야겠네."

나는 형식적인 대꾸를 하고 냄비 두 개에 각각 물을 반 공기씩 더 부었다. 아버지는 채반에 굴을 씻고 나는 식탁 위에 소주잔과 수저와 김치보시기를 놓았다. 물이 끓기 시작하면 아버지와 나는 각자의 라면을 끓이기 위해 가스레인지 앞에 나란히 섰다.

"계란 넣을까요?"

"그래, 옇자."

나는 냉장고에서 계란 두 개를 꺼냈다. 아버지가 내 양은 냄비에 굴을 잔뜩 집어넣으려 할 때 나는 손사래를 쳐서 막았다.

"아버지! 저는 굴 조금만 넣을래요. 딱 세 개만 넣어주세요."

"세 개? 와 세 개? 마이 옇야 시원한데."

"많이는 싫어요!"

내 목소리는 괜한 짜증으로 앙칼져 있었다. 아버지는 하는 수 없이 내 냄비에 알이 굵은 놈으로 딱 세 개만 넣었다. 나는 아버지가 굴을 한 손 더 집어넣을까봐 서둘러 냄비 뚜껑을 닫아버렸다. 내 냄비가 먼저 식탁에 올랐다. 아버지는 소주병 둘을 따서 하나는 아버지 쪽에, 하나는 내 쪽에 놓았다. 아버지와 나는 소주 마시는 취향도 달랐다. 아버지는 잔이 조금만 비어도 첨잔했고 나는 잔이 바닥이 나야 술을 따랐다. 아버지는 빨리 마셨고 나는 천천히 마셨다. 아버지와 나는 각자 한 병씩을 꿰어차고 각자의 잔에 각자 따라 마셨다.

눈을 뜨자마자 술을 마시게 된 게 오로지 아버지 탓인 양 째푸려져 있던 내 마음이 소주를 들이켜는 순간 흔적없이 풀어졌다. 울렁거리던 속이 소주를 들이켜는 것과 동시에 편안하게 가라앉았다. 아버지는 김치 한 쪽을 집어먹으며 내가 라면 먹는 걸 지켜보았다. 쌔한 마음이 없어진 나는 아낌없이 아양을 떨었다.

"굴이 들어가니까 국물맛이 훨씬 깊네요, 아버지."

"그러엄! 이기 말하자문 전골이라, 전골. 라면전골이라."

아버지는 꿀꿀이죽처럼 잔뜩 풀어진 라면 냄비에 숟가락을 꽂아 식탁 위에 올려놓았다.

"오오, 라면전골. 그렇군요."

굴과 계란이 든 라면을 먹으며 아버지와 나는 자기 몫의 소주 한 병씩을 마셨다. 아버지와 나는 대화에서도 합의점을 찾을 수 없었다. 라면 냄비와 소주병을 나누었듯 아버지와 나는 대화에서도 각자의 몫을 독백했다. 아버지는 당신만의 울분을 큰 소리로 토로했고 나는 나만의 상념을 중얼중얼 주워섬겼다.

낮술을 마시면서 나는 사람들을 순수하게 사랑하지 못하고, 고귀한 목적을 위해 추호의 의심 없이 나아가지 못하고, 가치를 위해 목숨을 초개같이 버리지 못하는 나 자신을 원통하게 여기면서 내게 결여된 열정, 그 열렬한 활동력과 에너지를 갈망했다. 내 정신이 아무리 부인하더라도 내 몸은 나를 보수주의자로 주조해냈고, 그래서 내 몸은 내 정신에 대해 늘 죄의식을 느껴야만 한다고 나는 침통하게 생각했다. 첫째 이모가 남편에게 버림받은 후 생겨난 모든 불행의 무게를 이겨내기 위해 민정이를 제물로 삼았듯이, 나는 풍비박산 난 내 젊은 날의 신념을 약하고 게으른 내 육체의 탓으로 돌렸다. 정신력과 의지의 결핍을 문제삼기보다 순수히 육체의 결함과 한계를 원망하는 것은 얼마나 더 불가항력적인 듯이 보이는가. 예전에는 무엇을 기다리거나 찾는 데에 적합한 줄 알았는데 알고 보니 기운 없이 축 늘어지는 데만 적합하게 변해버린 내 목의 쇠잔함이라든가, 돌맹이 하나 제대로 던지지 못하는 내 어깨의 근육수축이라든가, 거리에서 펑 소리만 들려와도 덜컥 내려앉는 심장과 갑작스레 뒤틀리며 쌀쌀 아파오는 아랫배의 통증 따위는 얼마나 운명적인 증상인가. 나는 가지의 과다 섭취에서 유래한 내 육체의 나약함을 방패 삼아 호된 자책의 채찍을 조금이나마 피해보려고 했다. '나는 억울하다, 그러나 나는 죄인임을 인정한다'고 하는 이 분열된 의식은 그 당시 나의 알리바이였다. 죄의식이란, 그것이 무엇에 대해서건 알리바이로 기능하는 한에서는 늘 과잉일 수밖에 없었다. 나의 휴학 생활을 버티게 해준 것은 이러한 과장된 죄의식의 힘과 한 권의 책 『아라비안나이트』였다.

내 소주병이 반쯤 비워지고 아버지 소주병이 거의 다 비워질 즈음이면 아버지는 이런 외마디소리를 내지르곤 했다.

"나?!"

갑작스런 소리에 놀라 고개를 들면, 어린 날 어머니가 암송해주던 기나긴 시에서 아그네스를 사랑하는 화자가 '아그네스! 나 그대를 사랑하노라'라고 외칠 때처럼 아버지는 턱을 천장 쪽으로 한껏 치켜세우고 있었다. '그대를'에 해당하는 대사에 아버지는 당신 이름을 대입시켰다.

"손재우?!"

나는 그제야 다시 고개를 외로 꼬고 내 몫의 잡념에 빠졌다. 아버지가 '사랑하노라'라는 대사에 무슨 말을 대입시킬지 뻔히 알고 있기 때문이었다. 아버지는 예상대로 이렇게 말했다.

"안 죽었노라, 아직!"

아버지는 술만 마시면 이 대사에 깊은 애착이 샘솟는지 "나 손재우 안 죽었노라, 아직!" 하고 외치곤 했다. 술이 많이 올라 시흥에 겨우면 아버지는 '아그네스'라는 네 음절의 호칭에 정확히 맞아떨어지도록 두 모녀를 한데 엮어 "이년들아" 하고 애절하게 호명한 다음 "나 손재우 안 죽었노라, 아직!" 하고 부르짖었다. 나는 속지 말아야지 하면서도 아버지가 "나!"라고 외치는 순간 어린 시절 아그네스란 이름에 매혹당해서 그녀에게 사랑을 고백하는 절절한 시적 화자를 흉내내어 "아그네스! 나, 그대를, 도솔파미레, 도도" 하고 연습하던 기억이 떠올라 고개를 들고 아버지의 치켜올라간 턱을 바라보게 되었다.

먼저 술병을 비운 아버지는 내가 소주병을 꽉 부여잡고 한 잔도 양보하지 않을 태세를 취하자 쉽게 단념하고 아버지의 보금자리인 낡은 소파로 돌아갔다. 소파에 드러누운 아버지는 팔을 허우적거리고 긴 다리를 버둥거리며 노래를 불렀다. 아버지는 혀 꼬부라진 소리로 알아듣지 못할 사설을 늘어놓다가 갑자기 아파트가 떠나가게 큰 고함을 질렀다.

"잘 있거라아! 유달산아아! 목포의 아가씨들아아! 손수건이나마아 허언덜어다오오!"

그러곤 유장한 〈목포의 눈물〉이 시작되었다. 아버지는 노래를 썩 잘 부르는 편이었다. 아버지의 노랫소리는 귀청이 떨어지도록 컸고 내 상념은 아버지의 목소리에 치여 제대로 이어지지 못했다. 노래를 부르다 지친 아버지는 다시 에이엠이나 에프엠 혹은 낡은 녹음기를 틀어놓고 잠이 들었다.

나는 늦게까지 식탁에 앉아 술병을 천천히 비우고 뒷정리를 했다. 그리고 내 방으로 돌아와 이불을 뒤집어쓰고 연습장에 일기를 썼다. 한글을 뗀 이후로 일주일마다 한 번씩 의무적으로 아버지에게 써보내지 않으면 안 되었던 상투적인 안부 편지처럼 그 당시 내가 매일 쓰던 일기 내용도 천편일률이었다. 한동안 쉴새없이 걸려오던 전화가 이제 걸려오지 않는다고, 예전에 같이 일했던 동료들이 더이상 연락하지 않는다고, 그러나 나는 그런 대접을 받아도 백번 마땅한 인간이라고 우는소리를 긁적거렸다. 내게 걸려온 전화는 늘 아버지가 받아 따돌리기로 되어 있었다.

"옥이 지금 집에 없는데 친구 누구라꼬 전해주까?"

그러나 이제 아버지가 이렇게 말해줄 전화도 더이상 걸려오지 않았다. 종태도 수진도 나를 까맣게 잊은 게 틀림없다고, 나는 이렇게 미래도 희망도 없이 아버지와 함께 영영 비천하게 살아갈 수밖에 없다고, 그러나 나는 이런 사태를 겸허히 받아들이겠노라고, 서럽게 일기를 써내려갔다. 그리고 방구석에 놓인 쓰레기봉투에 라면전골과 소주를 토하고 나서 죽은듯이 낮잠을 잤다. 한밤중에 깨어난 나는 새벽까지 『아라비안나이트』를 읽었다. 우울한 날들이었다. 권태가 표정을 우그러뜨리던 시간들이었다.

*

닳아서 날깃날깃한 책표지를 펼치면 『아라비안나이트』는 이렇게 시작된다. 샤푸리야르왕이 사냥을 나간 동안 왕비는 시녀 스무 명을 거느리고 호숫가로 나온다. 시녀 스무 명이 옷을 벗으니 이들 중 열 명은 시녀로되 열 명은 남자 백인 노예로, 이들은 각기 짝을 지어 성교한다. 짝짓기에서 제외된 왕비는 홀로 걸어나와 무성한 나무 위를 바라보며 이렇게 외친다.

"오, 나의 사우드 님! 어서 내려오세요."

그러자 나무 위에서 보기에도 징그럽게 생긴 흑인 노예가 내려와 왕비를 함부로 희롱하고 '단춧구멍에 단추를 끼우듯' 왕비의 다리에 자신의 다리를 끼우고 교접한다.

나는 이 감탄할 만한 도입부를 읽으면서 시각적인 이미지뿐 아니라 '오, 나의 사우드 님! 어서 내려오세요'라고 말하는 왕비의 음성, 그 청각적 이미지까지를 생생하게 체험했다. 스물한 살의 나는 이런 야릇하고 자극적인 이미지에 매혹당했고 밤마다 낡은 책을 움켜쥐고 한숨을 몰아쉬었다.

이 생생한 이미지는 한번 더 반복된다. 샤푸리야르왕은 동생과 함께 왕궁을 떠나 자신들의 불행에 비견될 만한 불행을 찾아나선다. 그들 형제가 어느 섬에 도착했을 때 바다에서 거대하고 흉물스런 마신魔神이 수정 궤짝을 짊어지고 나와 수많은 열쇠를 따고 궤짝을 열어 그 속에서 아름다운 여자를 꺼낸다. 여자는 마신이 제 무릎을 베고 누워 낮잠을 자는 틈을 타서 나무 위에 숨어 있던 샤푸리야르왕과 그 동생을 불러 내린다.

"어서 내려오지 않으면 마신을 깨우겠어요! 어서 내려와서 남자답게 나를 후련하게 해줘요."

미녀는 이런 식으로 마신 몰래 관계를 맺은 남자가 오백칠십 명이라고 산뜻한 합계를 내면서 그들로부터 빼앗다시피 하여 모아둔 인장 가락지를 증거물로 보여준다. 샤푸리야르 형제도 그 앙큼한 미녀 앞에 인장 가락지를 바치지 않을 수 없다.

왕이 없는 사이에 왕비가 흑인 노예를 불러 내리는 '오, 나의 사우드 님! 어서 내려오세요'와 마신이 잠든 사이에 궤짝 속의 미녀가 오백칠십 명의 남자들의 귀에 흘려넣었을 '어서 내려와서 나를 후련하게 해줘요'라는 말은 나를 색기에 달뜨게 만들었다. 나는 이런 위험천만한 말들을 상상의 혀 위에 살그머니 올려놓고 분절해보았다. 어쩌면 오래전부터 내가 꿈꾸어왔는지도 모르는 이 말들, 항상 내 가까이에 머물면서 나를 자극해왔던 이 말들의 향기가 식욕을 잃은 내 혀 위에 은은히 감돌았다.

『아라비안나이트』의 도입부를 장식하는 두 여자의 미성은 성적 만족을 찾아 헤매는 여성의 욕망의 엄청난 진폭을 보여준다. 이 교태 섞인 목소리는 여성의 상상 속에서 영원히 지워지지 않을 음탕함의 원천이다. 어떤 형태로든 여자가 이런 메시지를 금지된 이성에게 던지는 순간 이미 그 자체로 성적 쾌감을 맛볼 수 있겠구나 하는 걸 나는 배운다. 자위에서도, 자위의 대상이 현실적으로 성교 가능한, 성교가 허락되거나 권장되는 대상이 아니라 상상에서조차도 결코 허용되어서는 안 될 끔찍한 대상으로 상상될 때 만족도는 증가한다. 오이디푸스콤플렉스는 가장 보편적인 예이다. 엄격히 단속된 여자의 내부에서도 도저하게 흐르고 있는 욕망, 금지가 절대적이면 절대적일수록 극단화되는 욕망, 그것은 궁극적으로 자기를 낳아준 자와의 성교이다. 그러나 원리적으로 근친상간을 표현할 수 없었던 이슬람 문화권에서 차선책으로 상상된 성애의 묘사, 즉 주어진 한도 내에서의 가장 농염한 성애 묘사가 '오, 나의 사우드 님'과 '나를 후련하게 해줘요'이다. 왕은 물론이고 마신조차도 막을 수 없는 분방한 성애의 극치를 보여줌으로써 아라비아의 천하룻밤이 시작되는 것이다.

그러나 『아라비안나이트』의 핵심이 과연 이것뿐인가? 인간의 욕망, 특히 성욕의 무한성을 막을 수 있는 건 아무것도 없다는 상투적인 테마에서 맴도는 것일까? 나의 좌절에 찬 휴학 시절을 버티게 해준 것이 다만 이런 야릇하고 유혹적인 이미지뿐이었는가? 그렇지 않다. 다른 무엇인가가 있을 것이다.

상처가 아무리 크고 깊다 해도 샤푸리야르 형제는 남은 세월을 살아나가야 한다. 이야기는 계속 이어져야 한다. 아, 이제 어쩌란 말이냐! 여자들의 저 발칙한 욕구를 어떻게, 무슨 수로 막을 수 있겠는가? 도저히 막을 수 없다! 도저히 막을 수 없다! 이런 좌절에서 샤푸리야르 형제의 복수극이 시작된다. 이 형제의 복수극은 인류를 멸종하게 만드는 반문화적인 것이다. 이들은 인간이 정숙하다는 전제에서 출발하여 형성된 모든 제도들을 부정하고 파괴하는 문명의 이단자들이 된다. 이들을 치유하는 문명의 한 방식, 가장 강력하고 고전적인 방식이 소위 '이야기'라는 것, 이야기가 상처투성이 인간을 문명으로 재편입시킬 수 있다는 것을 감히 『아라비안나이트』는 주장하고 있다. 이 책의 결론은 대단히 야심적이다. 이 책은 성에 관해서뿐만 아니라 예술에 관해서도 말하고 있다.

이것이 바로 구원 미학의 영원한 문제이며, 아버지와 낮술을 먹던 시절의 나를 사로잡았던 문제이다. 그 당시의 나도 샤푸리야르 왕처럼 이야기를 통해 치유되고 싶었다. 책을 읽는 동안 나는 치유의 환상 속에 머물 수 있었다. 책은 내게 이야기를 건넸고, 매일 밤 이야기를 이어갔고, 이야기가 영원하다는 것을 보증했다. 이야기에 둘러싸여 있다는 기쁨은 문명 속에 편입되어 있다는 기쁨과 한 가지였다. 나는 소외되지도, 고통받지도 않았다. 나는 밤마다 『아라비안나이트』라는 가공의 문명 속에서 안도했다.

이야기는 진정으로 샤푸리야르왕을 치유했는가? 나를 치유했는가? 지금에야 비로소 나는 아니라고 대답할 수 있다. 이야기는 인간으로 하여금 과거의 모든 것을 망각하게 만드는 로터스 열매이다. 셰에라자드는 정신이 혼미해질 정도로 길고 복잡한 이야기를 '이것 좀 들어보세요' '저것 좀 들어보세요' 하고 맛깔스럽게 권하면서 무한한 괄호의 연쇄 속으로 샤푸리야르왕을 빨아들인다. 이야기는 자신의 상처만을 곰곰이 들여다보고 있는 불행한 인간을 임시로 치유하는 장치이다. 그럴 수도 있고, 저럴 수도 있고, 내 과거의 불행도 그다지 엄청난 것은 아니로군, 암, 그렇지, 그렇고말고, 끄덕이는 순간에 불행했던 왕은 자신의 불행을 이야기 속의 한 불행으로 환치하고는 거리를 두고 그 불행을 바라보게 된다. 마신의 불행이 샤푸리야르왕의 불행의 최대치이자 요약이었다면, 그래서 자신의 불행을 딛고 일어설 기운을 주는 동시에 그 해결 방식의 극단성을 초래했다면, 셰에라자드의 이야기 속의 진기담과 불행담과 모험담은 그의 불행을 다양한 제반 인간사의 지평에 올려놓고 이리저리 재고 비교하고 평가할 수 있게 해주었고 따라서 그로 하여금 자신의 불행을 인간적으로, 즉 문명적으로 해결하도록 유도했던 것이다.

그렇다면 최초의 강렬한 이미지, '오, 나의 사우드 님' '나를 후련하게 해줘요'라고 외치는 여자들의 쟁쟁한 목소리는 어디로 간 것인가? 『아라비안나이트』의 최대 매력이 여기에 있다. 마신의 불행이 샤푸리야르왕의 불행을 위로하면서도 가슴 저미게 상기시키는 불행의 심연이었던 반면에, 셰에라자드가 해주는 이야기 속의 불행들은 인생이라는 양탄자가 휘감을 수 있는 무한한 불행들의 너비를 보여주었던 것이다. 깊이를 길이로 바꾸는 날렵하고 미적인 범주 넘나들기, 이미지의 깊이로 시작하여 서사의 길이로 끝나는 것, 심도에 대해서 연장으로 대답하는 것, 불행한 의식의 심연을 무한하고 다양한 서사의 미로로 봉쇄하는 것, 길을 잃게 만드는 것, 칼을 묻었던 곳을 잊게 만드는 것.

『아라비안나이트』의 표면적인 질문과 대답은 방종에 대한 정숙으로의 보상이다. 그러나 이 가짜 문답 뒤에 숨어 있는 것은, 시와 소설, 이미지와 서사, 일탈과 치유, 광기와 문명의 문답이다. 그러나 유감스럽게도 스물한 살의 나는, 이 심오한 문답 속에서 진정한 해답을 발견한 것이 아니라 그저 낮술처럼 값싼 망각 속으로 빠져들었을 뿐이었다.

*

어린 시절 아버지는 내 상상의 주된 대상이었다. 젊었을 때 사진이 말해주듯 미끈하게 잘생긴 청년이었고, 일찍부터 배를 타서 돈을 많이 벌었지만 화끈하게 노느라고 다 탕진했고, 노래를 잘 부르고 꼽추춤을 잘 추고 술과 담배와 마작을 즐겼던 남자⋯⋯ 암소를 냄비와 바꾼 사내처럼 무모한 믿음으로 결혼을 결심했고, 그 대가로 처갓집 식구들을 먹여 살려야 했고, 휴가 때 집에 돌아와 막내딸을 무릎에 앉히고 맛있는 반찬을 골라주는 것으로 만족하고 살아야 했던 착하고 어중되고 우유부단한 남자……

그러나 아버지는 실직과 더불어 내 상상의 세계에서 추방당했다. 어머니와 언니도 실직자로 전락한 아버지에 대한 존경을 완전히 철회했다. 특히 어머니는 급속도로 늙어가는 아버지와 외갓집 친척들이 마주치는 일이 없도록 조심했다.

형편이 좋아진 첫째 이모네가 지방에 크고 번듯한 빌딩을 지어 이사를 간다고 하여 송별 모임을 하던 날, 어머니는 그 영광의 숨은 공신인 아버지에게 돈까지 쥐여주며 외출을 하라고 독촉하여 내쫓았다. 아버지는 기껍게 돈을 받아들고 집을 나섰다. 아버지가 외출하자마자 약속이나 한 듯 외할머니와 외숙모가 들이닥쳤다. 외할머니와 어머니는 음식 마련을 서두르면서 '남의 살'을 탐하는 세간의 미각을 거침없이 비난했다.

"엄니, 성인병이 얼마나 위험한 건지 알우? 고기 좋아하는 사람들은 백이면 백, 성인병 때문에 건강에 적신호 아닌 사람이 없답디다."

"왜 안 그렇겠냐? 고기가 씹기에나 좋지 삭이기엔 파이지."

"그리고 마늘도 말이우, 심장 안 좋은 사람들한테는 극약이라지 뭐유? 왜 혈압 높고 심장 벌떡벌떡 뛰는 사람들, 그런 사람들은 마늘 먹었다 하면 직통으로다 상혈이 돼서 큰일난답디다."

"어이구나, 마늘두 그렇게 안 좋구먼."

어머니와 할머니는 종교에 심취하여 음식을 가리고 있었다. 육류와 해산물을 절대 금하는 것은 물론이고 채소 중에서도 자극성이 강한 마늘과 파 등의 오신채를 피했다. 두 분이 행하는 격렬한 비난 속에는 육류와 해물을 좋아하는 아버지에 대한 탐탁잖음도 암암리에 섞여 있었지만, 무엇보다 잔치 음식을 준비하면서 남의 살을 하나도 마련하지 않을 작정인 자신들에 대한 정당화가 강력하게 숨어 있었다.

외숙모는 모녀간에 죽이 척척 맞는 걸 보자 눈꼴이 사나워지고 입이 삐쭉 나왔다. 외숙모에게는 외할머니 앞에서 무서워 벌벌 떨던 옛날의 모습이 거의 남아 있지 않았다. 삼촌이 빚에 쫓겨 다니던 시절 과부처럼 자신의 존재를 최소화하여 기죽어 지냈던 것에 대해 원수를 갚기라도 하듯이 외숙모는 입바른 소리를 톡톡 잘 던졌다. 그렇게 속을 지르는 며느리에 대한 외할머니의 미움은 최대치에 육박했지만 삼촌이 어려운 시절을 잘 버텨준 조강지처에 대해 험담하는 걸 절대 용서하지 않았고 누구라도 외숙모에 대해 좋지 않은 입방아를 찧는 사람과는 절연할 각오를 표명했기에 외할머니는 하늘 같은 외아들과 의절하는 일이 없도록 최고에 달한 증오를 최소의 표현으로 절제해야 했다.

세월이 말려놓아 쪼글쪼글해진 외할머니는 예순을 넘어 이미

일흔을 바라보고 지척거리며 걸어가고 있었다. 그 와중에 아들 며느리의 눈치를 보아야 하는 고단함까지 더해져 풍채 당당하던 몸피가 바싹 줄어들었고 큼직하고 보기 좋던 귀마저도 오목한 귓바퀴만 남기고 시간의 흐름에 다 파먹혀버리고 말았다.

드디어 모임의 주인공인 첫째 이모네가 도착했다. 십 년 전 민정이를 앞세우고 우리집에 처음 발을 들여놓을 때의 부스스한 머리와 초라한 입성은 간데없고 이모네는 졸부 티를 내는 화려한 차림들이었다. 이모부는 정체불명의 사업을 벌이는 동시에 큰 점포를 몇 개 소유하고 있어 엄청난 셋돈을 받아 챙겼다. 이에 질세라 남편을 최종적으로 믿지 못하는 이모는 남편의 수중에서 야금야금 돈을 뜯어내 곳곳에 이자를 놓고 몰래 땅을 사두고 하여 뒷주머니를 두둑이 차고 있었다.

"민정 애비는 일이 있어서 못 와요, 엄니."

외할머니는 둘째 사위가 못 온다는 말에 가벼운 실망을 느꼈다. 예전 같으면 얼굴도 마주 대하기 싫어했을 둘째 사위였건만 믿거라 했던 맏사위가 실직한 주제에 술주정까지 부려 딸의 속을 무진장 썩이고 있는 반면 돈 많은 둘째 사위는 볼 때마다 돈을 찔러넣어주고 좋은 구경도 데리고 다니며 늦게나마 사위 재미를 보여주는 바람에 외할머니는 맏사위에 대한 태도와 둘째 사위에 대한 태도를 재빨리 바꿔치기해버렸다.

"돈이 좋긴 좋네요, 형님. 둘째 형님 얼굴이 다 훤해진 거 봐요."

어머니가 첫째 이모를 조금은 질투하고 있다는 걸 눈치챈 외숙모는 어머니 귀에 대고 이렇게 속살댔다. 어머니는 아무 말도 안 했지만 맏사위와 둘째 사위의 지위를 바꿔치기한 외할머니가 맏딸과 둘째 딸의 지위마저 바꿔치기할세라 불안한 기색이 역력했다.

"아유, 밥 한끼 같이 먹자는데 번거롭게 무슨 준비를 이렇게 하우?"

흡족한 얼굴로 부엌에 들어서던 첫째 이모는 늘어놓인 음식 재료들을 쭉 둘러보곤 기분이 영 잡친 기색이었다.

"어머님이랑 큰형님이 채식을 하시니까 고기 요리는 못하지요, 형님."

외숙모가 제 편을 만났다고 얼른 고자질을 했다.

"안 그래도 고기 많이 먹는 게 하나 좋을 게 없다고 입때껏 말했다."

어머니는 예전처럼 위엄을 되살려 초연하고 당당하게 말했지만 첫째 이모는, 원래 버릇인지 새로 든 버릇인지 어머니의 말을 귓등으로도 안 듣는 눈치였다.

"절밥 먹으러 왔다 생각하면 되겠네 뭐. 민정 애비 안 데리고 오길 잘했구려. 고기라면 사족을 못 쓰는 위인인데 그래도 명색이 사람을 불러놓고서 푸성귀만 잔뜩 해 먹인다고 속으로는 한소리 안 하겠수? 우리네야 엄니나 언닐 이해한다고 쳐도 말이지."

첫째 이모는 '우리네야' 하면서 공범자를 보듯 외숙모에게 눈웃음을 쳐 보였고 외숙모는 왜 안 그렇겠냐는 동의의 눈웃음으로 응수했다.

"그나저나 우리 민정이는 나물 같은 건 질색을 하는데 뭐해서 밥을 먹이나? 언니네 베이컨 없수? 쟤는 베이컨 하나만 프라이팬에 튀겨주면 끽소리 안 하는 앤데."

외할머니와 어머니는 기회를 놓치지 않고 입을 모아 민정이가 너무 고기를 밝혀서 비만이 된 거라고, 첫째 이모 인생의 풀 길 없는 급살이었다가 졸지에 금지옥엽으로 격상한 외동딸 민정이를 탓했다. 자라면서 민정이는 펑퍼짐하고 뚱뚱한 첫째 이모부의 체형을 고스란히 닮아가고 있었다. 어머니는 민정이의 허벅지 한쪽이 내 허리보다 굵을 거라고 재보기를 청하는 형국이었다.

"미옥이 쟤가 볼품없이 비리비리한 거지 민정이 얘가 뭐가 비만이유? 이 정도면 그냥 딱 좋지. 그리고 난 누가 뭐래도 딸자식 하나 있는 거, 해 먹이는 거는 잘 해 먹이고 싶네. 어려서 못 먹인 것도 철천지한인데 밥 먹고 살 만해져서까지도 걸신들리게 할 일 있수? 좀 통통하면 대순가? 때 되면 다 빠지는 수가 있지."

이럴 때의 첫째 이모는 어른들 상에 놓인 김을 한 장인 척 두 장을 집어 민정이의 밥그릇 위에 날쌔게 떨어뜨려주던 예전의 면모를 그대로 간직하고 있었다. 민정이가 만화책을 빌리러 나간다고 부산을 떨 때 막내 이모가 도착했다. 햄이나 베이컨을 사오라고 딸

에게 돈을 주어 보내던 첫째 이모는 현관에 들어서는 막내 이모를
보자마자 대뜸 천지개벽하는 소리를 냈다.

"아이고, 애, 영애야! 어쩐 일이냐? 넌 지난번에 봤을 때보다 어
째 살이 더 찐 것 같다."

수영이니 에어로빅이니를 해서 살을 잔뜩 뺀 첫째 이모는, 자식
에게는 허용한 비만을 동생에게는 차마 허용할 수 없는 모양이었
다. 아닌 게 아니라 작대기처럼 호리호리했던 막내 이모는 이루 형
언할 수 없을 만큼 비대해졌다. 막내 이모가 몸무게를 선택하는 극
단적인 방식은, 이해하기 쉽지는 않지만 대단히 히스테리컬하다
는 점에서는 아주 막내 이모답다고 할 수 있었다. 막내 이모는 뚱
뚱하게 불어난 몸을 이끌고 다니기가 힘에 부치는지 늘 나른하고
피곤한 인상이었다. '지팽이 구멍'처럼 동그랗고 때꾼했던 막내
이모의 눈은 허물어진 우물이 흙이나 잡초로 메워지듯 불어난 살
에 폭 파묻혀 일원짜리 동전만도 못하게 작은 동그라미로 축소되
었다. 더 살이 찐다면 그 작은 구멍도 메워지고 말아 침을 발라 창
호지 틈을 뚫어 구멍을 내듯이 손가락으로 살덩이 사이를 헤집어
눈동자에게 내다볼 수 있는 틈을 만들어주어야 할 정도였다.

"우리 집안에 저렇게 살찌는 내력이 없었는데……"

어머니도 막냇동생의 거구를 마주 대하자 생각보다 심각한 상
태임을 절감하고 이렇게 응수했다. 그러나 막내 이모는 만사가 귀
찮다는 듯 퉁퉁한 손을 내저으며 이 모든 호들갑스런 반응들을 일

축했다.

"아휴, 나 힘들어!"

막내 이모는 마룻바닥에 털퍼덕 주저앉았다.

"뭐 다듬을 거나 있으면 좀 여기 갖다놔줘요."

첫째 이모가 날렵한 동작으로 고구마순이 든 양재기를 들고 와 막내 이모와 마주앉았다.

"그 인사는 여적도 그 행세를 못 버렸나?"

첫째 이모는 옛날에 자기 남편을 지칭하던 '그 인사' 또는 '그 위인'이란 말을 막내 이모부에게 적용하면서 동생의 불행을 탐색하기 시작했다. 막내 이모는 고구마순의 껍질을 벗기기만 할 뿐 묵묵부답이었다. '네가 내 꼴을 보고도 시집 안 보내준다고 주둥일 놀리면 미쳐도 보통 미친 년이 아니다'며 펄펄 뛰었던 첫째 이모의 예리한 충고를 무시하고 뒤늦게 결혼을 한 막내 이모는 그 대가를 톡톡히 치러야 했다. 막내 이모부란 작자는 첫째 이모부보다 한 술 더 뜨는 행실을 했다. 이런 사실을 알고 첫째 이모는 한때 흥분을 감추지 못하고 막내 이모의 결혼이 자기 예언대로 실현되었다는 걸 쉴새없이 떠벌리는 동시에, 막내 이모와 자신을 비교함으로써 두 불행을 저울질하는 일을 소일거리로 삼았다. 어린 우리가 듣고 있건 말건 조금도 주의하지 않았던 첫째 이모가 '미친 새끼'와 '연탄가스'의 합작품인 편두통을 극복하고 머리를 재빨리 회전시켜 계산한 바에 따르면 두 불행의 경중은 이런 상태였다.

"나야 그 새끼가 바깥에 기어나가 지랄을 하고 댕겼으니까 집구석에서 아무것도 모르고 까맣게 속았지만 병신 같은 년, 아니 그래, 원, 건넛집에 세 든 년하고 바람이 난 걸 그렇게 감쪽같이 모르고 속아넘어가? 바로 한동네에서 그 난리굿을 쳐대는 걸? 그리고 난 그 새끼한테 하도 지랄을 떠니까, 가끔씩 꼴에 사내새끼라고 휘둘러대는 주먹에 완력으로는 당할 수가 없으니까 한 대 맞기도 맞았지마는, 그리고 내가 맞고 가만히나 있었나 어디? 물어뜯고 쥐어뜯고 한바탕 지랄을 떨었지. 근데 이년은 순 병신 같은 년이지, 허구한 날 쥐어터지고 사는 년이 어딨어? 나 같으면 당장 진단서 떼다가 영창 살리지 그거 그냥 두고 안 본다."

막내 이모가 자기보다 더 불행하게 된 까닭이 바로 불행을 헤쳐나가는 능력이 자기만 못하기 때문이라고 굳게 믿고 있었던 첫째 이모는 이런 식으로 동생에 대한 안타까움을 표현했던 것인지 모르겠다. 그러나 막내 이모를 별로 좋아하지 않았음에도 불구하고 막내 이모가 매를 맞고 산다는 얘기에 가슴이 두방망이질했던 나로서는 첫째 이모의 이런 말들이 여간 매정하게 들리는 게 아니었다.

"나이가 들면 그 인사도 나아지는 게 있어야지, 어째 됐다 봐도 개꼬리냐?"

남편과 화해를 하고 나서 형편이 유리해진 첫째 이모는 모든 화제를 남편과 연관 짓던 버릇을 고친 것은 물론이거니와 무턱대고 욕을 섞던 말투도 많이 순화되었다. 막내 이모는 일절 대꾸를 하지 않는 것으로 대꾸했다.

"흥, 정력도 좋아. 그 인사도 그 인사지만 너도 정신 빠진 년이다. 그 버릇을 여적 못 고치고 내버려둬?"

"누군 좋아서 그 꼴 보고 있었냐?"

부엌 쪽에서 참다못한 외할머니가 막내딸 편을 들고 나섰다.

"그러니까 엄니, 내 말이 그놈의 버르장머리를 애조녁에 싹 잡았어야 된다니까. 영애 얘가 너무 물러서 그 인간이 깐을 보고 그러는 거라고. 손찌검하는 버릇도 여전하냐?"

"그건 많이 나아졌어."

막내 이모는 손찌검당하지 않은 얼굴을 보란듯이 증거물로 내보였다. 외할머니는 막내 사위에 대해서만큼은 일관된 입장을 유지하고 있었기에 끙하는 신음소리를 내어 못마땅하다는 표시를 냈다.

"그렇게 나도는데 어디 애도 하나 몰래 내지른 눈치는 아니고?"

"미쳤어? 내가 그 꼴은 못 보지."

아이를 낳지 못하는 막내 이모는 신속하게 반응했다. 다산을 최고의 미덕으로 여겨왔던 외할머니는 막내딸의 불임에 늘 오금이 저렸다.

"원체 혼인이 늦어놔설랑……"

외할머니는 기운 없이 토를 달았다.

"그것도 다행이라고 우리가 그 인사한테 절을 해야 하나, 원 참!"

첫째 이모는 여전히 못마땅한 얼굴로 한소리를 보탰다.

시간의 흐름은 십 년 전의 위계질서를 파괴하고 그 자리에 새로운 질서를 수립했다. 어머니는 더이상 엄격한 판관도 아니고 식솔들을 책임지는 가문의 대들보도 아니었다. 외할머니와 외숙모의 관계는 역전되었고, 비탄에 잠겨 대성통곡하던 첫째 이모는 멋쟁이 복부인으로 거듭났다. 턱을 쉴새없이 바르르 떨며 울화를 삭이지 못했던 막내 이모는 세상일에 아무 관심도 없는, 외할머니보다도 더 늙고 시든 마음과 유례없이 뚱뚱한 몸집을 합성해놓은 여자로 변해 있었다. 부재에도 불구하고 휘황찬란한 후광에 감싸여 있던 아버지는 기피의 대상이 된 반면, 가문의 원수로 취급당하던 첫째 이모부는 능력 있고 호탕한 사람으로 격상되었다. 민정이는 우리집에서 더부살이하던 때처럼 억지 울음을 짜내는 구차한 짓을 그만두고 부잣집 자제의 태도가 몸에 어엿이 배어 있었다. 어쩔 수 없는 목청 구조상 민정이의 새된 목소리가 온 집안에 울려퍼질 때도 외할머니는 예전처럼 눈살을 잔뜩 찌푸리고 '안차고 다라진 년'이라고 욕하기는커녕 잔뜩 애정을 담아 '아이구나, 할미새 꽁댕이처럼 잘도 까부네'라고 웃어넘겼다.

그러나 여전한 건 그녀들의 일하는 품이었다. 여인 군단을 구성했던 인원들이 다시 뭉치자 예전의 분위기가 되살아났다. 외할머니와 어머니와 외숙모가 날렵하게 움직이는 부엌에서는 무엇인가가 깍뚝격뚝 썰리고 지직거리며 끓고 조물조물 버무려졌고, 마루에서는 첫째 이모와 막내 이모 자매가 야채와 양념을 다듬고 무를 깎느라 한창이었다. 음식 솜씨가 젬병이었던 막내 이모도 결혼 후 스트레스성 대식증으로 뭐든 만들어 먹어야 했으므로 요리가 제법 손에 익어 실력이 퍽 향상되었다. 시끌벅적한 애깃소리와는 대조적으로 첫째 이모와 막내 이모 자매가 차분차분하면서도 재빠르게 야채를 다듬는 품은 기막히게 손발이 척척 맞아서, 외할머니가 입버릇처럼 칭찬하던 외할머니 친정의 몸종이었다는 오월이와 유월이의 전설적인 일솜씨를 연상하게 했다. 나는 그 모양을 넋 놓고 바라보았다.

신속히 저녁이 준비되어가는 즈음 언니가 왔다. 서둘러 결혼했다가 이 년 동안의 모질고 엽기적인 시집살이를 견디지 못하고 결국 이혼하고 만 언니는 위자료 조로 받은 돈에 빚을 더해 자그마한 액세서리가게를 운영하고 있었다. 들어오는 언니의 구부정한 어깨가 눈에 아렸다.

"다들 오셨네요!"

언니는 들어서자마자 아버지가 있나 없나를 확인한 다음 부엌에 달려가 어머니와 속살거렸다.

"아버지 어디 나가셨어요?"

"용돈 몇 푼 줘서 내보냈다."

"잘하셨어요, 어머니. 일 거들려고 빨리 오려는데 오늘이 물건

반품하는 날이지 뭐예요. 아저씨가 늦게 와가지고……"

맏딸이 절대적으로 자기편이라는 걸 확신하는 어머니는 기운이
넘쳤다.

"됐다. 자기 사업 하는 사람들이 다 그렇지. 이거 간이나 좀 봐라."

"이게 뭐예요? 요즘 웬 씀바귀가 다 있어요?"

"그러니 이게 얼마나 귀한 거냐? 요만큼 한 움큼에 얼마나 비싼
지 씀바귀가 아니라 금바귀다."

어머니는 채식을 기피하는 외숙모와 첫째 이모에게도 들으라는
듯이 불필요할 정도로 큰 소리로 말한 후 언니의 입에 씀바귀무침
을 넣어주었다.

"음, 씁쓸한 게 입맛이 싹 도네요."

"그럼, 그 맛으로 먹는 건데."

언니는 마루에 나가 야채를 다듬는 첫째 이모 곁에 착 달라붙어
가방을 열어젖히고는 가게에서 골라온 액세서리들을 죽 늘어놓
았다.

"이모!"

막내 이모는 아예 돌아볼 생각도 하지 않았다. 첫째 이모는 언
니가 물건을 엄청 떠안길까봐 지레 겁을 먹으면서도 궁금증을 못
참고 얼른 행주에 손을 문지른 다음 액세서리들을 만지작거리기
시작했다.

"이게 다 뭐냐?"

"내가 가게에서 좋은 걸로 골라왔지. 이모도 좀 야리야리하게 섹시한 걸로다가 좀 하고 다녀봐. 이모 나이가 얼마나 됐다고 벌써 노인네들처럼 은은하게 그런 걸 하고 다니는 거예요? 요즘엔 산다 하는 중년 부인들이 젊은 애들보다 더 세련되고 멋쟁인 거 몰라요? 가만있어라, 이모, 이거 어때요? 이모 지금 입은 옷에도 컬러가 딱 맞고, 왜 캐주얼한 차림 할 때 있잖아요? 그럴 때 요런 거 하나만 딱 달아주면 포인트가 확 가잖아요?"

"아니 얘는 어디서 순 애들 달고 댕기는 걸로다가 가지고 와서는……"

"아휴, 이모, 모르는 소리 말아요. 내가 안 그래도 이모 생각해서 고급품으로만 골라왔는데. 어디 민정이 불러서 물어봐요. 민정아!"

"걘 베이컨인지 뭔지 사러 나갔다. 니 맛도 내 맛도 없는 그게 뭐가 그렇게 좋다고 한끼를 못 참고 나가, 나가길?"

어머니는 늘어난 위세를 떨쳐 보이고 싶어 이렇게 비아냥거렸지만 언니는 선뜻 어머니 편을 들지 않고 첫째 이모 눈치를 살금살금 살폈다.

"애들 때야 다 그렇지 뭐."

언니는 마루에 멍하니 서 있는 나를 향해 거들어달라는 손짓을 했다.

"미옥아, 너라도 이리 좀 와봐."

나는 절레절레 고개를 젓고 부엌으로 들어갔다. 첫째 이모는 이 것저것 언니가 권하는 대로 귀고리며 브로치며 달아보고는 있었 지만, 결국 그 주머니에서는 체면치레로 이모 것 하나와 민정이 것 하나씩 살 만큼밖에 더이상 돈이 나오지 않으리라는 것은 언니도 알고 있었다. 기왕 그럴 양이면 부자인 이모에게 아주 비싼 것을 떠안겨야겠다고 언니는 거의 혈안이 되어 있었다. 어머니와 나는 부엌에서 서로 외면하고 서서 수걱수걱 열심히 일하는 시늉을 하 여, 외할머니의 말마따나 이혼당한 죄인답게 조신하기는 고사하 고 친척들이 모이는 자리가 생기기만 하면 득달같이 달려와 풍뎅 이떼처럼 자질구레한 물건들을 늘어놓고 장삿속을 차리는 언니에 대한 창피함을 견디고 있었다.

"형님, 미선이는 아주 타고났네요. 저렇게 사근사근 배맛으로 장사하는 것 좀 보세요."

외숙모는 우리 모녀의 부끄러움을 위로하려는지 조롱하려는지 모를 말을 하며 생글거렸다.

"장사할래문 간 쓸개 다 빼놓구 해야는 법이니께."

외할머니도 외숙모의 말에 맞장구를 치는 건지 어깃장을 놓는 건지 모를 애매한 말로 응수했다.

"장사하는 품으로 봐서 가게도 엄청 잘되겠어요. 돈이 사람 노 릇 하는 세상인데 돈 잘 벌면 그만이죠 뭐. 안 그래요, 형님?"

돈이라도 많이 벌면 이혼한 여자라는 허물이 조금은 덮이지 않겠느냐는 뜻이 담긴 외숙모의 말은 액면 그대로도 별로 듣기 좋은 소리가 아니었을뿐더러, 언니의 가게가 잘 안된다는 것은 누구나 알고 있는 사실이었기 때문에 내 귀에는 심한 비아냥으로 들렸다.

"심 안 들이구서야 어디 돈이 그리 숩게 벌리나?"

외할머니는 순순히 체념한 투로 말했다. 그 말이 끝나기가 무섭게 입도 떼지 않던 어머니가 앙칼진 소리로 반박했다.

"살아서야 돈이지, 죽어서는 다 헛거유, 엄니!"

어머니의 말에 외할머니는 찔끔했고, 외숙모는 재미있다는 듯이 어머니를 올려다보았다.

"다 벗어버리고 자기 앞길 닦는 게 제일로 중요한 거유. 업을 벗어야지 이승의 영화가 다 무슨 소용이유? 다 부질없는 거네요. 알아야 면장을 한다고, 도를 못 깨친 사람들이나 가상에 집착을 못 버리는 거지, 자기 마음자리 다스려서 내세연년 준비하는 사람들한테는 돈이고 명예고 다 공인 거유. 진짜 복 쌓는 길을 모르는 사람들이나 그러는 거지. 그걸 모르고선, 그걸 모르고선 그러니 답답하지."

"그건 그렇죠, 형님."

외숙모는 까르르 웃으며 말했다. 그 말에는 비꼬는 감정과 연민의 감정이 담뿍 담겨 있어 나는 나도 모르는 사이에 손톱에 힘을 주어 도토리묵에 넣을 쑥갓을 짓이겨놓고 말았다. 이때 마루에서 전화벨이 울렸다. 나는 부엌에서 벗어날 빌미가 생겨 쏜살같이 달려나가 전화를 받았다.

"거기가 손재호 할아버지 댁입니까?"

뜻밖에도 수화기를 통해 낯선 남자의 목소리가 울렸다. 아버지 함자를 다르게 부르는 건 둘째치고 아버지를 할아버지라고 지칭하는 바람에 나는 발끈했다. 지금 안 계신데 무슨 일이시냐고 쌀쌀맞게 묻자 그 남자는 알아들을 수 없는 말을 우물거렸다.

"뭐라고요? 어디신데요?"

내가 짜증스레 독촉을 하자 남자는 마지못한 투로 말했다.

"여긴 지하도 안인데요."

답변이 아주 괴상했기에 나는 그저 "그래 지하도 안이라고요?" 하고 그가 한 말을 반복해 물을 수밖에 없었다. 그는 손재호 할아버지가 지금 술에 취해서 지하도 계단에 쓰러져 계신다고, 겨우 전화번호를 알아내 전화하는 거라고, 넘어지신 모양인데 많이 다치신 것 같다고, 가족 중에 누가 와서 모시고 가야 하지 않겠냐고 띄엄띄엄 말했다. 나는 급격히 어조를 누그러뜨려 어느 지하도냐고 물었고 그는 자세히 장소를 설명해주었다. 전화를 해주셔서 고맙다고 인사를 하자 상대편은 괜찮다고 부끄러워하며 전화를 끊었다. 전화가 끊기자 나는 막막한 심정이 되면서 갑자기 친절한 그 남자에 대한 미움이 복받쳤다.

"무슨 전화냐?"

첫째 이모가 물어왔을 때에야 나는 아무것도 아니라고 고개를 젓고 부엌 쪽으로 갔다. 어머니는 속이 우묵한 프라이팬에 야채와 당면을 볶아내고 있었다. 어머니는 내가 낮게 속삭이는 말의 내용을 이해하지 못한 듯 무심한 얼굴로 당분간 일만 계속했다. 첫째 이모와 언니가 궁금증을 참지 못해 부엌으로 내달려와 무슨 일이냐고 나를 쿡쿡 찔러 물었다. 내가 사정 얘기를 하는 중간에 어머니는 이렇게 첫 반응을 보였다.

"내버려둬라!"

나는 아연한 얼굴로 바삐 일하는 어머니의 옆모습을 지켜보았다.

"형부 큰일났네. 여자들뿐이니 누가 가서 모시고 오나?"

첫째 이모가 걱정을 했다.

"저 좋아서 술 퍼먹고 저 좋아서 그러고 다니는 걸 신경쓰지 말고 내버려두라니까! 죽든지 말든지!"

어머니는 볶음 주걱으로 잡채거리를 거칠게 뒤적였다.

"정말 아버지 왜 그러신데?"

언니가 구부정한 어깨의 만灣 가운데 있는 제 가슴을 쳤다.

"아유, 그래도 어디 그냥 내버려둘 수 있수? 다치기까지 했다는데 누가 가서든 데리고 와야지. 민정 애비만 있었어도 보낼 거를……"

"신경쓰지 말라니깐!"

어머니와 첫째 이모를 번갈아 보는 순간, 나는 눈 깜빡하는 사이에 두 여자의 얼굴이 맞바뀌어버린 게 아닌가 하는 생각이 들었다. 십 년 전 도벽이 발각 나 매를 맞고 습기 찬 다락방에서 벌을 섰던 날, 옆집 할머니네 마당을 훔쳐본 어머니는 첫째 이모에게 그 상황을 얘기하면서 지금과 같이 말하지 않았다. 아무리 젊었을 적 한때 난봉꾼이었던 남편이기로서니 늙고 중풍 들어 몸을 잘 못 써 밖에서 똥을 싸고 들어왔다고 찬물에 손만 담가도 오싹한 추운 날씨에 마당가에 세워두고 옷을 다 벗겨 호스로 물을 뿌려대는 게 도대체 가당키나 한 일인가, 어머니는 분개해 마지않았다. 그 할머니 그렇게 안 봤는데 명색이 남편인 영감님을 그렇게까지 한다고 어머니가 혀를 끌끌 차는 동안, 첫째 이모는 어머니의 말을 가로막으며 모르는 소리 말라고, 자기 같아도 백번 그러고도 남음이 있겠노라고, 동네 사람들 구경거리 삼아 발가벗겨서 대문간에 보초를 세우고 말겠다고 불같이 흥분했었다. 옆집 할아버지에 대해서까지 그렇게 마음을 쓰던 어머니는 이제 남편이 죽든 말든 내버려두겠다고 선언했고, 첫째 이모는 다치기까지 했다는데 누구든 가서 모셔와야 하지 않겠냐고 걱정했다. 어머니가 차갑게 입을 다물고 나자 언니가 대신 짜증을 발칵 냈다.

"진짜 여러 가지 하신다니까!"

예전에 첫째 이모와 민정이가 감당했던 배역을 어머니와 언니가 이어서 맡고 있는 셈이었다. 나는 아무 역할도 배정받지 못한 무능한 배우처럼 하릴없이 서서, 이 공연을 가장 흥미진진하게 구경하던 관객 한 사람이 생쥐처럼 쪼르르 부엌을 빠져나가 마루에 있는 막내 이모에게 그 생생한 감동의 메시지를 전하는 소리를 들었다.

*

언니와 나는 손을 꼭 붙잡고 아버지를 찾으러 나섰다. 서로의 손에 땀이 배어 맞잡은 손이 홈빡 젖었지만 언니도 나도 서로의 손을 놓지 않았다. 택시를 타고 전화 건 남자가 설명해준 지하도에 가보았지만 아버지는 없었다. 지하도 화장실까지 샅샅이 뒤졌지만 우리는 아버지를 찾지 못했다. 노점상을 하는 아주머니에게 물어보니 웬 할아버지가 쓰러져 있는 걸 보긴 했는데 어디로 갔는지는 모르겠다고 했다. 우리는 주변을 더 탐문하다 집에 전화를 걸었다.

"아버지 아직 안 들어오셨대. 다들 저녁 드시는 중인가봐. 어머니가 우리더러도 쓸데없는 짓 그만하고 빨리 들어오래."

언니가 전화를 끊고 나서 침울하게 말했다. 우리는 막막한 심정으로 춥고 어두운 길가 정류장에 서 있었다. 밤이 되면서 바람이 맵게 불었다. 몸이 오싹 떨려왔고 땀이 밴 이마에 날 선 칼바람이 스쳤다. 다들 저녁을 먹는 중이니 빨리 들어오라는 어머니의 말은 언니와 내게 강력한 유혹이었다. 아버지를 포기하고 집으로 돌아가 외척들과 합류하는 것만이 우리를 구원해줄 길이라는 듯, 모든 길은 집으로 돌아가는 방향으로 열려 있었다. 언니가 손을 흔들어 택시를 잡았다. 그때 놓은 손을 언니와 나는 다시 잡지 않았다.

뜻하지 않게 우리는 아파트 단지 안에서 마주 걸어오는 아버지를 발견했다. 술이 과하면 불쾌해지기보다는 하얗게 질리는 편인 아버지는, 오랫동안 외출을 하지 않아 햇빛을 못 본 것까지 가세해 해쓱하기가 이루 말할 수 없었다. 유령처럼 흰 얼굴 위로 이발도 염색도 하지 않은 긴 백발이 흘러내렸고 그 사이로 빨갛게 붓고 피가 엉겨붙은 뺨과 턱의 상처가 선연했다. 외출용 점퍼와 바지는 피로 얼룩지고 구겨져 형편없이 더러웠다. 아버지는 집을 찾지 못해 아파트 단지 안을 오래 헤매 다닌 모양이었다. 언니와 내가 양쪽에서 팔짱을 끼자 우리를 낯선 사람들로 여긴 아버지는 이렇게 물었다.

"901동이 어디요, 응? 내가 거어 사는데 응, 901동이 어디요, 응?"

아버지는 집에 도착할 때까지 줄곧 덜덜 떨면서 같은 질문만 되풀이했다. 아버지와 함께 현관에 들어섰을 때 집안에 있던 친척들은 마침 식사를 마치고 마루에 모여 차를 마시는 중이었다. 과일을 깎던 어머니의 표정이 싸느랗게 굳었다. 맏딸의 괴로움을 감지한 외할머니를 제외하고는 다들 호기심 반 두려움 반인 얼굴로 엉거주춤 일어섰다.

"어머, 큰아주버님도 이제 정말 많이 늙으셨다. 어머, 세상에!"

외숙모가 놀란 듯이 빠르게 속삭였다. 어머니와 외할머니의 딱 중간에 놓여 있던 아버지의 나이는, 예전에는 의당 어머니 편으로 기울어 어머니와 짝을 이루고 외할머니의 사위 노릇을 하는 데 손색이 없었지만 실직한 후부터는 꽁지에 불이 붙은 맹금처럼 쏜살같이 내달려 제 주소를 잃어버리고 각각의 나이를 구획하는 이정표를 후딱 지나쳐·거의 장모의 나이에 육박해 들어갔다. 아버지의 나이는 감히 장모의 나이를 넘보고 그 나이와 어깨를 겨루어 짝을 짓는 불경한 지경에 이르렀고, 어머니를 자기 딸처럼 여기게까지 된 형편이었다. 게다가 다치고 취한데다 추위에 꽁꽁 언 아버지는, 늙음에 흉측함과 섬뜩함까지 더해져 차마 눈을 뜨고 보기 민망했다.

"어서 오세요, 형부! 웬 술을 그렇게 드셨어요? 식사 안 하셨지요?"

첫째 이모가 싹싹하게 인사를 건넸지만 아버지는 어, 어, 어어, 하는 이상한 대답만 했다.

"우선 쉬셔야겠네요."

첫째 이모는 어색한 웃음을 지으며 인사를 서둘러 마감했다.

"다들 안방으로 들어갑시다. 저 양반 취해서……"

어머니가 생각만 해도 지긋지긋하다는 도리질로 말끝을 얼버무리면서 외할머니부터 안방으로 드실 것을 눈짓으로 종용했다. 그

때였다. 바로 취기와 함께 출현했다 취기와 함께 사라지는 아버지의 불멸의 대사가 만인에게 선보인 순간은. 아버지는 우렁차게 외쳤다.

"이년들아! 나, 손재우, 안 죽었노라, 아직!"

한 번으로도 성에 차지 않고 두 번으로도 성에 차지 않아 아버지는 소파에 쓰러져 잠이 들 때까지 이 대사를 외쳐댔다.

"이년들아! 이년들아! 나, 손재우, 안 죽었다, 아직! 아직 안 죽었어!"

아무리 아버지의 노쇠가 외할머니와 나란히 가는 듯이 보인다 하더라도, 누구를 지칭하는지가 너무도 분명한, 집안의 여자들을 모조리 묶어버린 '이년들아!'라는 호칭은 모여 있던 여자들 전부를 경악하게 만들었다. 우리 세 모녀뿐 아니라 집안에 있던 어느 누구도 이 뼈아픈 손가락질로부터 자유로울 수 없었다.

"아유, 언니, 얘기로만 들었지, 세상에…… 어떡하면 좋우, 형부를?"

첫째 이모가 이맛살을 찌푸렸다. 이 진풍경을 머릿속에 잘 새겨두어 나중에 누가 물어오더라도 막히는 일 없이 얘기를 술술 풀어내야겠다고 작정한 외숙모는 눈을 반짝이며 아버지와 어머니의 일거수일투족을 예의주시했다. 아버지의 우레 같은 고함 사이로 바위틈을 지나는 뱀처럼 빠른 외숙모의 말소리가 들렸다. 방울새같이 작은 외숙모는 첫째 이모 등뒤로 돌아가 물었다.

"둘째 형님은 큰아주버님 저러신 거 진즉에 알고 계셨어요? 난 까맣게 몰랐네요."

"알긴 누가? 예전부터 형부가 좀 주사가 있긴 했으니까."

"이래가지고서야 어디 큰형님 속상해서 사시겠어요? 아이, 깜짝이야! 형편이 이럴수록에 큰아주버님이 저러시면 안 되는데. 아유, 어머님, 이 노릇을 딱해서 어쩜 좋아요?"

"아이구나, 그러게……"

외할머니는 정신이 산란해서 미운 털이 박힌 며느리의 말에 무턱대고 맞장구를 쳤다.

"암만 미우니 고우니 해도 막내 고모부는 술은 저렇게 안 드시잖아요? 그쵸, 막내 아가씨?"

"그인 술이라면 입에도 못 대요, 언니."

"미선아, 엄마 쓰러지시게 생겼다. 니가 어떻게 방으로 모시든지 해라."

언니는 외숙모를 원점으로 팽팽 돌아가는 속삭임의 원을 보고 울화를 참지 못했다.

"저 여자 지금 뭐하는 거니?"

언니는 내 귀에 사납게 속삭이고는, 도대체 저 많은 여자 중에 어느 여자 말이냐고 내가 묻기도 전에 횡하니 달려가 구부정한 어깨 모서리로 외숙모를 밀치고 금세라도 기절할 듯 낙담한 어머니의 팔을 부여잡았다.

"이년들아, 이 나쁜 년들아! 나 아직 안 죽었다, 이년들아!"

고함 속에 간간 섞여드는 험악한 욕지거리에 기가 질려서 외척들은 허둥지둥 돌아갈 채비를 했다. 우리집에 며칠 머물며 어머니와 함께 '그 절'에 다녀볼 예정이었던 외할머니마저도 하극상을 더는 견디지 못하고 차라리 며느리와 동행하는 편을 택했다.

"언니, 오늘 잘 먹었수. 이삿날엔 오지 말어. 여기서 인사했으니됐지 뭐. 그리고 오죽하면 술 취한 개래잖우? 형부 지금은 저대로 내버려둬야지 할 수 없어. 얘기해봤자 쌈만 되니까."

첫째 이모가 말을 마치자 민정이가 깍듯한 인사를 했다. 어머니는 가까스로 위엄을 가장하고 있었다. 언니는 굽은 어깨를 더 옴츠린 채로 어머니의 팔을 토닥이며 신을 신었다. 뚱뚱한 체구 때문에 맨 꼴찌로 뒤처졌던 막내 이모가 막 현관으로 발을 내디디려는데 잠시 조용하던 아버지가 깜짝 놀랄 만큼 우렁찬 소리를 한번 더 내질렀다.

"이년드을! 이 죽일 년들! 나 손재우 아직 안 죽었다아!"

막내 이모는 기절할 만큼 놀랐다. 막내 이모는 분함을 삭이지 못하고 부풀어오른 입가를 뒤틀면서 말했다.

"하여간에…… 뱃놈은 할 수 없어."

예전에 막내 이모가 누굴 향해 이런 투로 말했었는지를 나는 정확히 기억하고 있었다. 그때 막내 이모는 뾰족한 턱을 바르르 떨고 입가를 씰긋거리며 자기 언니를 향해서인지 형부를 향해서인지

214

모를 말, 둘을 묶어서인지 따로따로인지 모를 말을 중얼거렸었다. 하여간에…… 못 배운 것들은 할 수 없다고. 그때의 언니는 어머니가 아니었고 그때의 형부는 아버지가 아니었다. 다만 이번에 막내 이모는 자기 피붙이인 큰언니를 빼놓고 큰형부란 작자만을 겨냥해 말했고, 그때처럼 조그맣게 중얼거리지 않고 아주 공공연히 탄식했으며, 바르르 떨리던 입가의 살덩이가 엄청나게 불어났다는 차이가 있을 뿐이었다.

다들 떠나고 나자 속담을 인용하기 좋아하는 어머니는 이런 위급한 상황에서도 버릇에 묶여 소파에 쓰러진 아버지를 흘겨보고 체머리를 흔들면서 이렇게 말했다.

"시집가는 날 등창이 난다더니, 아이고…… 내가 정말 창피해서 못살아!"

어머니가 인용하는 속담이나 고사성어가 늘 상황에 딱 들어맞는 것은 아니었지만 이때처럼 부자연스럽게 들린 적은 없었다. 시집가는 날의 등창과 한바탕 아파트를 휩쓸고 간 광풍의 비교는 처절한 발악으로 끝나는 잔혹한 희극처럼 웃을 수도 울 수도 없이 괴상망측했다.

아버지는 깊이 잠들었다. 안방으로 들어가 어린애처럼 우아아 울던 어머니의 울음소리도 그치고 집안은 조용해졌다. 외척들은 아버지를 경멸하고 어머니를 동정하며 떠나갔다. 그들은 모두 어려운 시절 우리집에서 아버지의 등골을 빼먹은 적이 있는 여인들이었다. 그들이 아버지의 은혜에 보답하는 길은 아버지의 몰락을 구경하고 어머니의 불행에 혀를 차는 것이었다.

한밤중에 나는 마루로 나가 스탠드 등을 켰다. 나는 약장을 뒤져 소독약을 꺼내들고 소파 가까이 다가가 아버지 상처에 약을 바르려고 했다. 그러나 아버지에게서 풍기는 역한 냄새 때문에 구역질만 계속하다 결국 멀찌감치 떨어져 앉고 말았다.. 나도 외척들과 다름없었다. 아버지의 뺨과 턱의 상처에서 끈끈한 진물이 배어나와 흐릿한 스탠드 불빛에 반짝였다. 나는 방으로 돌아와 이불을 뒤집어쓰고 침대 위에 꼿꼿이 앉아 옛날에 막내 이모가 잘했듯이 몸서리를 치면서 이를 갈고 턱을 바르르 들까불렀다. 찬바람이 이불 속까지, 뼛속까지 파고들었다. 봄이 오면 무얼 하나, 손톱이든 등골이든 빠지면 무얼 하나…… 찬바람을 맞으며 까딱까딱 춤을 추던 진달래 한 송이가 힘없이 떨어졌다.

내게 그 이후의 시간은 언제나 겨울, 한가지였다.

*

이제 나는 『아라비안나이트』의 문답을 보다 선명한 대립쌍으로 요약하려 한다. 아라비아의 낮과 밤.

아라비아의 낮은 불가해하고 폭력적인 시간이다. 『아라비안나이트』가 만약 낮의 이야기로만 끝나버린다면 어떻게 될까? 낮의 비수에 찔린 어느 왕이 펼치는 잔인한 복수극으로만 끝난다면? 복수심에 불탄 샤푸리야르왕이 여자의 멸종, 나아가 인류의 멸종을 획책하는 것으로 이야기가 막을 내려버린다면? 그렇다면 일단 제목이 아라비안'나이트'가 될 수도 없겠거니와, 그것은 상처 입은 영혼의 광기를 기록한 한낱 일화에 머물렀을 것이다.

아라비아의 밤은 위무와 치유를 위한 시간이다. 그러나 『아라비안나이트』가 밤의 이야기로만 이루어져 있다면 어떻게 될까? 상처 없는 자의 지복에 대해서만 이야기한다면? 어떤 왕이 있었고 왕비는 이야기에 능하였고, 그리하여 매일 밤마다 왕에게 재미있는 이야기를 들려주었다는 식으로 『아라비안나이트』가 채워진다면? 그렇듯 곡절 없이 밋밋한 이야기의 나열은 의미도, 해결도, 운동도, 여행도 없는, 이래도 좋고 저래도 좋을 오락거리로서의 이야기책이 될 뿐이다. 심지어 이야기의 화자와 청자가 왕비와 왕일 필요도 없다. 그들은 노예 부부여도 상관없고 어린 소꿉친구여도 상관없고 할머니와 손녀여도 상관없다. 이러한 가정 역시 샤푸리야르왕의 수명이 다할 때까지 매일 아침 익명의 여자 하나가 죽어나간다는 무시무시한 가정만큼이나 끔찍하게 무의미하다.

낮이 지어놓은 단단한 매듭의 응어리를 기나긴 밤이 한 가닥씩 갈라내며 느릿느릿 풀어가는 이야기의 구조, 낮과 밤이 직조하는 아라비아의 삶.

사우드 님의 빛이 없다면 셰에라자드의 이야기는 수다에 불과하다. 역으로 셰에라자드의 이야기가 없다면 사우드 님은 백주의 광란에 불과하다. 섬광 같은 이미지가 캄캄한 괄호 속에 잠겨 있는 서사의 미로를 비춘다. 상처가 없다면 샤푸리야르왕이 어떻게 잠들지 않고 셰에라자드의 길고 지루한 이야기들을 들어낼 수 있겠는가? 셰에라자드의 무한한 이야기의 미로가 없다면 어찌 샤푸리야르왕을 벼락처럼 내려찍은 상처의 모서리가 찬란히 빛날 수 있겠는가? 낮과 밤이 교차하는 짧은 순간, 상처의 빛이 어둠 속에 잠긴 삶의 아픈 단면을 드러낸다.

구 년 전 나는 영등포 역전 거리로 쏟아지던 가을 오후의 빛살, 천박하고 비루한 내 욕망과 내 일상의 시간들을 날카롭게 절개해 버린 그 빛살 한 자락을 잊기 위해 『아라비안나이트』를 읽었지만 이제 나는 다른 것을 읽는다. 이 책은 상처와 치유의 단일한 순환 속에 무엇인가를 감추고 있다.

어쩌면 나의 이런 의혹은 올바르지 못한 것인지도 모른다. 『아라비안나이트』에서 샤푸리야르왕과 셰에라자드는 행복한 결혼을 이루었다. 상처가 어루만져지고 잊혀지지 않았는가? 치유와 망각과 구원이 실현되지 않았는가? 그렇다. 진실을 말하자면 지금의 나는 완성된 『아라비안나이트』를 읽고 있는 것이 아니다. 인간에게 영원한 목소리와 영원한 정신이 허락되지 않았기에, 이야기나 소설의 끝은 언제나 외부적인 손의 개입으로 얼룩져 있다. 『아라비안나이트』도 어떻게든 끝을 맺어야 했다. 십 일이 아니고 백 일이 아니고 왜 하필이면 천하루인가? 만 일이거나 십만 일일 수는 없었는가? 천하룻밤 안으로 샤푸리야르왕과 셰에라자드를 결혼시켜버려야 했던 것은 육체적 정신적 피로에 시달린 인간의 유한성이 그 정도에서 굴복할 수밖에 없었기 때문이 아니겠는가?

나는 미완의 『아라비안나이트』를 읽는다. 미완의 책은 시간의 테마, 궁극적으로 '현재'라는 테마를 문제삼고 있다. 현재는 결코 의식되지 않는 무제한의 긴장이다. 생각해보라. 오늘밤에도 아라비아에서는 셰에라자드가 처형의 공포 속에서 목숨값으로 이야기를 이어가고 있고 샤푸리야르왕은 굳은 표정으로 그 이야기에 귀를 기울이고 있다는 것을…… 샤푸리야르왕의 상처가 치유되었는지 악화되었는지, 그리하여 샤푸리야르왕이 구원받았는지 타락했는지를 아무도 장담할 수 없다는 것을…… 내일 아침 갑작스레 복수심에 불탄 샤푸리야르왕이 셰에라자드와 두냐자드 자매를 한끈에 묶어 교수대로 보낼지도 모른다는 것을…… 이 불확실성 속에서 미완의 『아라비안나이트』는 인류가 멸종할 때까지, 아니 인류가 멸종된 후에도 계속된다는 것을……

미완의 『아라비안나이트』는 현재를 무한히 긴 미로의 형상으로 보여준다. 아라비아의 천하룻밤은 일 초일 수도 있고 열흘일 수도 있고 수십 년일 수도 있는 현재 시간의 상관물이다. 과거는 피고름 흐르는 상처의 눈으로 현재를 쏘아본다. 현재의 시간 위로 과거의 빛줄기가, 잊혀지지 않은 낮의 상처가 관통한다. 상처는 이야기를 불러일으키고 이야기는 상처를 환기시킨다. 그것은 고통에 찬 상호 승인이다. 아라비아의 낮과 밤은 교호한다. 낮은 밤을 부르고 밤은 낮을 부른다. 과거는 현재를 비추고 현재는 과거의 빛을 움켜쥔다. 이 찰나적 상응, 이 불확실한 교감을 깨닫지 못한다면 그것은 죽음이다. 시간의 죽음이다. 로터스 열매를 따먹고 고된 항해도 잊고 고향에 돌아갈 것도 잊은 오디세우스의 병사들처럼 그렇게 시간은 영영 멈추어 응고되고 만다. 나의 휴학 기간도 그렇게 꼼짝없이 얼어붙은 겨울의 늪에 정박해 있었다.

그의 딸 그의 누이

찬물로 머리를 감아도 좋을 만큼 따뜻한 날씨다. 나는 수건으로 짧은 머리를 털어 말리며 욕실 거울을 들여다본다. 자라면서 나는 어깨 너머로 머리를 길러본 적이 한 번도 없었다. 아버지의 휴가 기간 동안만큼은 어머니도 감히 내게 가위를 들이대지 못했다. 그러나 아버지가 바다로 떠나고 나면, 단발머리를 제일 단정한 두발 형태로 여기는 어머니는 겨우 어깨에 닿아 찰랑거리기 시작한 내 머리카락을 가위로 싹둑 잘라버리곤 했다. 내가 머리를 아주 길게 기르기로 작정한 것은 그에게서 분홍색 꽃핀을 받고 나서였다.

사물을 관통해서 흐르는 시간의 혼, 그것을 기억이라고 부를 수 있다면, 내게 꽃은 항상 별리의 기억과 얽혀 있다. 꽃향기 휘황한 봄날, 나는 머리를 말리며 내 뒤통수 어디쯤엔가 머물러 있던 이별을 새롭게 건져올린다. 진달래를 선물하기 위해 정작 아버지와의 작별을 놓쳐버렸던 어린 시절처럼 아주 오래된 듯 느껴지는 그 시간, 잊으려는 의식의 안간힘으로 인해 거의 분간할 수조차 없이 뒤범벅된 그 체험.

그러나 나는 젖은 방을 떠나기 전 침착한 기다림의 시선으로 그때의 기억을 되짚어볼 수 있으리라. 한 알의 잣이나 한 톨의 밤이, 그것을 소로 버무린 싱싱한 보쌈김치와 거기에 곁들여진 삶은 고기와 새우젓과 덤으로 나오는 구수한 배추된장국까지를 단숨에 이끌어내듯, 꽃과 별리가 단초가 된 환유의 사슬은 망각의 늪에서 썩어가던 내 시간과 식욕이 아름답게 부활하던 날의 피아노 소리를 회상하게 해주고, 그 부활의 *끄트*머리에 지뢰처럼 매설되어 있던 하나의 아픈 이별, 실제로는 완료된 지 오래이나 기억 속에서는 아직껏 아우성으로 남아 있던 고통스런 이별의 만찬을 내 머릿속에 한 상 가득 차려놓는다.

나는 연애가 아니라 이별을, 사랑이 아니라 그리움을 기억한다. 연애의 시작이나 과정은 조금도 특별할 것이 없지만 연애의 끝은 언제나 특별하다. 나는 그 특별한 그리움과 집착, 뒤틀린 내 몸안에 도사리고 있던 특별한 사나움을 기억한다. 실제보다 더 길어 보이는 욕실 거울처럼 이별의 순간을 몹시 길고 캄캄한 세월로 반사하는 내 기억의 틀 속에서……

여성적인 향기를 포기했던 열아홉 이후 나는 단발머리를 고수했고 그때껏 살아오면서 축적했던 여성적 특징들을 조금씩 버렸다. 그러나 오 년 후 나는 그것들을 하나하나 차근차근 새롭게 복구해나갔다. 대학은 내게 악곡을 처음부터 다시 연주하라는 다카포da capo 표시와 같았다. 신입생 시절의 나는, 배의 난파를 막으려는 선장처럼 여성적 덕목이란 짐들을 마구 내던지고 유년기로 돌아간 듯이, 진흙탕에서 뒹굴며 사내 녀석들과 씨름하는 것을 조금도 망설이지 않고 오로지 승부에만 관심을 기울이던, 그래서 지고나면 머슴애들처럼 분해서 씩씩거리며 팔뚝으로 눈물을 훔치던 그 시절로 돌아간 듯 생활했다. 강한 어른이 되기 위해 나는 점점 더럽게 입었고, 다치는 걸 두려워하지 않았으며, 여자라는 이유로 보호받는 걸 수치로 여겼고, 애교 섞인 말투나 다정한 칭찬들을 쑥스럽게 생각했다.

그러다가 그를 다시 만난 순간부터 나는 사춘기에 접어든 소녀처럼 은근한 탈바꿈을 하기 시작했다. 제대로 멋을 낼 줄 몰라 속상했고, 내 옷차림과 태도를 누군가 주시하고 있다는 수줍음에 몸을 떨었고, 여성스런 말투와 표정과 자세를 부지런히 터득하여 나만의 독특한 분위기를 창출해보려고 노력했다. 그 과정은 마치 내 몸이 대학에 입학할 때부터 성숙한 여자였다는 사실을 까맣게 잊어버리고 생전 처음 성징을 발현하기라도 하듯 완전한 첫 경험처럼 진행되었다. 무엇에고 재빠르지 못한 나를 다 큰 숙녀로 완성시키기 위해서는 자연적 시간조차도 그렇게 멈칫거릴 수밖에 없다는 듯이, 시간의 바퀴를 다시 한번 돌리지 않으면 안 된다는 듯이,

그렇게 나는 늦깎이 숙녀가 되었다.

대학에 들어오기 이전에 진행된 첫번째 사이클이 순수히 생물학적인 리듬에 기초를 두고 연주되었다면, 두번째 사이클은 오로지 정신적이고 감성적인 리듬에 맞춰 연주되었다. 뒤늦게나마 나를 유년에서 성년으로 재변신시킨 힘은 연애 감정이었다. 연애는 내가 그토록 억압하고자 했던 여성적 취향을 아낌없이 활활 불타오르게 했다. 여름 농활이 끝난 후 내가 지향한 중성성에 대한 열망이라는 것은, 이미 대학에 입학할 때 내 몸이 여성으로 형성되어 있지 않았다 한들 내 신체 발육마저도 능히 변경시킬 수 있을 정도로 강인한 것이었다. 그러나 그토록 두꺼운 벽을 뚫고 나를 여성다움에 눈뜨게 한 연애 감정 또한 실로 갑절이나 엄청나게 강한 동력을 가진 감정이었으니, 이제 나는 낯선 거울을 통해 그 감정의 배후에 있는 두 겹의 욕망, 두 명의 여자를 본다.

*

교정에서 한영을 다시 만났을 때 나는 삼 년 가까운 휴학을 끝내고 복학을 한 상태였다. 한영은 2학년이 끝나갈 무렵 비단 혼자만의 고민이 아닌 대학 생활의 혼란을 정리하겠다며 군에 입대했고 내가 복학할 즈음 군복무를 마치고 복학했다.

오랜만에 만난 두 복학생은 현실의 흐름에서 동떨어져 지낸 유배자들처럼 인사를 나누는 데도 서툴렀고 헤어지는 마당에서도 머뭇거렸다. 선뜻 헤어지지 못하고 우물쭈물하던 우리는 망설인 끝에 예전에 술을 마셨던 그 학사 주점을 다시 찾았다. 그러나 우리는 그때의 기분을 맛볼 수 없었다. 학사 주점에 들어서기도 전에 우리는 실망했다. 모든 것이 낯설었다. 우리는 이미 많이 변해 있었다. 좁고 가파른 계단에서는 낡은 건물에서 풍기기 마련인 시큼하고 지릿한 냄새가 났고 계단 천장은 이마가 부딪칠 정도로 낮았다. 동그란 자주색 비닐 덩어리가 얹힌 철제 의자, 모서리가 성한 데 없이 갈라진 나무 탁자들, 더러운 벽지, 넝마처럼 늘어진 메뉴 쪽지들의 숲을 헤치고, 우리는 오 년 전의 골방으로 들어갔다.

주점 주인이 수저 두 벌과 야채 접시를 내밀었다. 우리는 소주와 두부김치를 시켰다. 접시에 담긴 오이와 당근은 썰어놓은 지가 오래되어 위쪽은 시들고 접시에 닿은 쪽은 짓물러 있었다. 우리는 안주가 나올 때까지 묵묵히 담배를 피웠다. 담배를 끄면서 한영이 무어라고 중얼거렸다. 내가 잘 알아듣지 못한 기색이자 그는 음악이 없는 걸 도무지 못 견디겠다고 무뚝뚝하게 되풀이했다.

소주와 안주가 날라져왔다. 한영은 안주가 너무 빈약하지 않냐고 물었고 나는 괜찮다고 했다. 그는 접시를 밀어주며 많이 먹으라고 했다. 우리는 소주잔을 부딪쳤고 소주를 한 모금에 털이 마셨다. 나는 식욕이 조금도 생겨나지 않아서 젓가락으로 상을 몇 번 구르며 한영이 볶은 김치로 두부를 싸서 먹는 걸 지켜보기만 했다. 한영은 입에 넣은 걸 씹다 말고 그대로 손바닥에 뱉었다.

"두부가 쉬었어."

그의 얼굴은 짜증으로 뒤범벅이 되었지만 나는 두부김치를 안 먹어도 되겠다 싶어 안심하고 젓가락을 상 위에 살짝 내려놓았다. 한영은 손수건으로 입을 닦으며 무슨 이런 집이 다 있냐고, 상한 음식을 줬으니 마땅히 다른 안주로 바꿔달래야겠다고 화를 냈다. 그러지 말고 다른 안주를 시키지 그러냐고 했더니 그는 뭐든 간에 이 집에서 안주 하나를 더 시켜야 한다는 데 질려서는 그만두자고, 나가서 다른 데로 가자고 제안했다. 나는 남은 소주가 아까웠지만 잠자코 일어났다. 한시바삐 이곳을 빠져나가고 싶어하는 한영의 기분을 이해할 수 있었다. 그는 오랜만인데 기왕이면 음악이 흐르는 좋은 곳에 가서 맛있는 안주와 술을 먹자고 말했다. 한영이 카운터의 종업원에게 계산을 하는 동안 주점 주인이 너무 일찍 나가는 우리를 멀거니 쳐다보았다. 우리는 쫓기는 기분으로 주점을 빠져나와 끈끈한 울화에 시달리며 길가에 서 있었다. 나는 억울한 얼굴로 발끝만 내려다보고 있었고 그는 몸을 천천히 흔들며 담배를 피웠다.

우리가 새로 찾아든 곳은 알록달록한 색전구나 야한 달력도 없고 닭 튀기는 기름냄새에 찌들지도 않은, 환하고 깨끗하고 넓은 생맥줏집이었다. 연보라색 천을 씌운 소파는 아담했고 간간이 피아노 소리가 섞인 알 수 없는 음악이 실내에 흐르고 있었다. 아르바이트생으로 보이는 여자가 웃음을 머금고 메뉴판을 내밀었다. 한영이 맥주와 안주를 주문하자 여자는 고개를 까딱하더니 사뿐 돌아섰다.

"이런 데는 비싸지 않아?"

내가 걱정스레 물었더니 한영은 웃었다.

"물론 비싸지. 그렇지만 오늘은 특별한 날 아니니?"

우리는 마주보았고 새삼스레 서로를 특별히 반가워했다. 내가 가방을 열어 담배를 꺼내자 한영이 재빨리 윗주머니에서 라이터를 꺼내 내밀었다. 나는 성냥을 뒤지던 손을 멈추고 그가 켜주는 라이터로 담뱃불을 붙였다.

음악소리가 커졌다. 한영은 음악이 가득 울려퍼져 실내를 뒤흔들어놓는 것에 매우 만족하는 눈치였다. 시끄러워서 아무 얘기도 못하겠다고 내가 불만스런 표정을 짓자, 한영은 자기 기쁨에 부러 찬물을 끼얹으려는 내 심보를 알아차리고 토라진 시늉을 하며 입맛을 다셨다. 급기야 내가 등뒤에 있는 훌륭한 스피커를 향해 도끼눈까지 떠 보이자 한영은 그렇게 시끄러워서 얘기를 못할 것 같으면 자기가 내 옆자리로 오면 어떻겠냐고 은근한 협박을 가해왔다. 그렇게까지 할 필요는 없다고 나는 허둥지둥 거절했다.

"족발 먹어본 적 있어?"

"아니."

"훈제라서 그냥 햄 같은 거야. 네가 좋아할지 모르겠다."

한영의 배려가 나를 기쁘게 했다.

정체불명의 피아노협주곡이 계속되고 있었다. 둔중한 악기 소리와 합쳐진 피아노 저음부가 장중하게 울리면 그걸 받아서 피아노 건반 하나가 청아하게 울렸다. 무거운 음량이 널의 한쪽 편에 쿵 내려앉으면 널의 반대편에서 몸 가벼운 새처럼 피아노 건반 하나가 내는 낭창한 음이 고독하게 솟아올랐다. 이런 불균형적인 음량의 널뛰기가 반복되었다. 그때 들은 피아노 고음의 외롭고 힘겨운 대결이 주는 처절함은 그후로도 오랫동안 내 귓속 세반고리관을 자극했다.

이천 시시 맥주 조끼가 날라져왔다. 아르바이트생이 팝콘이 소복이 담긴 나무 바구니를 테이블 중앙에 내려놓고 갔다. 팝콘은 티 없이 뽀얗게 생글거렸다. 한영이 무거운 맥주 조끼를 들어 내 잔에 맥주를 따랐다. 그의 잔에 맥주를 따를 때 내 손이 파르르 떨렸는데 그것이 조끼의 무게 때문인지 내가 내심 흥분한 때문인지 알 수 없었다. 우리는 잔을 부딪쳤고 맥주를 마셨다. 맥주는 놀랄 만큼 시원했다. 한영이 나를 지켜보고 있는 게 느껴졌다. 나는 떨리는 시선의 자로, 막 마신 맥주잔과, 피우고 있는 담배와, 담뱃재를 떨기 위해 손을 뻗는 재떨이를 각각 꼭짓점으로 하는 이등변삼각형을 열심히 제도하고 있었다. 한영이 말을 꺼냈다.

"얼마 전에 명호 만났어."

"잘 지내지, 명호?"

"그런가봐. 공부가 재미있대."

"명호한텐 그쪽이 맞아."

"그건 그래. 그런데 미혜하고는 옛날에 끝난 모양이더라. 끝이
안 좋을 줄 알았어."

나는 한영과 수진이 진작부터 미혜를 달갑지 않게 여기던 걸 상
기했다.

"명호 녀석, 보기보다 맘이 약한 놈이더라. 난 그렇게 헐거운 여
잔 딱 질색인데."

헐거운 여자라…… 한때 내가 그 헐거움에 얼마나 매혹당했는
지를 생각하며 나는 쓸쓸하게 웃었다.

"수진이랑 종태는 여전히 투사지?"

내가 아마도 그럴 거라고 하자 한영은 제대한 지 얼마 되지 않
아 호리병 뚜껑처럼 짤막한 머리를 긁적였다.

"종태 자주 안 보니?"

본 지가 오래되었다는 내 말에 한영은 고개를 끄덕였다. 우리는
천천히 맥주를 마셨다. 음악은 구슬이 부딪치는 소리만큼도 안 되
게 작은 피아노의 연속음으로 바뀌었다. 성능이 좋은 스피커는 그
작고 미세한 음의 흐름을 섬세하게 재현해냈다. 알 수 없는 피아노
소리가 자기를 알아달라는 듯, 제발 자기를 알아봐달라는 듯, 끊일
듯 끊이지 않으며 귀 언저리를 맴돌았다. 낙화암에서 차례로 몸을
던지는 삼천궁녀처럼 구슬이 서로의 몸에 부딪혀 깊이 모를 수면

으로 떨어져내리는 듯한 메스껍고 아찔한 소리들…… 나는 피아노 소리만큼 익숙해지기 어려운 소리도 없을 거라고 생각했다.

문득 한영이 힘들어하지 말고, 편하게 생각해버릇하라고 말했다. 나는 뭘 말이냐고 따져 묻지 않고 그러겠노라고 그의 충고를 받아들였다. 우리는 공연히 맥주잔을 부딪쳐 크게 몇 모금을 들이켰다. 나는 조금씩 취해가면서, 아마 조금은 이해받을 수 있을지 모른다는 희망을 품으면서, 조금씩 식욕의 싹이 자라나는 걸 느꼈다. 나는 팝콘을 집었다. 한영은 맥주를 마시면서 눈으로는 물끄러미 나를 보고 있었다. 그가 맥주잔을 내려놓으면서 무어라고 중얼거렸다. 이번에도 나는 잘 알아듣지 못했다. 지금 뭐라고 했느냐고 묻자 그가 주저하며 이렇게 말했다.

"아니 그냥…… 누이동생 같다고 했어."

피아노협주곡이 끝났다. 실내가 일순 그의 이야기에 쭉 귀를 기울이고 있었다는 듯 조용해졌다. 누이동생 같다고 했어, 라는 그의 목소리가 분명하게 울렸다. 말과 말 사이에 잠깐 고개 내민 작은 한숨 소리까지도 나는 정확히 들을 수 있었다.

안주가 나왔다. 처음에 나는 벌건 훈제족발 접시를 내려다보고만 있었다. 한영이 간곡히 권하길래 떨떠름한 심정으로 나무젓가락을 들었다. 나는 가장 얇고 작은 고깃조각을 집어 그가 시키는 대로 새우젓에 살짝 찍었다. 나는 맥주를 먼저 한 모금 마시고 고기를 입에 넣었다. 내가 연한 족발을 씹는 동안 그는 무관심한 척

담뱃갑에서 담배를 꺼내 불을 붙여 물었다. 별안간 내 입에서 박수 소리처럼 이런 외침이 쏟아져나왔다.

"정말 천하일품이다!"

맛있음을 표현하는 이 고전적인 찬사에 한영은 웃었다. 내가 좀더 두꺼운 고깃조각을 먹어보려고 고르는 동안에도 한영은 계속 웃고 있었다. 나는 살과 기름이 제법 조화를 이룬 고깃점을 새우젓에 찍어 주저 없이 단숨에 입에 넣었다. 그후로 한영은 내게 새로운 음식을 대접할 때마다 "천하일품이지?" 하고 물었고, 나는 순진하게 고개를 끄덕였고, 그때마다 그는 웃었다.

"하하, 천하일품이라니!"

'천하일품'이라는 표현을 동반한 자리는 마치 예전엔 저명한 인사였으나 지금은 시대착오적인 광대로 전락해버린 인물과 합석할 때의 기분을 주었다. 신기한 인물을 초청해 식탁의 한 자리를 내주는 기쁨을 만끽하듯 한영은 천하일품이라는 고전적 인물을 끌어들여 나와 합석시키기를 즐겼고 나는 번번이 순진하게 그 인물을 향해 고개를 끄덕여 보였다. 그 신비한 인물과 합석한 날은 절대로 토하는 일이 없었다. 혀에 닿는 모든 것이 천상의 맛이었다.

*

연애를 시작하면서 나는 아버지와 칩거하던 생활을 단숨에 청산했다. 연애의 시작은 유쾌했다. 그것은 서로가 서로에게 결승점인 달리기경주와 같았다. 출발선에 마주선 그와 나의 귓밥을 후벼파며 날카로운 호각 소리가 울렸다. 연애는 그렇게 불가사의하고 느닷없는 몰입으로부터 시작되었다.

나는 희디흰 광목 치마를 펄럭이며 그를 향해 뛰어갔고 그는 주체할 수 없이 무거운 열정을 짊어지고 나를 향해 달려왔다. 맞부딪치자마자 나는 숨을 헐떡이며 희고 순결한 치마폭을 펼쳤고, 부랴부랴 마주 달려온 그는 내 치마폭 위에 열정을 왈칵 쏟아부었다. 희디흰 치마 위에 붉은 마음이 쏟아부어져, 그 얼룩은 돌이킬 수 없는 듯이 보였다. 우리는 붉게 물든 치마폭을 우리의 사랑이 선명하다는 걸 증명하는 의심할 나위 없는 증거로 받아들였고, 깃발처럼 사랑을 흔들었다. 이런 흥겨움이 없었다면 연애는 시작될 수 없었을 것이고, 시작되었더라도 지속되지 못하고 곧바로 시들어버렸을 것이다.

누군가를 사랑한다는 감정 자체가 유쾌함을 낳는 것은 아니었다. 우리의 연애가 유쾌할 수 있었던 것은 한영을 사랑한다는 감정이 나 자신에게도, 한영에게도, 주변 사람들에게도 자명하게 받아들여졌기 때문이었다. 종태와 수진은 우리의 연애를 인정해주었다. 물론 그들이 우리 관계를 인정하지 않으려 했다 해도 나는 한영과 사귀었을 테지만, 그럴 정도로 한영과의 관계는 내가 나 자신을 소중히 여길 힘을 주었지만, 종태는 한영을 좋은 친구라고 추어

주었고 수진은 '도마 위에 올려놓고 보니' 둘이 꽤 어울리는 것도 같다고 장난기 어력한 말을 해주었다.

다시금 성실한 친구로 내 곁에 돌아와준 종태는 그가 속한 문화 운동 조직에 가입할 것을 권유했다. 그는 조직에 관한 상세한 설명을 해주었다. 수진도 내가 잘해나갈 수 있으리라고 보증했다. 나는 그들의 권고와 격려에서 힘을 얻었다. 스물다섯에 느지막한 졸업을 한 나는 종태의 추천을 받아 조직에 가입했다. 내가 쓴 자기소개서나 면담 때 피력한 운동관은 다소 나이브하다는 평가를 받았지만 다행히 나는 일정한 신입 회원 교육을 받은 후 조직의 연구실에 소속되어 일할 수 있었다. 나는 내가 맡은 일들에서 기쁨을 느꼈고 조직이 나를 구원할 것이라는 믿음을 회복했다.

한영과의 관계도 순조로웠다. '누이동생'이라는 칭호와 '훈제족발 천하일품'이라는 표어로 시작된 우리의 식도락 연애에는 섹스라는 양념이 곁들여져 있었다. 한영과 나는 종종 여관에 갔다. 우리는 여관 침대에서 섹스를 했고 섹스 후엔 휴식을 취하며 잡담을 주고받았다. 내게 있어서 평범한 섹스는, 낱낱으로서는 아무 의미도 없는 어떤 묵중한 덩어리, 다만 축축한 감촉으로서만 감지되는 체험이었다. 무엇인가 내 몸을 타고 눌렀고, 무엇인가 내 몸을 뚫고 들어왔고, 무엇인가 내 몸에서 떨어져나감으로써 섹스는 끝났다. 그러나 섹스가 반복되면서 사소한 디테일들이 축적되었고 섹스는 점점 실제보다 더 자극적이고 환상적인 행위로 발전했다.

언젠가 한번 섹스를 끝내고 내게 팔베개를 해주고 있던 한영이 새로운 노래를 불러주겠다고 했다. 그가 노래를 시작하려고 할 때 문득 내게 변덕스러운 생각이 떠올랐다. 그것은 실오라기 하나 걸 치지 않은 그가 구애하는 남자처럼 저만큼 떨어진 곳에서 나를 바 라보며 노래를 불러주었으면 하는 것이었다. 나는 그가 손을 모 아쥐고 상기된 얼굴로 '해당화' 노래를 부르던 해수처럼 아름답 게 노래를 불러주길 원했다. 한영은 잠시 의아한 눈으로 나를 바라 보았지만 선선히 그렇게 해 보이려고 바람소리를 내며 이불을 젖 혔다.

"대신에 너도 이불 덮고 있지 마!"

한영은 자기를 골탕 먹인 내게 이렇게 복수했다. 나는 별수없이 이불을 덮지 못한 채 두툼한 베개를 돋워 침대 머리맡에 기댔다. 그는 벽 쪽으로 걸어가 나를 마주보고 섰다. 나는 비스듬히 누운 채 그는 오뚝하니 선 채, 우리는 심각한 얼굴로 서로의 알몸을 살 펴보았다. 옷을 벗을 때도 섹스를 할 때도 심지어 함께 샤워를 할 때마저도 이렇듯 생생하게 서로의 알몸을 보거나 보인 적은 없었 다. 발가락이 옴찔거리는 묘한 기분이 나를 사로잡았다. 그는 팔을 등뒤로 돌려 잡고 있었는데 나는 그에게 손을 앞으로 마주잡으라 는 표시를 해 보였다. 흉내짓을 하는 내 손이 맨살의 아랫배에 닿 았고 가볍게 몸이 떨렸다. 그는 시키는 대로 순순히 손을 마주잡고 기침을 했다. 그리고 노래를 시작했다.

이상적인 체형과는 거리가 먼, 특별하고 기묘하게 생긴 그의 몸을 나는 망연히 바라보았다. 노래의 호흡에 따라 그의 배가 약간 불룩거렸다. 장승처럼 버티고 선 그의 허벅지는 짧고 굵었다. 하지만 나는 객관적인 관찰자일 수만은 없었다. 역시 이상적인 체형이 아닌 내 몸을 그가 빤히 바라보고 있다는 사실이, 그의 알몸이 주는 순수한 인상에 탐닉하는 것을 방해했다. 나는 약간 다리를 벌리고 누워 있었는데, 애초부터 우아한 자세를 취하지 못한 것이 못내 후회되었다. 그러나 우리가 자아낸 분위기는 어느 누구든 중간에 몸의 자세를 바꾸는 것을 우스꽝스럽게 보이도록 만들었다. 담배조차 피울 수 없었다.

나는 침대에 결박당한 채로, 그는 보이지 않는 기둥에 결박당한 채로, 서로가 가하는 시선의 매질을 고스란히 견뎌내야 했다. 우리가 자유자재로 움직일 수 있는 것은 눈동자뿐이었다. 나는 그의 시선이 내 몸의 어느 곳을 향하고 있는지 알아차렸다. 그의 시선이 고정된 부위를 알아차리는 순간 나의 시선도 그의 몸 어느 부위에 집중되었다. 그와 나 사이에 더이상 눈동자마저 움직이지 못하도록 만드는 긴장이 팽팽하게 흘렀다. 우리는 눈으로 서로의 성기를 애무했고 눈으로 그 애무에 응답했다.

어느 순간 숨막힐 듯한 긴장의 분위기를 희롱하는 작은 움직임이 포착되었다. 그의 다리 사이에서 바람에 흔들리는 진달래꽃처럼 성기가 약간씩 흔들리기 시작했다. 그것은 박자를 틀리게 맞추는 메트로놈의 분동처럼 점입가경으로 제멋대로 움직였다. 늘상 손이나 음부로만 감촉되던 그 움직임이 날름거리는 내 시선의 혀에 감겨들었다. 질구가 따뜻하고 축축하게 젖어왔다. 그가 과연 노래를 하고 있기나 한 것인지, 내가 그 노래를 듣고 있기나 한 것인지 의심하는 순간, 노래가 딱 멈추었다. 잘 띄운 물수제비처럼 노래가 남긴 여운의 물결이 산뜻산뜻 온몸에 튕겨왔다. 그의 마주잡은 손이 풀렸고 그의 성기가 불쑥 화를 내듯이 치솟았고 나는 아무것도 볼 수 없었다.

"못된 것아! 그것만 보고 있었지?"

그가 침대로 달려들었다.

"아아…… 그러는 넌?"

"에잇, 고얀 것! 나쁜 것!"

"너도, 너도, 너도면서……"

우리는 노래를 시작하기 전부터 이미 노래의 끝이 이렇게 되리라고 예감하고 있었다. 예감보다 더 발칙하게 비화된 자극에 기쁘고도 부끄러워진 우리는 애꿎게 상대를 탓했다. 끝까지 다 불리지 못한 노래의 망령이 우리의 몸에 집요한 분풀이를 해댔다. 그는 그대로, 나는 나대로, 우리는 서로를 괘씸하게 여기며 뜯어먹을 듯이 덤볐다. 그날의 섹스가 가져온 흥분이 어찌나 강했던지 그 이후로 얼마 동안 우리는 여관에 노래를 부르러 가자고 말하자마자 서로의 눈에 일렁이는 색스러운 기운을 확인하고 저절로 이가 앙다물리곤 했다.

사변적인 자들은 말한다. 의심하는 순간 사랑은 완성된다고. 회의에 빠졌을 때 비로소 사랑의 정수를 맛보게 된다고. 사랑에 대한 믿음은 한갓 베일 뒤를 보지 못하고 베일 위의 그림만을 보는 허약한 환상일 뿐이라고. 그러나 철학적인 논객들의 말을 오해해서는 안 된다. 그들이 말하는 것이 사랑의 정수나 실체에 관련된 진리일지는 몰라도 행복한 사랑에 대한 언급은 아니다. 적어도 내게 있어서 사랑은 확실성을 동반하는 한에서만 행복이었다.

그러나 이런 연애의 행복감도 사랑의 확실성이 일상 속에 용해되어 더이상 아무 새로움도 환기하지 않는 불행한 순간이 오기 전까지만 지속되었을 뿐이다. 같은 자세로 오래 누워 있다가 자세를 조금 바꾸었을 때 갑자기 몸이 편안해지고 짧은 행복감이 찾아들 듯, 우리는 연애의 작은 고비고비마다 서로에게 다정한 마음이 되어주었고, 그 다정함이 사랑의 이마에 새로운 빛을 던지는 걸 확인하면서 잠시 달콤한 행복을 맛보았다.

하지만 둘의 관계에 가장 적합한 자세라고 믿었던 새로운 자세가, 시간이 흐르면서 다시 불편한 자세로 전화되었다. 자리를 조금 바꾸어보고 관계의 색깔을 달리해보았지만 효과는 처음처럼 신묘하지 않게 되고, 나중엔 아무리 크게 뒤척여도 소용이 없었다. 자릿덧을 하여 밤새도록 잠들지 못하는 예민하고 성마른 노인네처럼, 아무 이득도 없이 자세를 바꾸는 것도 귀찮고, 그렇다고 한 자세로 오래 버티는 것도 견딜 수 없고, 이런저런 것들이 모조리 대수롭지 않고 성가시게만 여겨지면서 삼 년 동안 지속된 우리의 연애 관계는 짜증스럽고 긴 밤 내내 오직 관성에 의존하여 굴러가면서 물먹은 솜처럼 피로에 젖었다.

*

나는 한영과 결별하기로 결심했다. 그때 나는 그것이 내 진심이라는 걸 추호도 의심하지 않았다. 연애 관계를 끝내려고 기염을 토할 때에는 그 의지의 작용이 절대적으로 강해서 연애의 온갖 몹쓸 점들만이 두드러져 보이는 법이다.

우리의 만남은 무의미했다. 나는 연구실 활동을 빌미로, 한영은 대학원 공부를 빌미로, 상대방을 만나기 위해 전폭적인 배려를 하지 않았고, 짬이 날 때 잠시 잠깐씩 만났고, 그렇게 만나서도 나눌 얘기가 없었다. 한쪽이 이런 화제를 꺼내면 다른 쪽이 지루해했고, 다른 쪽에서 저런 화제를 꺼내면 기다렸다는 듯이 이쪽에서 면박을 주어 보복했다.

그런 적대감을 줄이기 위해 우리는 만나서 대화를 나누기보다 일상사에 소비되는 시간을 조금이라도 단축시키려고 식사를 한다든가 물건을 산다든가 하는 실용적인 일들, 서로의 고민이나 내면을 들여다볼 필요가 없는 유익하고 중립적인 일들을 했다. 그러는 외중에도 우리는 서로에게 자주 화를 냈고 상대방을 격분시키고도 전혀 용서를 빌지 않았다. 우리는 누가 먼저랄 것도 없이 만남을 기피했다. 우리의 관계에 임박한 사건은 자연스럽게도 여자인 내 쪽에서 결별을 선언하는 일이었다. 질질 끄는 연애를 마감하기 위해 나는 보름 동안 차분한 준비에 착수했다.

우선 나는 한영에게서 '빌린 것'과 '받은 것'을 구분했다. 빌린 것은 돌려보내야 한다고 생각했다. 나는 책장에서 그에게 빌린 책들을 가려내었다. 빌려온 책들 대부분이 저마다의 사연을 간직하고 있었다. 나는 책들을 꺼내 묶으면서 과연 그와 정말로 헤어져야 마땅한가에 대해 처음부터 되돌려놓고 따져보려 했다. 그러나 연애란 그 과정을 처음부터 되돌려놓고 따진다는 것이 도대체가 가능하지 않은 영역이었기에 나는 그렇게 할 수 없었다. 나는 책 한 권 한 권마다를 붙들고 훌쩍였고 코안이 헐도록 코를 풀었다. 그와 내가 공유한 시간들이 질기게 나를 붙잡고 놓아주지 않았다. 그러면서도 나는 코 푸는 휴지 옆에 메모지를 놓아두고 그에게 되돌려줄 책 중에 긴요하거나 희귀한 것들은 제목, 저자, 출판사 등을 기록해서 나중에 구해볼 작정을 했다.

나는 받은 것 중에서도 그 상징적 의미 때문에 부담스러운 것은 돌려보내기로 했다. 편지와 평범한 선물들은 제외되었다. 받은 것 중에서 돌려주기로 결정된 것은 한영이 선물한 반지였다. 반지는 우리 관계의 끝이 행복하고 아름다운 제도적 결합이 될 것이라는 확신 아래 주어진 것이었기에, 관계를 소멸시켜야 하는 나로서는 차마 지니고 있기 부담스러웠다.

마지막으로 나는 한영에게 결별을 선언하는 편지를 썼다. 편지 초안은 생각보다 쉽게 써졌다. 그러나 쓰고 난 다음엔 언제나 빠뜨린 내용이 떠올랐다. 나는 초안을 수정하는 일을 되풀이했다. 그러나 빌려온 책들의 숫자가 일정한 것과는 달리 편지에 보태져야 할 내용은 무한했다. 마침내 나는 모든 자질구레한 사연들을 생략하기로 결심했다. 나는 과감하게 낭만적인 어구들을 잘라내고 단도직입적으로 헤어지겠노라는 결심을 전한 다음 내 나름의 간략한 변명을 첨부했다. 이런 식의 건조한 결정판이 내 눈물에 대해서나 한영의 인내심에 대해서 제대로 예의를 갖춘 것이라고는 생각되지 않았지만, 악무한적인 편지 쓰기에 다시 빠져들까 두려웠던 나는 마지막 편지를 쓴 날 오후에 서둘러 책과 반지를 싸들고 한영의 자취방으로 갔다. 나는 주인이 없는 그의 방문 앞에 가져간 것들을 두고 왔다.

*

한영과 헤어진 이후에야 나는 오히려 그에 관한 생각을 많이 할 수 있었다. 죽을병은 아니지만 가볍게 취급하기는 곤란한 어떤 병에 걸려 당분간의 요양이 필요한 환자처럼 나는 아주 허약하고 고

즈넉한 상태였다. 한동안 너를 생각할 것이다. 한동안 너를 잊어

갈 것이다. 그리고 한동안, 한동안, 세월이 흘러 마침내 정말 너와

헤어졌구나 하는 실감이 드는 날이 오면 그제야 매우 서러울 것이

다…… 잔뜩 감상적이 된 나는 이미 남남이 된 한영에게 속류 김

소월식 버전의 감미로운 이별사를 속삭였다. 그러면서 동시에 그

를 다시 만날 수 있다는 기대 따위를 완전히 버리고 있는 나 자신

을 제법 신통하게 여겼다.

　당시에 내가 품고 있던 사랑에 대한 결론은 매우 단호한 것으

로, 존재를 걸고 사랑을 요구할 수 없다면 존재를 걸고 잊어야 한

다는 식이었다. 어정쩡한 존재의 걸쳐놓기는 차마 추악해서 견딜

수 없다고 나는 과감히 단언하고 있었다. 나는 한영을 깨끗이 잊어

가고 있는 중이라는 착각에 빠져 소녀처럼 어린 마음이 되었고, 아

름답고 턱없는 새로운 사랑이 찾아오기를 기다렸다. 한영에게서

는 아무 연락이 없었다.

　한영과 헤어진 지 한 달쯤 되었을 무렵 나는 정류장에서 버스를

기다리던 중에 어떤 여자가 합승하려고 세운 택시의 앞자리에 한

영이 앉아 있는 것을 보았다. 한영은 내가 일찍이 본 적 없는 베이

지색 버버리코트를 입고 담배를 피우면서 연신 창밖으로 재를 떨

어내고 있었다. 그는 얼굴이 약간 부어서 화가 난 듯 보였다. 나는

한영이 나를 알아보길 바랐지만 그는 앞만 응시하고 있었고, 합승

이 무산되자 택시는 잠시도 지체하지 않고 떠났다.

'새 코트를 샀구나.'

나는 한영이 나와 헤어지고도 죽지 않았을뿐더러 얼굴이 붓기도 하고 택시를 타기도 하고 여전히 담배를 피우고 게다가 새 옷을 사서 입기도 한다는 사실이 놀라웠다. 순간, 생각이 새 코트에 미치자 내 욕망은 다른 연상을 추구했다. 나는 열흘 후가 한영의 생일이라는 걸 기억해냈다. 나는 한 번도 그에게 제대로 된 선물을 준 적이 없다는 후회와, 관계를 일방적으로 끝장내 그를 고통에 빠뜨렸다는 자책감에 시달렸다. 나는 무책임하고 악역무도한 나 자신에게 진저리를 쳤다. 이번 기회에 선하게 갚아주지 않으면 스스로를 도저히 용서할 수 없으리라는 양심의 명령에 고무된 나는 그의 생일날 꽃시장에 가서 만족할 만큼 비싼 값을 치르고 멋진 꽃다발을 샀다. 그리고 이번에도 역시 주인 없는 방 앞에 꽃다발을 두고 왔다.

보름 남짓 지났을 때 꽃다발에 대한 응답이 왔다. 한영은 내게 몇 통의 편지 묶음을 보냈다. 나는 그의 편지를 읽으면서도 내용을 잘 이해하지 못했으며 다 읽고 나서도 무슨 내용인지 기억하지 못했다. 그러나 몇 번을 읽는 중에 몇 가지 새로운 사실을 알아냈다.

한영은 나보다도 더 일찍 내게 결별을 선언하는 편지를 쓴 적이 있다고 편지에 적고 있었다. 다만 그는 나처럼 결단력 있게 즉각 부치거나 전달하지 못하고 오랫동안 망설이며 결별의 편지를 주머니 속에 넣고만 다녔다는 것이다. 나는 이런 사실에 내심 놀랐지만 헤어진 후로는 쭉 한영을 생각할 때마다 관대한 마음을 가지기로 했기 때문에, 너도 역시 우리의 관계가 향기를 잃어가는 것을 견디지 못했구나 운운하는 시적인 말로 나를 위로하는 동시에 그를 너그럽게 이해했다.

나는 한영의 편지를 되풀이해 읽었다. 그의 편지에는 우리가 따로따로 견뎌야 할 겨울 풍경의 스산함이 담겨 있었다. 나는 헤어진 후 처음으로 한영과의 이별을 진정 애통히 여겼다. 마지막으로 그에게 꽃다발을 선물했다는 사실이 그나마 적지 않은 위로가 되었다.

*

나는 조직 연구실에서 이 년째 일하고 있었다. 종태와는 서로 다른 분과에 소속되어 있었지만 총회나 월례토론회 등을 통해 자주 만나는 편이었다. 우리는 연구실 근처에 있는 시장통 술국집에 자주 드나들었다. 그곳이 연구실 회원들의 단골집이었다. 술국동네로 향하는 골목은 좁고 길었고 차일이 쳐져 있어 어두컴컴했다. 그 골목을 지나려면 양옆으로 길게 도열한 열댓 개의 돼지머리들과 인사를 하든지 외면을 하든지, 어쨌든 그것들을 의식하고 걸어들어가지 않으면 안 되었다. 얼마 동안은 그 길을 지나 술국집에 들어가는 게 내키지 않았다. 나는 선뜻 골목 안으로 발을 떼어놓기를 주저하면서 동굴의 구멍처럼 시커멓게 뚫려 있는 골목 안을 물끄러미 들여다보곤 했다.

골목 입구에는 테이프나 귀이개 따위를 벌여놓은 두 남자가 신문지를 펴고 앉아 노상 소주를 마시고 있었다. 한 사람은 노인에 가까운 백발의 남자였고 다른 사람은 사십대 후반의 사내였다. 처음 그들을 보았을 때, 백발의 노인은 꼼짝도 않고 앉아서 희끗한 머리색만큼이나 흐릿한 회색 눈을 어디 붙박아두기로 작정한 데가 있는지 오로지 한곳에 집중하고 있었고, 사십대 후반의 사내는 파인애플의 껍질 부분을 양손에 받쳐들고 열심히 뜯어먹는 중이었다. 과일가게에서 폐기한 물건인 듯 신문지 위에는 두어 개의 파인애플 껍질이 더 뒹굴고 있었고 소주병과 일회용 비닐잔도 놓여 있었다. 백발의 노인은 아무리 심한 일을 당해도 영원히 아무렇지 않은 표정으로 살고 말겠다는 결연한 의지가 엿보이는, 그러나 그것이 무슨 대단한 의지라고 생각지 않는다는 무덤덤함으로, 나이만큼 초연하고 무감각해져버린 가면 같은 얼굴과 시선으로 무장하고 있었다. 사십대의 남자는 노인보다는 어린 탓에 여전히 탐욕과 무욕 사이를 오락가락하는 포즈로 늘 뭔가를 뜯어먹거나 먹고 난 입가에 흘러내린 국물을 때 묻은 셔츠 소매로 닦고 있었다. 그들을 볼 때마다 나는 그들에 대한 모종의 연민에 사로잡혔다. 두 남자의 면면은 묘하게 아버지를 닮아 있어, 둘의 나이와 외모를 합성하면 꼭 아버지가 될 것이었다. 그러나 나는 아버지에겐 결코 느낄 수 없었던 연민을 나와 아무 상관도 없는 그들에게 느꼈고, 연민이라든가 인류애 같은 어른스러운 감정이 주는 용기에 의지하여 시장 골목을 향해 발걸음을 옮겨놓을 수 있었다.

골목 초입에서부터 느끼한 노린내가 진하게 풍겨왔다. 나는 숨을 힘껏 들이마셨다. 더이상 표정을 바꿀 수 없는 돼지머리들이 데생을 기다리는 조각처럼 즐비하게 놓여 있었다. 태초의 자연에 표정을 깎아 넣어 신을 창조했듯이, 인간은 죽은 돼지들에게마저도 자신들이 원하는 표정만을 부과하여 정신적 위로를 얻고자 한 듯했다. 자기들을 죽이면서 동시에 자기들을 웃기려는 인간의 역설적인 욕망을, 돼지들은 과연 어떻게 생각할까. 죽음과 웃음을 한데 묶는다는 건 아주 위험천만한 장난이다. 그것을 실현시킨 인간의 위대한 실험 정신! 돼지머리는 그 전위적 창조성의 산물이었다. 그래서인지 격렬한 웃음에의 강박으로 찌그러져 갖가지 오묘한 표정을 하고 있는 돼지머리는 내게 위로보다는 비애를, 만족보다는 공포를 주었다. 돼지머리 골목은 시시각각 끊임없이 피살되고 있는 자들의 웃음을 전시하고 있었다.

돼지머리 골목을 지나면 술국집들이 올망졸망 모여 있는 술국동네가 있었다. 단골집 아줌마는 우리가 들어서면 묻지도 않고 무조건 탁자 위에 김치와 소주를 날라왔다. 김치는 접시에 기다랗게 펼쳐져 있었는데, 배추 반쪽을 꼭지만 뎅경 잘라 두어 번 썽둥썽둥 칼질을 해서 내놓는 그 맛은 유별났다. 외갓집 여인 군단이 힘을 합쳐 해치우곤 했던 김장김치의 맛에 필적하는 그 싱싱함은, 술국을 싫어하는 내게도, 곁들여 내온 기막힌 김치 때문에 뜨겁고 느끼한 국밥을 뚝딱 먹어치우고 싶다는 생각이 절로 들게 했다. 뽀얀 김치 줄거리는 시원하고 고소했고 양념에 휩싸인 잎사귀는 국물에 양념을 따로 풀 필요가 없이 매콤했다. 나는 커다란 김치 쪽을 우적우적 집어먹고 들깨를 잔뜩 푼 술국을 떠먹으며 소주를 마셨다. 나는 비위가 튼튼해져 술국집에서 내놓는 머릿고기도 잘 먹었고 냄새나는 돼지곱창볶음에서 매운 깻잎을 골라 먹을 줄도 알았다.

돈이 없어 술국집에나마 가지 못하는 때도 많았다. 우리는 연구실에 둘러앉아 1.5리터 페트병에 담긴 김빠진 소주를 마셨고, 안주라고는 기껏해야 김치 아니면 혁혁한 보급 투쟁으로 근처 포장마차에서 얻어온 홍합 국물만을 먹었다. 나는 이 작은 가난을 사랑했다. 종태와 나는 연구실 성원들과 함께, 가난한 술자리 가운데서 더욱 빛나는 토론, 노선과 정책, 조직 구성의 원리에 대한 진지한 토론들을 했다.

한영과 헤어진 후 나는 연구실 활동에 더욱 박차를 가하려 했고, 한창 진행중이던 계파 논쟁에 관한 학습에 열을 올렸다. 나는 연구소와 도서관만을 왕복하겠노라는 기특한 마음을 먹었지만, 오호 통재라, 그건 오로지 마음먹음에 불과했다. 내 속에 숨어 있던 변덕스런 또하나의 여자는 핑계 김에 술을 퍼마실 궁리만 했고, 안 그래도 이전부터 심심찮게 주변 사람들의 말거리가 되었던 내 음주벽은 이즈음 최악의 길에 매진해 나는 수도 없이 자비서自 批書를 써야 했고 가까운 분과원들로부터 가혹한 비판을 받기도 했다. 그러나 종태는 술에 집착하는 나를 의외로 너그럽게 이해해주었고 때로 자진해서 술을 사주기도 했다.

한영과 헤어진 지 석 달 남짓 되었을 때, 나는 뜻하지 않게 한영이 곧 결혼할 것이라는 얘기를 종태로부터 들었다. 종태는 내가 술에 탐닉하는 이유가 거기에 있다고 짐작해 나를 위로하느라고 그런 이야기를 비친 것이었는데, 나는 적어도 삼 년이나 사귀었다면 그 정도 사정은 알고 있는 체해야 한다는 최소한의 체면도 차릴 틈 없이 한영의 결혼 상대가 누구냐고 다그쳐 물었다. 종태는 입을 굳게 다물었다. 그때에야 비로소, 한영과 헤어진 지 석 달 만에야 비로소 나는 내 결별 선언이 얼마나 경솔한 짓이었는가를 절실히 깨달았다.

*

나는 연애를 하면서 서서히 변했다. 연애 관계가 나를 길들였다. 길들면서 나는 행복했다. 나는 더이상 힘들지 않아도 되었고 아프지 않아도 되었다. 나는 여자였으며, 소위 여자가 향유할 수 있게끔 되어 있는 모든 특권들을 향유할 수 있었다. 한영은 내게 예쁘다든가 귀엽다는 표현을 줄기차게 할 의무가 있었고, 나는 적잖이 쑥스러워하면서도 그가 내게 어울린다고 여기고 내게서 자꾸 보기를 원하는 행동, 의상, 표정, 어투 들을 단단히 기억해두고 끊임없이 실천할 의무가 있었다. 그가 꽃핀을 주면 나는 머리를 길렀고, 내 머리의 길이에 비례해서 그의 찬사의 수위도 높아만 갔다.

벚꽃이 만발한 잔디동산에서 명호가 미혜에게 던지던 그 시선, '에구, 귀여워라!' 하고 감탄해 마지않던 그 시선, 내가 그런 시선의 대상이 되기에 적합하지 않다는 것을 깨달은 이후로 나는 어느 누구도 나를 그렇게 바라봐주길 원하지 않는다고 믿었다. 남자에게서 그런 시선을 받는 것을 수치로 여기면서 중성으로 살고자 했던 시절의 나는 남녀 간의 추상적 동등함을 어떻게 실현할 것인가 하는 문제에 온통 신경을 집중했다. 추상적인 동등함에의 지향이 에로틱한 시선을 차단해주었다. '여자가'라는 토를 다는 남자애와는 연애를 할 수 없는 것은 물론이거니와 결코 한 하늘을 이고 살수 없다고 생각했다. 그러나 내 속에는 누군가 나를 '에구, 귀여워라!' 하는 시선으로 바라봐주기를 갈망하는 또하나의 내가 끈질긴 생명력으로 버티고 있었다.

한영에게서 그런 시선을 받았을 때 나는 그 에로틱함을 온전히 향유했을뿐더러 그 위에 또 한 겹의 부가가치를 덧칠했다. 한영에 대한 나의 사랑 뒤에는 그의 연인이고 싶은 마음뿐 아니라 그의 딸이고 싶은 마음이 숨어 있었다. 나는 한영을, 휴가를 나오면 나를 한시도 무릎에서 내려놓지 않고 내 옆에 꼭 붙어서 나를 토하지 않게 해주고 나를 귀애해주고 내 입에 맛있는 반찬을 넣어주고 내가 머리를 기를 수 있게 해주던 옛날 옛적의 아버지로 여겼다. 물론 한영은 한 번도 나를 딸처럼 생각한 적이 없었고 나도 그에게 아버지 노릇을 요구한 적이 없었다. 다만 나는 연애를 시작할 때 한영이 내게 부여했던 '누이동생'이라는 칭호를 '딸'이란 칭호로 살짝 바꿔치기하여, 그의 찬미를 들을 때면 연인으로서뿐만 아니라 딸로서도 들었다. '에구, 귀여워라!' 하는 시선은 내 속에 숨은 두 욕망을 동시에 충족시켜주는 시선이었다. 그 시선의 상실은 연인의 상실일뿐더러 오빠의 가면을 쓴 아버지의 상실이었다. 내가 기만적인 감상들 뒤에 숨어서 희희낙락할 수 있었던 것은 한영이 조만간 결혼을 할지도 모른다는 소식을 듣기 전까지만이었다. 그 소식을 듣는 즉시 상황은 바뀌었다. 연인과 아버지를 한날한시에 잃어버린다는 것은 아무리 내가 먼저 연인을 버렸고 아무리 내가 먼저 아버지를 배반했기로서니 절대로 있을 수 없는 일이라고, 나는 맹렬한 도리질을 했다.

내가 그간에 취한 행동이란 모두 한영이 돌아오는 것을 전제로 한 것이었다. 우리 관계에 결별이란 있을 수 없다는 과시적인 그의 보증으로 끝나기를 바라지 않았던들 내 행동은 어느 하나 실행되지 않았을 것이다. 결별의 편지는 아직도 그를 아프게 만들 힘이 내게 남아 있는지 시험해보고 싶은 욕구와 나에 대한 그의 무관심을 지극한 관심으로 바꾸려는 발버둥이었다. 차라리 '에구, 귀여워라!'에 대한 노골적인 열망이었다. 나를 석 달 동안 버티게 해준 것은 그가 먼저 나를 만나자고 간청해오기까지만 버티면 된다는 오기였으며, 그를 찾아 이리저리 휘둘리던 긴 모가지를 내가 통제할 수 있었던 것은 그가 참다못해 내게 연락하지 않고는 못 배기는 그 순간까지만 의연하면 된다는 오만한 자제였다. 그러나 나는 더이상 우아한 체를 하고 있을 수가 없었다. 나는 결혼 얘기의 진위를 확인하기 위해 한영을 만날 갖은 묘책을 궁리했다.

'나를 한 번만 만나달라. 편지를 하지 말고 단 한 번만이라도 직접 만나달라. 어디에서 며칠 몇시부터 기다리고 있을 테니 일이 있더라도 밤늦게 잠시 와달라. 제발 직접 만나서 얘기할 수 있게 해달라. 그러지 않으면 나는 어찌될지 모른다……'

나는 한영에게 애걸 반 협박 반인 편지를 써보내고 나서야 안심했다. 그를 만나면 우리 둘의 관계가 아무렇지 않다는 걸 확인받을 수 있을 것 같았다. 툭하면 결별을 들먹거리던 나를 따끔하게 혼내주기 위해 그가 그렇게 오래 침묵하고 있었던 것이라고 생각했다. 다시 예전의 관계로 돌아가달라고 하면 그는 기꺼이 나를 위해 그렇게 해줄 것이라고 나는 철석같이 믿었다. 그러지 않을 리가 없다. 그러지 않을 리가 없다……

나는 말이 안 되는 줄 뻔히 알면서도 이렇게 나를 위로하지 않고는 한영과 만나기 전까지 하룻밤도 편안히 잠들 수 없었다. 헛된 위로의 힘은 바로 그 헛됨에서 나왔다. 이따위 망상이라니, 부질없다, 부질없다, 하는 생각이 내 마음의 저변을 차지하고 있었다. 그러나 불가능에 대한 열망은 격렬했고 이성을 완전히 제압했다. 내 열망이 헛되다는 걸 알면서, 아니 바로 그 헛됨 때문에 나는 그것의 실현에 목숨을 걸었다. 확률이 낮을수록, 상황이 절망적일수록, 장기까지 팔아 올인하는 비운의 도박사처럼.

한영에게 만나자고 한 전날 저녁 뜻밖에도 전화가 걸려왔다. 그날도 나는 이런 허무맹랑한 꿈에 취해 긴 하루를 견디고 있었다.

"옥아! 전화받아라. 한영인갑다."

낡은 소파에 버티고 앉은 아버지는 전화교환수이자 전화 내용의 도청자였다. 반가운 표를 잔뜩 내어 수화기에 다 들리도록 고함치는 아버지를 못마땅하게 여기면서 나는 무뚝뚝하게 전화기를 건네받았다.

전화로 그의 목소리를 들었을 때 내 마음은 환호했다. 오랫동안 구박만 받아오던 수줍은 내 열망은 생각보다 한발 먼저 실현된 이 축복에 잠시나마 몸 둘 바를 몰랐고 심지어 우쭐해하기까지 했다. 그러나 전화를 끊었을 때 나는 완전히 풀이 죽었다. 희망은 간곳없이 사라졌다. 한영은 내가 만나달라고 한 날에 나올 수 없으니 약속을 미루자고 전화를 한 거였다. 더구나 한영은 내게 시종일관 존댓말을 사용했다. '잘 지냈어요?'로부터 '그럼 그날 만나기로 해요'에 이르기까지 완벽하게 수립된 새로운 어법, 그가 내미는 문장마다에 들러붙어 있는 '요'라는 조사는 마치 건물주가 사사로운 출입을 허락하지 않기로 방침을 정하고 육중한 건물 앞에 '요'라는 제복의 경비들을 늘려가는 식을 방불케 했다. 전화기 안에서 울리는 그의 낮은 목소리와 존댓말 사용은 내가 한영이라는 건물의 내부로 들어가는 것을 결단코 엄금했다.

"한영이 아이가?"

아버지는 한영의 목소리를 알고 있었고, 한영이 한동안 내게 전화하지 않는다는 것까지 알고 있었다. 반갑게 바꿔준 전화를 내가 퉁명스레 받아든 것이며 내가 한영의 술수에 말려 덩달아 존댓말을 쓰는 걸 듣고 나니, 아버지는 전화 건 사람이 과연 한영이 맞는지 와락 궁금증이 동한 모양이었다. 늙은 모사꾼처럼 모든 걸 꿰뚫고 앉아 내 속을 떠보는 아버지에 대한 격렬한 증오심에 나는 눈물이 솟구쳤다. 그러나 아버지에 대한 미움은 잠시 접어두고 나는 우선 잔뜩 풀이 죽은 나 자신을 어떤 식으로든 위로하지 않을 수 없었다. 내가 혼자 멋대로 정한 약속이었으니 기다리든 말든 내버려둘 수도 있었는데 한영은 내게 전화를 해주었고, 그것도 나를 만나지 않겠다는 것이 아니라 확실하진 않지만 더욱 많은 시간을 할애하기 위해 시간을 조금 변경하자는 것이다……

나는 여전히 한영이 나를 배려하고 있다고 믿었다. 이번 위로는 더욱 헛되었고 나는 더욱 의혹에 시달렸다. 나는 한영이 어떤 여자와 결혼을 하려 한다는 사실과, 한영이 나를 여전히 귀여워하고 있다는 사실 두 가지를 고스란히 내 속에 가지고 있었다. 하나는 말 그대로 사실이었고 하나는 상상적 억지였다. 그러나 나는 그를 만나기 전까지 모든 것을 모호함에 맡겨두었다. 둘 중 어느 것도 서로 양보하지 않으면서 팽팽히 맞서 있는 시간, 나는 그 시간이 지속되는 것도 고통스러웠지만 그 시간이 끝나가는 것도 고통스러웠다. 초침은 날이 선 칼처럼 매초 매초 내 의식을 토막 냈고 그때마다 기억들은 경련을 일으켰다.

　나는 한영의 인간성, 양심, 불의에 대한 분노 등을 믿어 의심치 않으면서 그가 의리 없게 누이동생을 저버리는 일은 없을 거라고 생각했다. 내가 그 시간 동안만큼 그에게서 미덕을 발견하려고 노력한 적은 없었다. 그러나 또한 내가 그 시간 동안만큼 그에게서 혐오스런 단점을 발견하려고 노력한 적도 없었다. 나는 그의 선량한 행위, 그의 사랑, 그의 약속, 그의 명민함만을 상기하고자 한 것이 아니라, 호리병처럼 못생긴 그의 용모, 짧은 다리, 추접스런 식습관, 수다스러움과 오만방자함 등도 가차없이 상기했다. 나를 제외하고는 그의 연인이 될 여자가 있을 리 없다는 결론이 날 때까지 나는 그가 가진 모든 결점들을 매섭게 몰아붙여 그를 전혀 매력이라곤 찾아볼 수 없는 남자로 만들었다.

　나는 한영의 장점과 단점을 모조리 열거하여, 장점에서는 그가 나를 버릴 위인이 아니리라 치켜세우고 단점에서는 그가 내 사랑

외에 어디 달리 빌붙을 데가 없으리라 깎아내렸다. 어쨌든 나는 한영의 모든 점들에서 위로를 얻었으며, 그러다보니 나 자신이 한영과 더욱 가까워진 듯한 느낌이 들어 또한 위로를 받았다. 그 위로의 힘이 어찌나 위대했던지 나는 한영을 만나러 가면서 집요한 희망의 끈을 놓지 않았고, 희망의 표징으로 어처구니없는 준비물까지 챙겨 나갔다.

물론 그때까지 내 정신을 통어하고 있던 최소한의 분별력은 내게 정반대의 내용을 끊임없이 속삭이고 있었을 것이다. 한 번만 만나달라는 내 애원에 한영은 마지못해 동의한 것이다. 그걸 나타내기 위해, 더이상의 집적거림은 안 된다는 단호함을 표현하기 위해, 나를 이별에 길들이기 위해, 한영은 약속을 과감히 미룬 것이다. 한영은 나와 헤어지기 전에 이미 새로운 애인을 만들어놓고, 순조롭게 나와의 관계를 마감한 시점에서 그 애인과 결혼하려는 것이다. 그렇지 않고서야 그가 왜 내게 존댓말을 사용했겠으며 어떻게 내가 애걸한 약속 날짜를 미루려는 생각을 꿈에라도 품을 수 있었겠는가.

그러나 이런 최소한의 상식적 추론, 한영이 소위 겹치기 출연을 했다는 확신은, 그를 향한 고상하고 복잡한 내 연애 감정이라든가 이별에 임하는 감상벽에 찬물을 끼얹었다. 나는 이런 식의 속된 추론에 격분한 나머지, 잃어버린 자존심을 되찾기 위해서, 이전에는 제발 미량이라도 있다면 부디 그 능력이 발휘되고 계발되기를 바라 마지않았던 추론의 능력이나 이성적 종합 능력 같은 것을 모조리 포기했다. 그렇게 함으로써 오히려 자존심을 되찾기는커녕 내버렸다는 것, 불길하면서도 예리한 내 추론이 틀린다는 것을 입증하려는 오직 하나의 어리석은 목적을 위해 내가 아주 비굴하고 몽매해져버렸다는 것을 당시의 나는 깨닫지 못했다. 나는 내 신경을 압살하는 이성의 폭력에 맞서 허무맹랑한 망상에 귀의하는 쪽을 택하고 말았다.

찻집에 드나드는 남학생이 오로지 자기만을 바라본다고 믿었던 아네모네의 마담이, 실은 그 불타는 시선이 다른 대상을 향한 것이었으며, 그 시선의 대상은 죽은 애인을 향한 그리움을 달래주는 대용품, 모나리자의 초상이었다는 것을 알게 되었을 때 받았음직한 충격, 당시에 나는 내 충격이 그보다 더하면 더했지 결코 덜한 것이 아니라고 느꼈다. 왜냐하면 한영이 오로지 나만을 바라보고 있다는 믿음은 아네모네 마담의 헛된 추측과는 다르다고, 내 믿음은 한영의 말과 행동에서 싹텄던 것이라고, 그러니까 확실한 근거가 있는 것이라고 생각했기 때문이었다. 그래서 나는 추측이 배반당하는 것보다 확신이 배반당하는 경우가 더 가혹하다고, 다시 말해 아네모네의 마담보다 내가 더 비참한 경우를 당했다고 여겼다. 그러나 이제 판단하건대 당시의 내 생각이 옳았던 것 같지는 않다.

내가 경계해야만 했던 것은 한영이 내게 확신을 주었다고 하는 추측, 아네모네의 마담 못지않게 얼토당토않은 바로 그 추측이었다. 내가 사랑의 증거라고 내세웠던 것들, 이를테면 '누이동생'이라든가 '천하일품'이라든가 '섹스' 따위가 아네모네의 마담이 확실한 증거로 간주했던 남학생의 눈빛이나 목소리, 태도 같은 것들보다 결코 더 신빙성 있다고 말할 수는 없었다. 나는 한영의 사랑에 대해 헛된 추측을 했을뿐더러, 그에 대한 내 사랑에 대해서도 헛된 추측을 했다. 엄밀히 말해 나를 배반한 것은 한영이 아니었다. 나를 배반한 것은 사랑을 확실성 옆에 비끄러매놓을 수 있다는 헛된 망상, '에구, 귀여워라!'의 시선을 영원히 고정시킬 수 있다는 내 특유의 망상이었다.

이미 마음이 떠나버린 애인을 붙잡으려는 대부분의 노력은 망상의 힘이 얼마나 터무니없는지를 실감나게 보여준다. 열렬히 사랑하는 두 남녀가 있었고 둘은 헤어지게 되었고 헤어진 후에 어느 한쪽이 기억상실증에 걸리게 되었고 둘이 다시 해후했을 때 기억상실증에 걸린 쪽은 안타깝게도 다른 한쪽을 알아보지 못한다는 식의 슬프고 흔해빠진 이야기는, 실패로 끝난 모든 사랑 속에 공통적으로 숨어 있는 모티프이다. 실제 연애에서 이 모티프는 살짝 몸을 뒤튼 형태로 나타난다. 우선 헤어지는 원인이 전쟁이라든가 천재지변 등과 같은 웅장한 타의가 아니라 사소한 자의이다. 바로 그렇기 때문에 극적인 이별에 극적인 재회를 대응시키는 드라마적 연애 구조가 아니라, 사소한 힘들의 갈등과 침식작용으로 인해 관계의 회복이 전적으로 불가능해지는 현실적인 실연의 형태가 나타난다. 떠난 애인을 주저앉히려는 속절없는 노력은 세월이 흐르면 누구에게나 나타나는 자연적 기억상실의 증상이 유독 자기 환자에게만 나타났다고 여기고 그것을 기필코 인위적으로 치료하려고 동분서주하는 돌팔이의 광증을 닮았다.

온갖 요법을 시료하며 초조해하는 이 광인의 고군분투에도 불구하고 그 결과가 성공적이지 못할 것임을 우리는 알고 있다. 다만 멍청한 상념에 사로잡힌 당사자만이 결과에 대한 희망을 포기하지 않고 있을 뿐이다. 희망이란 항상 이런 형태로, 절망의 그림자로서만 존재한다. 내가 희망의 표징으로 챙겨 나갔지만 결과적으로는 우울의 표징이 되고 만 준비물은 여성용 피임약이었다.

한영은 물론이거니와 뒤늦게 쾌락을 알게 된 내 경우에도 콘돔이란 게 그 효과는 별문제로 하고 재현력이나 실물감에 있어서 별로 신통한 것이 못 되었기에 우리는 색다른 피임법을 개발하고자 했다. 술을 먹고 여관으로 향하던 어느 날 밤 어두운 길목에 약국 하나가 외롭게 불을 켜고 있었다. 약국에 들어간 우리는 순진한 연인인 체 가장하여 약사와 피임에 관한 상담을 했다. 친절한 여자 약사는 먹지 않는 삽입용 피임약을 권했고 우리는 몇 가지 문의를 한 후 즉시 그것을 통째로 구입했다. 한 통의 피임약을 다 쓰기도 전에 우리는 헤어졌다. 나는 나머지 피임약을 갖고 나감으로써 이미 쓴 피임약과 아직 남은 피임약 사이의 관계가 '한통속'임을 강력히 암시하려 했다.

환자의 치유를 강력히 원하면서 이미 시효가 지난 요법의 약물을 투여하는 것과 다를 바 없는 무용한 마음, 그러나 당사자에게는 이 약물이 갖는 엄청난 위력으로 말미암아 난공불락의 질병이 쉽게 치유될 수 있을지도 모른다는 기대를 주어 그 기대에 안간힘을 걸고 의지하고 싶게 만드는 이 마음…… 그러나 결국 우울과 절망, 자학과 비애에 휩싸여 차라리 내놓지 않는 게 낫다 싶어서 암시하지도 꺼내보지도 못하고 갖고 나간 그대로 들고 돌아오는 희망이란 이름의 마음……

*

한영은 약속 시간보다 오십오 분 늦게 왔다. 그는 세미나가 늦게 끝났기 때문이라고 정중히 사과했다. 나는 약속 시간보다 한 시간 일찍부터 수선을 떨고 나가 있었기 때문에 도합 두 시간을 기다린 셈이었다. 그쯤 되고 보면 약속을 미룬 것이나 한 시간가량을 늦은 것이나 모두 나를 자기의 삶으로부터 떼어놓으려는 안간힘이로구나, 제정신의 나는 이렇게 생각해야 마땅했다. 그러나 한영이 "잘 지냈어요?"라고 물어왔을 때 나는 행복감에 눈물이 글썽해져 고개를 숙이고 말았다.

한영과 나는 세 시간 남짓 만났다. 한영은 내게 맛있는 저녁을 사주겠다고 했고 우리는 맛있는지는 모르겠으나 매우 값비싼 저녁을 먹었다.

예전에 한영은 게걸스레 먹었다. 닭튀김을 먹을 때 그의 입 주변은 닭고기를 알뜰하게 뜯느라 온통 기름이 묻어 번드르르했다. 그런 입으로 그가 이야기를 걸어오면 나는 그를 보지 않으려고 눈을 내리깔았다. 먹느라고 그렇게 볼썽사나운 꼴을 한 걸 내가 보고 있다는 티를 내면 그가 부끄러워할까봐서였다. 그러나 그는 계속 내게 말을 시켰고 내가 꼭 대답하지 않으면 안 될 질문을 해서 불가피하게 그를 바라보게 했다. 나는 조심스럽게 시선을 비켜 대답을 했고, 아무렇지 않은 듯, 기름기 두른 그의 입과 뻔뻔한 충족감에 대해서는 아무것도 모르는 사람처럼 굴려고 했다. 내가 그의 입 주변만을 주시한다든가 벌려진 입안에서 그득하게 씹히는 고기들만을 본다든가 하여, 그가 자신의 추접스런 모습을 자각하고 난처해하는 일이 없도록 나는 최선의 배려를 했다. 한영은 기름칠을 한 입으로 고기를 쩍쩍 씹으며 신나게 떠들었고 마침내 나는 인내심의 한계에 도달했다. 아무리 보지 않으려고 해도 내 시선은 자꾸 그의 입가로 향했고, 기름이 묻은 입술과 고기가 낀 이빨과 볼에까지 튄 튀김 가루들을 보게 되었다. 그는 내가 그의 수치스런 일면을 보고 있는 게 이상하지도 않은지 열을 올려 떠들었다. 나는 알지 못할 분노에 휩싸여, 여러 가지 기능을 함께하는 그의 입만을 바라보다 튀긴 닭에 대한 입맛을 아예 잃었다. 나는 아버지를 부끄럽게 여겼듯이 한영을 부끄럽게 여겼다.

그러나 비싼 저녁을 먹던 마지막날, 한영은 음식을 잔뜩 시켜놓고 거의 먹지 않았다. 나는 예전에 그가 내게 권했듯이 그에게 뭘 좀 먹으라고 다정히 권했다. 그는 마지못해 먹었지만 예전처럼 신나게 음식 섭취에 몰입하여 더럽게 입가에 묻히면서 허겁지겁 먹지 않았다. 나는 도대체 그가 왜 예전의 방식대로 먹어주지 않을까 속이 상했다. 고급 음식을 먹을 때면 언제나 동석하던 천하일품이란 작자도 마지막 식탁에선 자취를 감추고 없었다.

나는 언제나 한영과 반대편에 서 있었던 셈이다. 누구나 자신의 사랑을 기준으로 상대방의 사랑을 판단하기 마련이다. 자기 사랑의 확고함 때문에 내 사랑의 크기를 의심하지 않아 내 앞에서는 아무리 추해져도 괜찮을 거라고 여긴 예전의 한영에 대해서, 나는 그 기대를 저버리고 그를 부끄럽게 여김으로써 그를 배신한 셈이었고, 다른 한편으로 내 사랑이 자기의 사랑만큼 형식적으로 모양 좋게 끝나주기를 바라 마지않으면서 한영이 예의를 차리던 마지막날 저녁에, 나는 그가 바라지도 않았던 관용 아닌 관용과 허물없음을 강요함으로써 그가 애써 갖춘 예의의 엄숙함을 값싼 것으로 만들었다.

몇 번 간 적이 있던 그곳 레스토랑의 웨이터들이 유난스레 친절하게 굴었다. 그와 나는 웨이터들의 전송을 받으며 레스토랑을 나왔고 맥줏집으로 향했다. 거리에서 본 한영의 얼굴은 더욱 낯설었다. 그때까지도 피임약은 내 가방 속에 들어 있었다. 나는 한 시간 일찍부터 레스토랑에 나와 앉아 한영을 기다리면서 내기를 했다. 그가 약속 시간보다 삼십 분쯤 일찍 온다면 피임약은 쓸모 있을 거라고. 그러나 약속 시간에 근접해서 오면 올수록 피임약은 쓸모와 쓸모없음 사이에서 오락가락하리라고. 그러나 설마 그가 약속 시간보다 늦게 오리라는 것을, 아, 나의 철없는 거만함은 그 경우를 셈에 넣지 않았다. 그가 오십오 분 늦게 도착한 순간 나는 완전히 밑천을 잃었고, 그 이후로는 피임약이 마치 투명하게 들여다뵈는 비닐봉지에 들어 있기라도 한 양 창피하고 거북스러워서 견딜 수가 없었다. 창피하고 거북스러워 내버리고 싶었던 것은 피임약뿐만이 아니었다. 나는 방정맞은 궁금증을 삭이지 못했다. 나는 소문의 거짓됨을 한시바삐 증명하고자 하는 조급증에 빠져 길바닥에서 느닷없이 그의 면전에 질문을 내던졌다.

"결혼할 여자 있다면서요?"

걸음을 딱 멈추고 아연실색한 표정을 짓는 한영을 보고 나는 간신히 담담한 태도를 꾸며 실망을 감추었다. 한영의 얼굴은 터무니없는 모함을 받았다는 데서 오는 놀라움이 아니라 결코 알게 하고 싶지 않았던 일, 그리고 도저히 알 리가 없다고 믿었던 일이 뜻밖에도 내 입에서 흘러나온 것에 경악하는 얼굴이었다.

맥줏집에서 생맥주를 앞에 놓고 그와 나의 눈물 젖은 동문서답이 시작되었다. 그가 물었다.

"어떻게 알았어요?"

나는 제보자의 비밀 보장을 위해 고개를 저었다. 잠시 후 내가 물었다.

"언제 결혼해요? 금방 할 거예요?"

"혹시…… 어디서 봤어요?"

그게 그로서는 가장 무서운 사태일 터였다. 나는 다시금 고개를 저은 후 마음의 준비를 단단히 하고 물었다.

"그 여자 누구예요?"

현장을 들킨 건 아니다 싶어 적이 안심은 되지만 여전히 불안을 누그러뜨리지 못한 그가 물었다.

"그 얘기 누구한테 들었어요?"

"그 여자랑 같이 잤어요?"

이번에는 그가 고개를 저었고 사실 여부와 관계없이 나는 만족했다.

"결혼한다는 얘기 누구한테 들었어요?"

"그 여자 누구예요?"

"누구한테 들었어요?"

"그 여자 누군지 내가 알면 안 돼요?"

"어떻게 안 거예요?"

"그 여자 내가 아는 사람이죠?"

"누가 말했는지 말해봐요."

"아는 사람이군요."

"누가 그런 얘길 했어요?"

"그게 뭐가 그렇게 중요해요?"

"나한테는 중요해요. 말해봐요."

"그 여자가 누군지부터 말해줘요."

그와 나는 서로의 집요함에 놀랐다. 불요불굴의 인내심을 과시하러 나온 듯이 우리는 한동안 침묵하다가도 다시 입만 벌리면 동일한 내용의 질문과 동일한 요구만을 반복했다. 첫 질문의 코가 풀리지 않으면 더이상 어떤 말도 주고받을 수 없다는 식이었다. 나선형의 얘기가 어지럽게 꼬리를 물고 맴돌았다.

우리는 조용하고 작은 카페로 자리를 옮겼다. 자리를 바꾸면 대화의 주제가 바뀔지도 모른다는, 어쩌면 상대방의 마음이 바뀔지도 모른다는 기대와 달리 우리는 위스키를 마시면서도 여전히 동일한 문답을 되풀이했다.

"결혼 얘기 오해일 수 있어서 그래요. 누구한테 들었어요?"

"무슨 오해요?"

"본격적으로 그런 얘기 오간 거 아니에요."

"왜요?"

"도대체 어디서 무슨 얘길 들은 거예요?"

"어쨌든 사귀는 여자 있는 건 맞잖아요?"

그가 갑자기 격하게 흐느겼다.

"미안해요…… 그렇게 됐어요."

나도 맞받아 울었다.

"괜찮아요."

그는 계속 울었다.

"그 여자…… 좋은 사람이에요?"

"이해 못할 거예요."

"이해하고 못하고가 어딨어요?"

"미안해요."

"제발 그런 말 하지 말아요."

"근데 그 얘기…… 어디서 들었어요?"

"왜 자꾸 그런 걸 물어요?"

"누가 당신한테…… 그런 얘길 한 거예요?"

"어차피 안 건데 무슨 상관이에요?"

"당신한테, 누가, 그런 얘길 했어요?"

그가 말 중간에 주먹을 꽉 쥐었다 폈다. 지금에서야 그런 의미
가 아닌 걸 알지만, 그때 나는 그의 제스처를 마치 어떤 간 큰 놈
이 죽으려고 그런 얘기를 내게 떠들어댔냐는 분노로 읽었다. 나는
그의 뻔뻔함에 기가 질렸다. 순간 내 머릿속에 퍼뜩 영감이 떠올
랐다.

"그 여자 우리 과 여자예요?"

그가 잠시 움찔했다.

"무슨 얘길 어떻게 듣고 그래요?"

"별로 들은 얘기 없어요."

"무슨 얘길 들었는지 몰라서, 내가 답답해서 그래요."

"그냥, 그런 말 들었어요."

"무슨 말?"

"그냥…… 그런 말……"

빈속에 술을 마신 나는 점점 기운이 빠져갔고 그는 점점 살갑게 물어왔다.

"무슨 얘길 어떻게 들었는지 말해봐요."

"그냥 만나는 사람 있고 결혼할지 모른다는 얘기 들었어요."

"누구한테요?"

"그게 무슨 문제예요?"

"나한텐 문제가 되니까 그래요."

"그 여자 누군데요?"

"누가, 뭐라고, 한 거예요?"

"왜 자꾸 누구한테 들었냐고 그래요? 거짓말도 아니고 헛소문도 아닌데."

나는 그가 모두 거짓말이고 헛소문이라고 말해주길 기대했지만 그는 그러기는커녕 반대로 소문을 기정사실화하고 있었다.

"그러니까 얘기해봐요. 누가 그랬어요?"

"그 여자가 누군데요?"

"그런 얘기 한 사람이 누구예요?"

그는 그대로, 나는 나대로 저마다의 궁금증이 풀리지 않아 한동안 울었다. 눈물을 흘리고 술을 마시며 지칠 대로 지친 나는 그가 이토록 궁금해하는데 얘기해주지 못할 게 뭐냐고 생각했다. 나는 내기에서 지기를 자청했다.

"친구가 그랬어요."

그는 내 대답의 꼬리를 날쌔게 잡아챘다.

"친구 누구요?"

나는 아차 싶어 어중간하게 말을 흘렸다.

"누구면 어때서……"

"그 친구가 뭘 안다고 그런 말을 해요?"

나는 그가 내 정보통을 불신하는 데 분개했다. 나는 내가 얻은 정보의 거짓됨을 입증하러 나왔다는 기존의 입장을 까마득히 잊고 내 정보를 불신하는 그를 야멸치게 힐난했다.

"그럼 아니란 말이에요?"

그는 그것만이 살길이라는 듯 여전히 제보자의 자격을 물고 늘어졌다.

"그 친구가 뭘 안다고 당신한테 그런 말을 했어요?"

"그 여자, 내가 아는 사람 맞죠?"

"그 친구가 뭘 안대요?"

"내가 아는 사람이죠?"

"그래요…… 근데 그 친구가 어떻게 안대요?"

내가 아는 여자라고? 나는 한발 가까워온 그 여자의 정체를 밝히기 위해 어리석게도 내가 가진 비밀을 한꺼번에 누설했다.

"종태가 그랬어요."

"종태가?"

"내가 알고 있는 줄 알았대요."

이 대목에서 그는 입을 다물었다.

"근데 그 여자, 내가 아는 누구예요?"

"종태가 얘기 안 해요?"

"종태는 모른대요."

"……"

"누구예요?"

그는 울기만 할 뿐 요지부동이었다. 한참 후에 그가 물었다.

"그 얘기 듣고 당신…… 어땠어요?"

"……"

내가 어땠던가? 그 얘길 듣고 내가 어땠던가? 그건 말할 수 없었다.

"그 얘기 듣고 날 미워했지요?"

"아니에요. 잘됐다 했어요."

"정말 그랬어요?"

"그럼, 아닐 것 같아요?"

폭포수 같은 눈물이 철철 쏟아져내려 내 말이 얼마나 진심에 위배되는가를 입증해주는 걸 기뻐하면서 나는 퉁퉁 부은 눈으로 그를 흘겨보았다.

"당신은 너무 착해요."

"아니에요. 나 안 착해요."

"아니, 당신은 착해요."

"……"

이건 또 무슨 실랑이의 시작인지 몰라 나는 어리둥절했다.

"누구나 당신을 좋아할 거예요."

한영의 마지막 말이 그 여자가 누구냐는 내 질문을 막았다. 나는 누구나 좋아하는 착한 여자로 남아 있기 위해 더는 그에게 그 여자가 누구냐는 모질고 저급한 추궁을 할 수 없었다. 다만 그가 그녀와 같이 자지 않았다는 말만을 금과옥조처럼 떠받들며 내 최소한의 자존심, 내 피임약의 자존심을 지키게 된 걸 다행스러워했다.

우리가 벌겋게 부은 얼굴로 남부끄러워하며 카페에서 나왔을 때 길 한복판에서 한영은 자기를 때려달라고 내게 애걸했다. 때리면 그를 용서하게 될 것 같아 나는 한사코 때리지 않으려고 버텼다. 그러나 이번에도 한영이 이겼다. 나는 맞기를 자청하는 그의 뺨을 세차게, 그가 원한 대로 세 차례 때렸다. 그의 뺨과 내 손은 2월의 추위로 딱딱하게 굳어 있어 서로 감겨들지 않고 두 개의 나무토막처럼 딱 소리를 내며 부딪쳤다.

한영은 내 손찌검에 쓰러졌고 쓰러진 김에 길바닥에 꿇어앉아 목놓아 울었다. 나는 그를 연거푸 세 차례 때리면서 마음이 아프기는커녕 뜻하지 않은 쾌감을 맛보았다. 폭력에 맛들인 내 육체는 그의 뺨을 고작 세 번 때린 것에 만족하지 않았다. 나는 한없이 솟구치는 분노의 힘과 무게로, 꿇어앉은 그의 왜소한 무릎을 간장종지처럼 가볍게 박살을 내어 그를 앉은뱅이로 만들고, 그의 목에 새끼줄을 매어 이리저리 끌고 다니며 구걸하게 만들고 싶었다. 반신불수가 된 영감님을 수돗가에 발가벗겨 세워놓고 호스로 찬물을 좍좍 뿜어대었다는 옆집 할머니처럼 나는 내 뜻과 힘에 의지하지 않고는 그가 손가락 하나도 까딱할 수 없이 만들어놓고, 그를 먹이는 것도 입히는 것도 쓰다듬어 위로하는 것도, 그를 팽개치고 그를 때리고 그를 버리는 것도, 심지어 그를 죽이는 것까지도 내 변덕에 따라 자유자재로 할 수 있었으면 싶었다.

한영에게서 모든 걸 빼앗아 아무것도 남지 않게 해놓아도 한영은 한영일 수 있을까? 팔도 다리도 없고 바보 멍청이가 된 한영도 한영일 수 있을까? 나는 이런 의문들을 잔인하게 물리쳤다. 아무러면 어떤가. 그건 상관없었다. 내게 필요한 것은 불구이든, 시신이든, 그것이 내 소유이기만 하면 충분한 한영의 육체였다. 나를 더할 나위 없이 정중하게 대접하고는 있지만 실제로는 나를 줄기차게 떨어내는 손짓을 멈추지 않는, 길거리에 꿇어앉아 울면서도 나와의 마지막을 끝까지 힘겹게 견디고 있는 한영으로부터, 나는 이런 잔혹한 욕망을 길어올렸다.

마침내 나는 한영을 일으켜세웠다. 그는 고분고분 일어났다.

"바래다줄게요."

그의 말에 나는 움찔하여 가방을 고쳐 메었다. 가방 안에 든 피임약은 결코 이따위 말을 듣기 위해 이 자리에 나온 것이 아니었다. 그러나 그는 끝내 여관으로 노래 부르러 가자는 말을 하지 않을 것 같았다.

한영이 굳이 바래다주겠다고 우겼지만 이번에는 내가 이겼다. 나는 늘 바라는 것과 반대되는 것을 선택하고 실행하고 후회하는 데 길들어 있었기 때문에 의연히 그 청을 거절했다. 그는 내가 탄 택시에 가까이 다가오려고 했다. 그때 내가 본 눈빛의 그윽함은 우리의 연애가 마지막으로 만들어낸 걸작품이었다. 눈물이 덜 마른 내 눈에 잡힌, 그의 젖고 부은 눈. 호리병같이 우스꽝스럽게 생긴 그의 얼굴 가운데서 두 눈만이 아름답게 빛났다. 나는 그가 함께 타주기를 바라면서 택시 문을 잠시 닫지 못했지만, 역시 그가 함께 타주기를 바라면서 택시 문을 힘차게 닫았다. 그는 굳은 듯이 서 있었고 원수 같은 택시 운전사는 언제나 그렇듯 잽싸게 차를 출발시켰다.

택시의 떠남…… 정류장에 있는 나를 미처 발견하지 못하고 베이지색 버버리코트를 입은 한영이 택시를 타고 떠나던 그때만 해도, 나는 그 아침, 그 정류장에서 희망을 버리지 않아도 좋았다. 그러나 한영을 길가에 세워두고 택시에 얹혀 떠날 때 나는 드디어 내 연애의 끝을 보았다.

이제 끝났구나……

모두 끝났구나……

한 송이 진달래가 떨어지듯 나의 연애는 끝났다. 돌아오는 길에 나는 아파트 단지 안 휴지통에 피임약을 버렸다. 답답하고 좁아터진 집안엔 어김없이 아버지가 지키고 있었다. 딸이 피임약을 들고 나갔다가 헛발을 치고 들어온 기막힌 사연도 모르는 아버지는 알딸딸하게 취한 얼굴로 낡은 소파에 드러누워 목청을 돋우고 있었다.

"잘 있거라아! 유달산아아! 목포의 아가씨들아아! 손수건이나 마아 허언덜어다오오!"

아버지는 도대체 자신과 하등 관계도 없는 유달산과 목포의 아가씨들에게 애틋한 작별을 고하느라 정신이 없었다. 나는 입을 쭉 빼물고 부어서 뻑뻑한 눈을 흡떠, 더이상 토하지 않고 살 수 있게끔 요것조것 맛있는 반찬을 입에 넣어주지도 않고 '에구, 귀여워라!' 하는 시선으로 나를 바라봐주지도 않는 아버지, 설혹 이제 와서 그렇게 맛있는 걸 사주고 귀여워해준다손 치더라도 하나도 반가울 것이 없는 허울뿐인 아버지를 한동안 노려보았다.

내가 안방에 들어가 서랍을 모두 뒤집어놓고 다시 마루로 나왔을 때까지도 아버지는 계속 노래를 부르고 있었다. 아버지 앞에 우뚝 선 나는 있는 힘껏 소리쳤다.

"아버지! 가위 어딨어요?"

마지막 무대

　내일 아침 나는 이사를 떠난다. 이삿짐이 거의 다 꾸려졌다. 나는 두 개의 박스에 버릴 물건들을 담는다. 서류 뭉치만으로 박스 하나가 가득찬다. 내가 연구실에서 작성했던 보고서와 프로젝트 성과물들이다. 이제는 아무래도 상관없겠지만 그래도 나는 혹시 대외비 문건들이 없나 점검한다.

　한영과 헤어진 후 나는 아버지 곁에 머물지 않기 위해 정신없이 바쁘게 뛰어다녔다. 내 일생에 그토록 분주하게 일거리를 찾아다닌 적은 없었다. 나는 맹렬히 아르바이트를 해서 돈을 모았고 시간이 날 때마다 연구실 상근을 했고 분과에서 가장 많은 프로젝트를 맡았다. 나는 밤늦게까지 연구실에 남아서 운영위원회 보고서나 분과 일정표, 신입 회원 교육 프로그램을 정리했다. 강연회 팸플릿을 수백 통씩 복사해 송달하고 공고문을 게시하고 바닥을 닦고 컵을 썼고 그래도 시간이 남으면 이미 완성된 보고서에 장난질을 쳤다. 지금 내가 들고 있는 월례토론회 보고서 마지막 부분에도 그런 장난기어린 추신이 붙어 있다.

월례토론회에 불참한 분과원―황정기, 사유: 혼사 장애

조퇴하고 일찍 간 분과원―심유정, 사유: 전염병(방콕A형)

토론문을 복사해오지 않은 분과원―천영숙, 사유: 가난

월례토론회에 끝까지 남은 분과원―기타 전원, 사유: 심심과 소심

또다른 서류에는 혼사 장애를 극복하고 마침내 결혼에 성공한 황정기 분과원이 결혼식 피로연에서 발바닥 맞기를 거부한 사태를 놓고 다음과 같이 유감을 표명한 성토문이 실려 있다.

우리 분과는 각고의 노력 끝에 드디어 유부남 분과원을 배출하였다. 이 분과원은 평소에도 혼사 장애로 인한 히스테리와 조울증으로 여타 분과원들의 의욕을 저하시켜온바, 결혼식 당일에도 제 버릇 견공 안 주는 노선으로 전 조직원의 공분을 사는 우를 범하고야 말았다. 인내심으로 철저히 무장한 우리 분과원들조차 도저히 참을 수 없었던 저 한국관 사건을, 동지여 기억하는가? 인두겁을 쓰고는 차마 행치 못할 이들 신혼부부의 타족打足 기피 만행은 찬연한 우리 조직의 결혼사에 지울 수 없는 오점을 남겼다.

해명과 뇌물을 요구한다!

이런 언롱과 잡무로 기운을 소진한 나는 힘든 육신을 추슬러 집으로 돌아왔다. 그때 나는 발밑이 꺼지지 않도록 조심했다. 나는 내 머리 위에 천장이나 하늘 따위가 있다는 것에는 관심조차 없었다. 그저 발밑이 꺼지지 않고 무릎이 꺾이지 않으면 되었다.

나는 폐기할 서류 박스를 현관에 내놓고 두번째 빈 박스를 들여다보다 담배에 불을 붙여 문다. 담배를 피우며 망설인다. 나는 마지막으로 버려야 할 물건들에 아직 손도 대지 못하고 있다. 힘든 결정을 내려야 할 때면 언제나 그렇듯, 나는 몸을 날쌔게 빼내 둥지로 돌아와 눕는다. 낡은 소파에 파묻혀 시간을 보내던 아버지처럼 나는 하릴없이 둥지에 누워 빈둥거린다. 천장은 벽처럼 나를 마주보고 있다가 내가 눈을 깜빡거릴 때마다 문처럼 열렸다 닫힌다. 아버지는 팔 년 동안 이렇게 천장 바라기를 하며 면벽 수도를 했고 오랜 수도 끝에 벽을 문처럼 열고 나갔다.

*

좁은 아파트에서 흘러간 노래나 부르며 여생을 마감할 줄 알았던 아버지는 참으로 뜻밖에도 어느 날 분연히 소파를 박차고 일어났다. 그리고 밖으로 뚜벅뚜벅 걸어나가 대번에 일거리를 찾아냈다. 내가 공장 활동의 실패를 만회하겠다는 어림없는 속셈으로 직업소개소를 찾았을 때 세상에서 가장 비천한 일거리로 생각되어 날 매혹시켰던 그 일. 그러나 나 같은 위인은 써주지도 않는다고 해서 포기할 수밖에 없었던 그 일과 아버지는 인생의 말미에서 조우했다.

왕홀을 되찾은 왕처럼 아버지는 몹시 거드름을 피우며 시민공원 청소부로 일했다. 그러나 어머니는 아버지가 실직자에서 청소부로 승격되었다고 해서 더 나은 대접을 해야 한다고는 생각하지 않았다. 오히려 어머니는 아버지에게 걸려오는 동료 청소부들의 전화까지 몹시 탐탁잖아했다. 어머니는 아버지와 직접 대화를 나누지 않은 지 오래였다. 아버지에게 걸려온 전화를 받으면 어머니는, 아버지가 아무리 가까운 곳에 있어도 직접 전화를 건네는 법이 없이 수화기만 툭 전화 받침대에 내려놓곤 허공을 향해 소리를 질렀다.

"옥아, 느이 아부지 전화받으래라."

우리의 형편은 점점 나빠져서 아파트의 크기는 콩꼬투리만했다. 그러니 그 좁은 공간에서 내가 따로 메신저 역할을 할 필요는 없었다. 나도 몇 번 아버지에게 걸려온 전화를 받은 적이 있었는데 상대편 남자는 예외 없이 항상 혀가 꼬부라져 있었다.

"여보세요, 거기 손씨, 손씨네 집이죠?"

어머니를 치 떨리게 하는 그 천하고 야비한 목소리가 아버지에게는 기다리고 기다리던 구원의 목소리였다. 아버지는 주인이 싫어하는 짓을 저지르고 만 개처럼, 그러나 기쁨을 숨기지 못하고 꼬리를 흔드는 죄가 더 큰 줄 모르는 고집스럽고 아둔한 개처럼 희색이 만면하여 전화를 받곤 했다.

"아, 조장이요?"

목소리만큼이나 추접스럽게 생겼을 것이 분명한 그 청소부 조장은 항상 아버지를 유혹해 술을 먹이는 사람으로 되어 있었다. 아버지는 조장의 전화를 받고 외출 준비를 했다. 한 번도 만난 적 없는 청소부 조장에 대해 지독한 원한을 품고 있는 어머니에게 아버지의 외출은 심야의 주정을 상기시켰다. 첫째 이모의 말대로 술 취한 개가 되기 위해 아버지는 온갖 구박을 감수하면서 기쁘게 외출 준비를 서둘렀다. 나 다녀오리다 혹은 아부지 다녀오꾸마 하는 인사말은 언제나 흘기는 눈초리와 미어다붙이는 문소리로 이어졌다. 그렇지만 아버지는 꿋꿋했다. 실직 기간 동안 천장을 보며 단단히 도를 닦은 게 틀림없었다. 아버지는 처음에는 식구들이 자신에게 부여한 자리, 가장 비천한 그 자리에 앉는 것을 거부했지만 늙고 털 빠진 짐승처럼 지내는 팔 년 동안 자연스럽게 그 자리에 길들어갔다.

아버지가 시민공원에서 일을 하게 된 후 그나마 나아진 것은, 집에 버티고 있는 일이 없이 매일 출근을 한다는 점과 광란에 이르도록 폭음하는 일이 줄었다는 점이었다. 요리사를 자처해왔던 아버지는 수중에 돈이 몇 푼 생기자 시장에서 직접 장 보는 일에 재미를 붙였다. 채식주의자인 어머니는 아버지나 내게도 채식을 강요할뿐더러 채소가 아닌 반찬은 하나도 만들지 않게 된 지가 몇 년인지 몰랐다. 아버지에게는 어머니의 멸시나 구박보다도 더 괴로운 것이 금욕적인 식탁이었다.

한동안 아버지는 어머니를 위해 여러 가지 채소를 사오기도 했지만, 아버지의 손이 탄 물건이라면 질색을 하는 어머니는 아버지가 사들고 온 나물이나 생미역, 버섯 따위를 반드시 트집잡았고 썩든 말든 요리 재료로 쓸 생각을 전혀 하지 않았으므로, 호의를 곡해당한 남편이 의당 그렇듯 아버지는 광분하여 아예 채소를 사는 걸 관둬버렸다. 아버지는 월급을 타면 한 달 밑반찬거리를 사서 간장에 조리거나 양념고추장에 얼큰하게 볶아놓았고, 돼지고기 두어 근과 소고기 약간은 냉동실에 넣어두었다가 고기 굽는 냄새를 질색하는 어머니가 절에서 밤샘하는 날을 골라 야금야금 구워먹었다. 그리고 닭 뼈 몇 개를 집어넣어 치킨수프를 끓이기 위해서 닭 한 마리를 사는 것도 잊지 않았다.

오호라, 치킨수프……

나는 둥지에서 몸을 일으킨다. 젖은 방에서의 마지막 축제를 위해 나는 장을 보러 나선다.

*

    시장 초입에 있는 좌판 앞에서 나는 멈춰 선다. 중년의 남자와 열 살 남짓한 딸아이가 나란히 크고 작은 도마를 차지하고 있다. 닭집 남자는 늙어서 어떻게 되고 닭집 아이는 커서 어떻게 될까? 아이가 꼼지락거리며 속을 훑어낸 영계 한 마리를 사면서 나는 악담을 하듯 그들 위로 아버지와 나의 관계를 투사한다.

    옛날 옛적에 왕이 왕비 없이 외롭게 살고 있었다고 가정해보자. 왕에게는 딸이 있었다. 왕은 온갖 정성을 다해 딸을 길렀다. 왕은 딸을 사랑했고 딸도 왕을 사랑했다. 그러나 사악한 유모나 이모 혹은 계모 따위가 왕과 공주 사이에 끼어들어 부녀간을 갈라놓는다. 꾐에 빠진 공주는 점점 아버지를 멀리하고 남부끄러운 짓을 꺼리지 않게 되고 악습에 발을 들여놓기를 서슴지 않는다. 늙고 소심한 왕은 딸의 앞날과 행복을 걱정하여 유모 또는 그 밖의 악녀들로부터 딸을 떼어놓기를 원하지만, 딸은 그녀들을 멀리하기는커녕 부화뇌동하여 아버지를 비웃고 능멸한다. 딸을 사랑한 나머지 딸의 욕망에 강력히 개입하지 못한 선량하고 유약한 왕은 심한 마음의 병을 앓게 된다. 행복했던 왕국은 폐허가 되고 끝내 병을 이기지 못한 왕은 시름 속에 죽는다. 왕이 죽고 나서 공주는 모든 것을 깨닫는다……

    봄볕이 제법 따갑다. 나는 닭 봉지를 들고 땀을 흘리며 비탈길을 오른다. 마지막 언덕바지를 정복한 나는 가슴이 터질 듯 아프다. 내가 이 년 동안 세 들어 살던 방, 젖은 무대가 보인다. 문제는 여기서 출발한다. 공주는 과연 무엇을 깨닫게 되는가?

고전 비극의 관점에서 대단원의 막을 내리자면 공주는 왕이 죽은 후 자신의 죄를 깊이 뉘우쳐야 마땅할 것이다. 공주는 악독한 여자들의 무리를 단칼에 처치하여 아버지의 원수를 갚은 다음 죄의식에 못 이겨 제 눈을 찌르거나 제 발등을 찍거나 하리라. 고전적인 비극은 선악 이분법에 의한 윤리적 단죄로 막을 내린다.

아아, 그러나 오돌토돌 유리문을 열고 무대로 들어서는 나는 좀 더 전위적인 효성을 연기하고 싶다. 『잃어버린 시간을 찾아서』는 부친상을 당한 딸의 깨달음에 대해 전혀 다른 판본을 제시한다. 무명의 음악가였던 뱅퇴유 씨, 애오라지 외동딸을 기르는 데만 전념했던 그가 죽은 직후, 고인의 애정을 한몸에 받았던 딸 뱅퇴유 양은 상복을 입은 채 방 한가운데 새치름히 앉아 있다……

나는 봉지에서 영계를 꺼내 깨끗이 씻어 냄비에 안친다. 일주일 전에 샀던 냄비는 역시 쓸모가 있어서 영계가 담쏙 안긴다. 나는 닭을 냄비에 넣어 물을 붓고 마늘을 한줌 넣는다. 닭이 끓기 시작하면서 닭 특유의 노린내와 마늘이 익는 냄새가 눅눅한 공기를 타고 퍼진다. 나는 불을 줄이고 오래오래 닭을 삶는다.

아버지를 깍듯이 대접하던 시절, 어머니는 닭 한 마리를 폭 고아서 닭다리 두 개를 쟁반에 담아 아버지에게 가져왔다. 어머니가 삶은 닭다리를 쟁반에 받쳐 가져오는 모양은 실로 거안제미식이었다. 남은 닭살은 발라내어 찹쌀을 넣고 끓여 닭죽을 만들었다. 그때 아버지 무릎에 앉은 나는 아비 없이 사는 외사촌들의 피눈물을 자아내며 아버지가 발라준 닭고기 살을 옴싹옴싹 받아먹었다. 아버지는 내 입에 닭살을 넣어주며 어머니에게 꼭 이런 주문을 달았다.

"닭 뼈다구 몇 개는 한데 옇고 끓이야 진짜 치킨습이 되는 기라."

나도 살을 발라낸 닭 뼈와 불린 찹쌀을 냄비에 넣고 다시 끓인다. 냄비의 물이 살짝 넘치면서 지직거리는 마차 바퀴 소리를 낸다. 우리 막냉이 또 뭐 잡숫구 싶나, 하고 묻는 아버지의 목소리. 그 무궁무진한 권력을 향유하던 내 귓가에 뱅퇴유 양의 여자 가정교사가 마차에서 내리는 소리가 들려온다. 나도, 뱅퇴유 양도 화들짝 놀란다. 이제 현대판 심청전이 시작된 것이다.

이 가정교사로 말하자면 뱅퇴유 양의 연애 상대로서, 딸과 음악밖에 모르는 소심했던 뱅퇴유 씨의 근심과 불안의 원천이었으며, 심지어 뱅퇴유 씨가 괴로움을 견디지 못해 세상을 떠나도록 만든 장본인이기도 하다. 뱅퇴유 양은 아버지의 고통을 알면서도 가정교사와 동성애적 쾌락에 빠져들었다. 그러나 그녀는 아버지를 닮아 선량하고 소심한 인간이었기 때문에 일부러 악한의 탈을 뒤집어쓰지 않고서는 동성애적 쾌락에 빠질 수 없었다. 나는 닭살을 소금에 찍어 먹으며 둥지에 기대앉아 악한의 탈을 쓰고 동성애를 연기하는 뱅퇴유 양을 지켜본다.

탈춤을 추는 사람은 고개를 십오 도 각도로 수그리고 춤을 춘다고 한다. 그렇게 하는 까닭은 춤판 주변에 피워놓은 모닥불의 불빛이 춤꾼의 탈을 가장 잘 비추도록 하기 위해서이다. 모닥불 빛에 반사된 탈은 생생하고 아름답게 번득인다. 뱅퇴유 양에게 있어 그 불빛은 아버지였다. 천성적으로 소심하고 착한 그녀가 악녀임을 가장하고자 할 때, 아버지를 깊이 사랑했던 그녀에게는 아버지에 대한 배신이야말로 최대의 악행으로 여겨졌다. 그녀가 쓴 위악적인 탈을 가장 그럴듯하게 비추는 조명은 아버지를 배신한다는 관념의 불빛이었다.

아버지가 살아 있을 때 뱅퇴유 양은 아버지를 배신한다는 악독한 이미지를 뒤집어쓰고 쾌락에 빠져들었다. 그러나 이제 아버지가 죽었으니, 모닥불이 꺼졌으니, 춤판이 끝나버렸으니 그녀는 더 이상 가정교사와 쾌락을 나눌 수 없게 되는 것이 아닐까? 아니다. 오히려 그녀는 이전보다 훨씬 새롭고 충격적인 춤판을 짜맞춰 보여준다. 지금 젖은 무대에서 상연중인 '소파 위의 장난'이 그 춤판의 핵심이다.

가정교사가 들어오는 소리를 듣고 뱅퇴유 양은 멀리 피아노 위에 있던 아버지의 사진을 허둥지둥 소파 가까이에 가져다놓는다. 가정교사가 방에 들어오자 그녀는 은근한 유혹의 분위기를 조성한다. 가정교사가 그녀 상복의 젖가슴 트임새에 갑작스런 입맞춤을 하는 것을 신호로 둘은 소란스레 소파를 둘러싸고 돌며 희롱을 시작한다. 바로 코앞에 고인의 사진이 놓여 있음은 물론이다. 그러나 안타깝게도 가정교사가 고인의 사진을 발견하지 못하자 뱅퇴유 양은 성가시다는 듯 아버지의 사진을 가리켜 보이며 그 사진이 자신들을 지켜보고 있다고 상대방에게 일러준다. 그 말에 가정교사는 고인의 사진을 힐끔 쳐다보곤 고인을 일컬어 잔나비 같은 놈팡이라느니 흉악한 영감이라느니 하며 입에 담지 못할 욕설을 퍼붓는다. 그러곤 뱅퇴유 양에게 귓속말을 속삭인다. 그녀는 가정교사의 속삭임에 부르르 전율한다. 그 전율은 간절한 욕망에서 나온 것이다. 그녀는 그 속삭임이 그대로 실현되기를 원하지만, 아버지를 닮아 소심한 까닭에 자기의 욕망을 솔직히 드러내기보다 그 반대를 표현하는 버릇으로 "못할 거야!"라고 가정교사를 만류하는 시늉을 한다. 가정교사는 코웃음을 치며 웃는다.

"내가 못할 거라고? 이 사진 위에 침 뱉는 걸 말야?"

살아 있는 아버지를 배신하는 것보다 더 끔찍한 악덕은 이미 고인이 된 아버지를 배신하는 것이다. 가일층 심화된 악덕의 빛이 뱅퇴유 양이 뒤집어쓴 악한의 탈을 유사 이래 가장 찬란한 것으로 만든다. 그녀의 탈이 아름다운 것은 죽은 아버지를 모욕하는 것이야말로 세상에서 가장 악독한 짓이라는 걸, 그녀가 한 점 회의 없이 확신하고 있기 때문이다.

고전 비극에서와 달리 뱅퇴유 양에게서 효심과 행위는 반대 방향으로 질주한다. 아버지의 사진을 조만간 가정교사와 희롱하고 장난을 치게 될 바로 그 자리에 일부러 놓아두는 뱅퇴유 양. 그녀가 진심으로 고인을 사랑하는 방식은 고인에게 깊은 괴로움을 주는 것이다. 그렇게 함으로써 그녀는 자신이 부친에게 저지른 행위가 인류 최대의 악덕임을 당당히 선포한다. 아버지의 원수를 갚는 방식은 원수로 하여금 아버지의 사진에 침 뱉게 하는 것, 아버지를 모욕하게 하는 것이다. 아버지 없이는 쾌락도 없다. 죽은 아버지를 무덤에서 불러일으켜 자신의 동성애적 행각을 계속 지켜보게 하는 것, 그 와중에서 고통받고 모욕당하는 아버지를 상상하는 것, 아버지를 쾌락의 중심에 놓는 것, 이것이 바로 부친상을 당한 딸 뱅퇴유 양의 화끈한 애정 표현이며 그녀의 탈이 영원불멸하는 이유이다.

닭다리를 뜯다 말고 나는 둥지에서 벌떡 일어나 뱅퇴유 양의 효심에 경의를 표한다. 그녀의 행동이 잔혹할수록 효성은 깊디깊다. 효성지극과 불효막심의 심연을 목숨걸고 재주넘는 뱅퇴유 양의 사디즘은, 세상의 모든 딸들에게 그 짓을 빨리 실행해보고픈 유혹, 한시바삐 그 불가능한 도약을 실현하는 주체가 되고픈 유혹을 선사한다. 그리고 파랑새 신화의 주역인 나 꼭지 또한 세상의 모든 딸들 중 하나이다.

*

아버지는 어머니에겐 돈을 한푼도 주지 않았지만 내게는 매달 용돈을 주었다. 청소부의 월급은 그리 많은 편이 아니어서 한 달 치 찬거리를 사고 담뱃값과 교통비를 빼고 나면 남는 것은 아버지의 술값으로도 그리 충분한 편이 아니었다. 취직을 했으니 앞으로 막냉이 용돈은 내가 주겠노라는 아버지의 호언장담을 나는 조금도 신뢰하지 않았다. 아버지가 정작 첫 급료 중에서 빠닥빠닥한 만원짜리 지폐 다섯 장을 골라 내밀었을 때 나는 질겁하여 사양했다. 아버지는 거절당할까봐 두려워 벌벌 떠는 심약함을 엄한 표정과 귀청 떨어지는 고함으로 감추었다.

"이거 아부지가 번 돈이야! 아부지가 벌어서 우리 막냉이 용돈 주는 거야!"

나는 그 등등한 기세에 눌려 꼬박꼬박 용돈을 받아 챙겼다. 그렇지 않아도 나는 악착같이 돈을 모으는 중이었다.

아버지는 격일제 음주를 즐기는 편이어서 한 달의 반 정도는 귀가가 늦었고 귓길 보폭이 불규칙했다. 얼근하게 취한 아버지가 아파트 현관문을 따는 데는 시간이 좀 걸렸다. 장 본 비닐봉지들이 부스럭거리는 소리가 났고 열쇠가 문고리에 잘 꽂히지 않아 오래도록 달그락거렸다. 어머니는 안방 문을 빼꼼 열고 문틈으로 술이 올라 연신 헉헉대는 아버지와 시장에 들러 뭔가 육곳간 물건들을 담아왔음직한 그 봉지들을 빠르게 치훑고 내리훑은 다음 아버지의 숨통을 틀어막듯 문을 꽉 닫아버렸다.

"뭐야? 응? 못써, 그러면! 도대체 왜 그러는 거야?"

아버지는 못마땅하게 중얼거리고 나서 거의 하루도 거른 적이 없는 고전적인 대사를 낭송하기 시작했다.

"이년들, 이 나쁜 년들아! 나 손재우 안 죽었다, 아직!"

물건들을 주섬주섬 챙기는 아버지의 손이 떨리면서 고깃근이 툭툭 봉지에서 쏟아져나왔다. 아버지는 냉동실에 고기를 넣고, 냉장실에 밑반찬거리를 넣고, 양념들은 봉지째 부엌 벽에 걸었다. 아버지는 계속 욕을 했지만 꼬리에 꼬리를 물고 이어지는 그 욕들은 아무 의미도 없었다. 안방 문이 다시 열렸다가 꽉 닫혔다. 그 사이로 깊은 동굴에서 울려오는 듯 한숨 같기도 하고 신음 같기도 한 어머니의 낮은 외침이 들렸다. 불자를 자처하는 어머니는 쉬지 않고 천수경이나 관음경을 외워댔고, 아버지는 욕의 최면에 걸린 상태로 같은 말을 반복했다.

"이년들아, 이 나쁜 년들아! 나 손재우 아직 안 죽었다 말이야! 이년들, 이 죽일 년들! 나, 손재우, 안 죽었다, 아직!"

몇 개의 어휘가 유령처럼 아버지를 사로잡았고, 안방에서는 낮게 가르랑거리는 어머니의 독송이 들렸다. 아버지와 어머니의 서로 다른 웅얼거림은 좁은 아파트 안을 가득 채우고 있는 기분 나쁜 정적을 더욱 절감하게 했다. 삼십 분쯤 지나면 아파트 안은 조용해졌다. 어느 쪽이 먼저 그쳤는지 몰라도 아버지는 마루에서, 어머니는 안방에서 각자 서로를 미워하면서 잠들었다. 나도 뒤질세라 내 방에서 그들을 미워하면서 잠들었다.

이 년 전 나는 최소한의 방값을 마련하여 젖은 방으로 이사를 나왔다. 이사한 후에도 아버지가 계속 용돈을 주겠다고 우겼기 때문에 나는 한 달에 한 번씩은 용돈을 받으러 아파트로 찾아가곤 했다. 나를 보면 어머니는 한 달 동안 참고 참았던 아버지에 대한 불만을 장황하게 늘어놓았다. 아버지는 집안에 여자라곤 어머니 한 사람밖에 없다는 걸 아는지 모르는지 여전히 '이년들아'라는 복수형 호칭을 고집하고 있다는 것이었다. 게다가 아버지는 점점 청소부 일을 부끄러워하지 않게 되었고, 어머니는 이런 아버지 때문에 약이 바짝 올라 있었다.

용돈을 받으러 간 나는 아버지 앞에 다소곳이 앉았다. 그러면 아버지는 아버지대로 청소부 일에 대한 이야기를 들려주고 싶어 안달이 났다. 나는 용돈 받은 값을 하느라고 잠자코 아버지 얘기에 귀를 기울였다. 직업소개소 직원이 절대로 나 같은 위인에게 맡겨질 리 만무하다고 주장했던 그 일의 실체는 듣고 보니 별게 아니었다. 출근 시간이 빠른 편이라 아버지는 주로 아침식사를 거른다고 했다. 내가 의례적인 걱정을 내비치면 아버지는 신이 나서 한도 끝도 없이 이야기를 풀어놓았다.

"아부지가 말이다, 여서 40번 빼수 첫차를 탄다 이 말이제. 거

도착하면 다섯시도 안 댔어. 빼수에서 내리가 바로 공원을 쭉 한 바쿠 돌제. 한 바쿠 돌고 나문 딱 매점이 문 여는 시간이라. 매점 아아가 아부지 코피 좋아하는 거 알고 딱 고 시간 맞차가 코피 한 잔 주제. 고때 코피 한잔하는 기라."

커피가 무슨 아침이 되느냐고 내가 구시렁대면 아버지는 그게 아니라고 급하게 팔을 내저었다.

"무신 소리! 코피가 아침이 아이라! 거 공원 안에 드가문 일하는 사람들 방이 따로 있어가 거서 한 여덟시 쪼매 넘으문 라면을 낋여. 아부지가 또 요리사 아이가? 파도 썰어 옇고 계란도 풀어 옇고 얼큰하게 라면전골을 낋이가 고걸 딱 아침으로 먹는 기라."

아버지가 한사코 라면전골이라고 우기는 그 불어터진 라면발을 먹을 청소부 조장을 떠올리고 나는 고소해서 웃음을 흘렸다. 소풍철이면 아버지는 피곤해서 술 마실 시간도 없다고 투덜댔다. 아버지는 특히 소풍 온 여학생들을 비난했는데, 한 번에 주우면 될 것을 수십 번 허리 굽혀 줍게끔 껌 종이며 광고지며 갈기갈기 가루로 만들어버리는 못된 것들이 대부분 여학생들이라는 이유 때문이었다. 휴지를 안 버리기로는 유치원생만한 귀여운 것들이 없다면서, 아직껏 손주 재미를 본 적이 없는 아버지는 고사리손으로 휴지를 주워 가방에 쏙쏙 담아가는 아기들을 아주 기특히 여겼다.

"이 아부지는 말다, 거 가면 아부지 푸댓자루가 딱 있어요. 씨레기 줏어가 담는 푸대제. 아부지는 고 푸대에다가 딱 멋있구로, 진

인사대천명, 이래 한문으로다 써났다 아이가? 거 아지매들이 아부지보고 머라 카는지 아나? 멋째이 아저씨라 칸다, 멋째이 아저씨."

어머니는 외가 쪽 친척들에게 아버지가 청소부 일을 한다는 걸 알리지 않았기 때문에 아버지가 이렇게 아무데서나 부끄러운 줄 모르고 자기 일을 떠벌리는 걸 질색했다. 그러나 아버지는 청소부 일을 숨기기는커녕 어머니조차도 마지못해 인정하고 마는 그 멋진 필체로 '盡人事待天命'이란 글귀를 보란듯이 쓰레기 포대에 써넣었다.

*

용돈을 받아 젖은 방으로 돌아오던 어느 저녁 나는 하숙촌 거리에서 우연히 수진을 만났다. 거리 한복판에는 취한 젊은이들이 동그랗게 둘러서서 주먹을 휘두르며 노래를 부르고 있었고 술집 계단에 걸터앉은 남녀 두어 쌍은 다정하고 진지한 이야기를 속닥이고 있었다. 수진과 나는 예전에 가끔 들르던 작은 카페를 찾기 위해 골목을 돌았다. 골목 어귀에서 남보다 먼저 취해 몸을 가누지 못하는 남학생이 친구들의 부축을 받으며 비틀거리고 서서 심하게 토하고 있었다. 우리는 지하에 있는 카페에서 머그잔에 나온 커피를 마셨다.

"언제 나온 거야?"

나는 수진이 모종의 조직 사건에 연루되어 들어갔다는 소식을 들은 적이 있었다.

"어, 그때 금방 나왔다."

수진은 귀찮다는 듯이 짧게 대답하고 커피를 후루룩 마셨다. 거칠고 나이 먹은 티가 나는 수진의 얼굴은, 눈 주변이 뭔가를 지독하게 경멸하는 사람처럼 신경질적으로 굳어 있어 오히려 자조적으로 보였다. 나는 서먹한 마음으로 담배를 피웠다.

"어디 가는 길이었어?"

"오랜만에 노래패 사람들 만나갖고 이차 가는 길이다."

"노래패 사람들?"

"음."

우리는 서로 시선을 피한 채 침묵을 지켰다. 수진이 커피를 홀쩍 다 마시는 바람에 나도 빨리 마시고 일어서야겠다고 생각하는데 수진이 담배에 불을 붙여 물더니 뚱딴지같은 질문을 던졌다.

"미옥이 니, 옛날에 내 지지 연설 했던 거 생각나나?"

"지지 연설?"

"1학년 2학기 때 안 있나?"

수진이 내 얼굴을 빤히 보았다.

"아아, 그때."

내가 그 사건을 기억해내자 수진은 윗니로 아랫입술을 덮어 누르면서 키키키 웃었다. 그 표정은 왠지 금세 울음을 터뜨릴 것처럼 묘하게 보였다. 그렇게 보아선지 수진의 눈가가 불그레해졌다. 나로서는 그 일을 잊으려야 잊을 수가 없었다.

1학년 2학기, 여름 농활이 끝나고 씩씩한 여학생이 되기를 갈망했던 나는 신입생 부대표로 출마한 수진의 지지 연설을 기꺼이 떠맡았다. 노래패에 가입해 있던 수진은 누구나 찬탄해 마지않는 기막힌 목소리를 가지고 있었다. 나는 수진의 그런 특징을 십분 홍보하기로 했다. 상대편 후보가 여성운동을 들고나오는 데 대한 반격으로 우리측에서는 문화운동으로 밀어붙일 작정이었다. 허식적인 찬사로 일관하는 연설문을 쓰다 좀 무료해진 나는 조금 장난을 치기로 했다. 조직 연구실의 진지한 보고서나 발표문에 장난치는 버릇도 아마 이때부터 시작된 것이리라. 나는 '정수진 후보의 성대를 우리 과 천혜의 문화 자원으로 여기고 아낌없이 밀어주자' 어쩌고 하는 대목에서 '성대'를 '성기'로 발음했다가 말실수였다는 듯이 정정하는 해프닝을 기획했다. 선거 관리를 맡은 친구가 질겁하는 반응을 보였지만 우리측에서는 그대로 밀어붙이기로 했다. 그런 정도의 장난쯤 가볍게 칠 수 있다는 자신감이 나를 부채질했다. 나는 지지 연설을 하기 전에, 지지 연설문을 수정하라는 선관위의 협박에도 불구하고 의연히 그대로 연설을 하겠노라고 비장하게 말하여 영문을 모르는 많은 학우들의 박수를 받기까지 했다. 그런데 문제는 정작 장난칠 대목에 이르러서 발생했다.

"우리 모두 정수진 후보의 성기를……"

여기까지 읽고 나서 나는 청중들의 반응을 잠시 기다렸다가 "아니, 성대를……" 하며 가볍게 치고 나갈 생각이었다. 그런데 나는 '성기'를 발음하면서 몹시 당황했다. 글로 썼을 때는 간단히 교체 가능한 것으로 보였던 성기/성대의 말장난이 실제로 발음되었을 때는 엄청난 착오, 도저히 정정될 수 없는 착오로 여겨졌다. '정수진 후보의 성기'와 '정수진 후보의 성대'는 결코 발음상 한끗 차이가 아니었다. 나는 그것을 발음하는 순간에야 깨달았다. '성기'라는 발음은 '서엉기'라는 식으로 이상스럽고도 질척하게 장음화되면서 내게 끔찍스런 즉물감을 불러일으켰다. 나는 당황한 나머지 청중들에게 웃을 기회도 주지 않고 기어들어가는 목소리로 허둥지둥 연설문을 읽어내려갔다.

"아니, 성대를 우리 과 천혜의 문화 자원으로……"

내가 이 장난을 통해 기대했던 바는 청중이 일제히 까르르 웃고 넘어가는 것이었다. 그러나 성적인 농담을 수진처럼 자연스럽게 소화할 수 있으리라는 자신감과 말과 글의 차이를 고려하지 못했던 경솔, 그것을 수습하지 못한 내 허둥거림은 예상 밖의 망측한 결과를 낳았다. 우선 앞자리에 앉은 학생들 몇몇이 킬킬대고 웃자, 그 꼬리를 물고 뭐랬느냐는 물음, 못 들었다는 웅성거림이 퍼지고, 앞자리에서 돌아보며 성기랬어, 하고 일러주고, 이상하게 퍼지는 키득거림 뒤로 다시 뭐랬냐는 물음과, 성대를 성기라고 했다는 대답과, 뭐라 그랬다고? 성기래잖아, 성기라고? 세상에, 어머 어머, 너무했군, 하는 탄식 들이 줄을 이었다. 급박하게 읽어내려 가는 내 연설문 따위에는 아무도 관심을 두지 않았다. 장내는 뒤늦 게 비난 어린 외침과 기분 나쁜 웃음으로 가득찼다. 수진은 낙선했 고 나는 다시는 공공연한 자리에서 성에 관한 장난말을 입에 올리 지 않으리라 결심했었다. 그래서 연구실 서류에도 오직 글로만, 문 자로만 장난을 쳤던 것이다.

"생각만 해도 너무 웃겨서 눈물이 다 난다, 미옥아."

수진은 눈가에 번진 눈물을 문질러 닦았다. 나는 잠시, 수진을 처음 보았을 때 그녀가 학사 주점 골방에서 손바닥이 새빨갛게 되 도록 엄지손톱으로 사정없이 손바닥에 홈을 파던 모습을 상기했 다. 그때 수진은 정말로 피를 흘렸던 것일까. 내가 술에 취해 잘못 본 것이겠지만 어쩌면 진실이란 그다지 중요한 잣대가 아닐지 모 른다. 어쨌거나 수진은 나무 십자가에 매달린 기독처럼 자기 손바 닥에 상처의 못을 박아 넣었던 것이고, 조직 사건으로 들어갔다가 금방 풀려났다는 그녀가 지금 아랫입술을 윗니로 덮어 누르며 오 열하듯 웃는 것, 눈물까지 흘리며 웃는 것 역시도 그때처럼 숨길 수 없는 상처를 받고 있다는 표시였다. 수진의 얼굴 뒤편에 드리운 침울한 죄의식을 읽고 내가 얼른 고개를 돌리는데 수진의 경쾌한 목소리가 들려왔다.

"오늘도 나 노래 시킬 때 그러더라."

"뭐라고?"

"성기가 괜찮은지 어떤지 함 확인해보자고."

"으으……"

수진과 나는 한바탕 웃었다. 마지막 웃음으로 인해 우리는 약간은 홀가분하게 카페를 나올 수 있었다. 악수를 하면서 수진은 깜빡 잊을 뻔했다는 듯이 내 손을 꼭 붙잡고 흔들었다.

"근데 미옥아, 나는 전혀 몰랐다."

"뭘?"

"니랑 한영이랑 찢어졌다는 거."

수진의 입에서 전혀 예상치 못했던 말이 튀어나오는 바람에 나는 몹시 당황했다.

"아, 그거? 한참 된 일인데. 일 년쯤, 아니 일 년도 넘었는데……"

"그랬나? 난 전혀 몰랐다."

"벌써 결혼했을걸."

"지난달에 했다더라."

"지난달에?"

"음, 나도 얼마 전에 들었다."

"왜 그렇게 늦게 했지? 난 오래전에 했을 줄 알았는데."

"그동안 미혜네서 되게 반대했나보더라. 어째 모양이 그래 됐나?"

"그러게……"

그러게…… 최악의 예감은 항상 적중한다. 나는 수진의 입을 통해 한영의 결혼이 늦어진 사연뿐만 아니라 내가 그토록 알고 싶어했던 결혼 상대까지를 동시에 알아냈다. 나는 수진과 헤어져 젖은 방으로 향하는 언덕길을 오르면서 결혼 상대가 누구냐고 묻는 나에게 끝까지 대답을 해주지 않고 버텨낸 종태와 한영에게 새삼 극진한 고마움을 느꼈다. 그때 나는 칼을 갖고 놀겠다고 안달하는 어린애처럼 불길한 사태를 한시라도 빨리 확인하려고 미친듯이 날뛰었다. 그럴수록 내게는 시간이 필요하다는 것, 그것만이 상처를 줄이는 길이라는 걸 그들, 나의 오래된 친구들은 알고 있었다.

  나는 담배를 피우며 마지막으로 버려야 할 것들을 해치우기로 한다. 이삿짐센터 계약서가 든 책상 서랍을 열고 분홍색 꽃핀과 커다란 봉투를 꺼낸다. 봉투 속에는 한영이 보낸 칠십 통가량의 편지들이 노끈에 꽁꽁 묶인 채 들어 있다. 이 년 전 나는 이것들을 차마 버리지 못하고 이 젖은 방까지 옮겨왔다. 나는 노끈을 푼다. 곰팡이로 얼룩진 편지들은 서로 떼어지지 않는다. 나는 뭉쳐진 편지 묶음을 그대로 빈 박스에 담고 꽃핀을 그 옆에 놓는다. 한영과 얽힌 모든 것들이 젖고 녹슬고 곰팡이가 피었다. 내가 차마 정리하지 못한 것들을 젖은 방이 정리해준 셈이다. 젖은 방이 내게 조용히 일깨운다. 이것은 추억이 아니라 볼모였음을, 이것을 간직한 내 의도는 삼 년의 연애를 볼모로 한영의 신부에게 뒤늦게나마 복수하려던 구슬프고 끈질긴 집착이었음을.

외부의 압력이 내부의 불신으로 전화되면서 분열이 시작되었다. 내가 참여하고 있던 조직은 크게 분열될 조짐을 보이더니 마침내 삼분의 일가량의 성원이 중앙위원회의 결정에 따라 제명되었다. 종태와 나도 제명된 일부에 속했다. 중앙의 결정서에 따르면 제명의 사유는 우리측이 조직 내에 아나키적 관념을 유포시키고 조직 파괴적 공작을 획책했다는 것으로 요약되었다. 특히 우리 중 일부는 타 정파의 프락치였다는 의혹까지 받고 있었다.

분열의 원인은 그 당시 생각했던 것처럼 중대한 노선의 차이에서 비롯된 건 아니었다. 그렇다고 해서 사후적으로 정리된 의견처럼 사소한 오해나 소통의 부족에서 생겨난 것도 아니었다. 분열은 마치 함께 걸어가고 있다고 믿었던 두 남녀가 자신들이 급속도로 균열하기 시작한 지층 위에 서 있다는 걸 돌연 깨닫게 된 순간의 본능, 그 순간의 판단 불능과도 같이 시작되었다. 이미 둘 사이에 찬찬히 깨어진 금이 있었다는 것, 그러나 그 균열이 어떤 외부적 촉진으로 인해 급속히 벌어졌다는 것, 그렇게 삽시간에 심연처럼 벌어진 간극을 사이에 두고 어느 쪽도 상대에게 손 내밀거나 상대편을 향해 목숨건 도약을 하지 않았다는 것, 이것이 조직 분열의 내막이었다. 어느 쪽도 비난받을 만한 짓을 한 것은 아니었다. 그렇게 흔들리도록 서로 꼭 부둥켜안지 않고 무엇을 했느냐, 천하

없어도 양측이 일심동체이기만 했더라면 조직이 왜 깨졌겠느냐고 순진무구하게 물을 수 있는 사람은 아무도 없었다. 깨지든 깨지지 않든, 조직이 더이상 그렇게 중요한 문제가 아니게 되었다.

길게 끌던 분열의 과정이 드디어 소수파의 제명으로 마무리되던 그날 나는 제명된 소수파와 함께 시장통 술국집을 향해 가고 있었다. 항상 싸구려 과일이나 날야채 따위의 빈약한 안주로 소주를 마시며 시장 입구를 지키던 백발의 노인과 사십대 사내가 그날따라 보이지 않았다. 몇 발짝만 들어서면 돼지머리 냄새가 노릿하게 풍겨올 그 골목 입구에 낯익은 여인 하나가 아이를 업고 서 있었다. 누구지? 하는 의문이 끝나기도 전에 내 입에서 아! 하는 감탄이 터져나왔다. 거의 십팔 년 만의 해후였지만 나는 민자를 알아보았고 민자도 나를 알아보았다. 아기를 업은 민자는 뚱뚱하고 못생긴 어린 날의 모습 그대로였다. 내가 민자에게 하나도 변하지 않았다고 말하자 민자는 펄쩍 뛰었다.

"어머, 나 지금 너무 살찐 거야. 셋째 낳고 나서 막 찌는 거 있지? 너야말로 하나도 안 변했다."

아무리 같은 계열에 속하고 싶지 않아도 나나 민자나 별로 변하지 않는 스타일의 인간이긴 했다. 나는 민자 등에 업힌 민자의 분신 같은 아기를 예의상 살짝 건드려주고 작별할 준비를 했다. 그날은 이래저래 심란한 날이었다. 그러나 민자는 의외로 할말이 많은 듯 나를 놓아주지 않았다.

"이게 얼마 만인데 그냥 헤어질 수가 있니? 근데 너 애들 소식 좀 아니?"

"잘 모르는데."

내 대답에 민자가 대뜸 물었다.

"윤아는 알지? 눈 동그랗고 피부 하얗던 애."

"아, 석윤아?"

"그래, 석윤아! 걔 옛날에 텔레비전에도 나왔었잖니? 어머, 그 것도 몰라? 그게 언제 적 얘긴데! 너 어쩌면 그러니? 내가 그렇게 연락을 해도 반창회 한번 안 나오고 그러더니 아주 깜깜이구나. 윤 아 걔 탤런트 잠깐 했었어. 민윤아라는 가명으로. 걔가 이름은 예 뻐도 성은 별로잖니?"

난 웃었다. 성은 별로야, 별로! 라고 떠들던 민자네 무리의 떠들 썩한 복창이 귀에 들리는 듯했다.

"윤아 걔, 지금은 일본에 있다더라. 거기서 활동한다나봐. 기집 애가 왜 예쁘게 생겼잖니?"

"그래, 예뻤지."

나는 러닝도 입지 않고 철봉대에 매달려 동그랗고 뽀얀 젖가 슴을 드러낸 채 멘스니 키스니 하는 말을 종알대던 윤아를 떠올 렸다.

"그럼 너 박해수도 기억 안 나니? 우리 반 반장이었던 애. 너랑 친했었잖아? 걔가 자살한 것도 모르겠네."

나는 숨을 헉 들이쉬었다.

"해수가 왜? 언제?"

내가 관심을 보이자 민자는 말을 늘이며 늑장을 부렸다.

"어머, 얘, 그거 아주 오래된 얘긴데……"

"……"

"음…… 한 오륙 년 됐나?"

"왜 자살했는데?"

"한강에 뛰어들었대."

"왜?"

"뭐 말하자면 복잡해. 해수 걔네 집이 쫄딱 망했다나 어쨌다나. 그래서 걔가 고등학교도 실업계를 갔잖니? 어머, 그것도 몰랐니? 결국 대학도 못 가고 공장에서 일했다지 아마."

"그랬구나. 그런데 왜……?"

민자는 아주 뽐내듯이 결론을 지었다.

"그러니까 이를테면 비관 자살 아니겠니?"

"비관 자살?"

"연애에 실패했다든지 뭐 그런 거 있잖아."

"연애?"

"해수 걔가 엄청 알로 까진 애 아니니? 너한테 막 키스도 하자 그러고 그랬잖아? 되게 밝히는 애니까……"

"너 해수 언제 봤어? 그 얘기 어디서 들었는데? 누가 그런 얘길

해?"

한영을 효칙한 내 집요한 탐문 방식에 민자는 의뭉스럽게 당황을 감추면서 자기도 아는 친구에게 들었다고, 그 친구는 해수하고 실업계 동창이고 교회에 같이 다녔던 친군데 해수가 자살해서 장례식에 다녀왔다고 했으니 죽은 건 확실하다고 실토했다.

"근데 연애 얘긴 뭐야?"

"아니, 내가 왜 자살했냐고 물어보니까 걔가 하는 말이 뭐 말하기 복잡하다나 어쨌다나 그러더라고. 여자 나이 스물넷에 자살했다 그러면 뻔한 거 아니니? 보나마나 남자 문제지 뭐."

나는 민자의 추측에 공감할 수 없었고 공감하고 싶지도 않았다. 민자도 그런 눈치를 챘는지 업은 아이를 추썩이며 이렇게 덧붙였다.

"그리고 남자 문제 아니더라도 사는 게 힘들었겠지."

나는 민자의 이 쓸쓸한 결론을 받아들였다. 우리는 손을 흔들며 헤어졌다. 교회 의자에서 몸을 일으켜 〈우리 승리하리라〉를 부르던 해수의 턱선이 떠올랐다. 그때 그녀는 공장에서 일을 하고 있었다고 한다. 나는 나의 짧았던 공활을 생각했고 그동안 여드름에게서 단추 박는 법을 배우던 여위고 주름 많은 소녀를 생각했다. 해수가 죽었다니, 그렇게 슬픈 얼굴로, 뺨에는 눈물 같은 주근깨를 매달고 강에 뛰어들었다니 믿기지 않았다. 나는 어느새 어둑시레한 술국 골목으로 들어서 있었지만 돼지머리에서 풍기는 노란내가 조금도 거북살스럽지 않았다. 술국집에 들어서자 종태가 나를 붙들어 밖으로 끌어냈다. 종태는 눈물 자국이 남은 내 눈가를 물끄러미 들여다보았다.

"가자! 미옥아!"

"어딜? 나 오늘 술 좀 먹으려고 그러는데."

"그러면 안 돼."

"기분이 안 좋아. 술 좀 먹어야겠어."

"알아. 그렇지만 안 돼, 미옥아. 내가 데려다줄게 같이 가자."

"어딜?"

그제야 종태는 내가 정말 아무것도 모르고 있다는 걸 알아채고 난감한 표정이 되었다. 한영이 곧 결혼하리라는 소식을 내게 귀띔해주던 그때처럼 종태는 어쩔 줄 몰라 당황했다.

"미옥아, 아버님이 오늘 새벽에 교통사고를 당하셨단다."

종태는 내가 알고 있는 줄 알았다는 말을 어김없이 덧붙였다. 연구실에서 전화를 받은 상근자가 술국집으로 연락을 해와서 다들 내가 들어오길 기다리다 아마 병원으로 직접 갔나보다고 말들을 하고 있었다는 것이다. 나는 턱이 바르르 떨리는 게 신경에 거슬렸다.

"지금…… 지금은?"

"……"

신입생 시절처럼 여전히 주춤거리고 망설이는 버릇이 있는 종

태의 침묵을 견디면서 나는 노인들이 긴 턱수염을 쓰다듬듯 방정
맞게 까불리는 턱을 연신 쓰다듬었다. 나는 조만간 내 귀를 울려올
종태의 감미로운 음성을 기다렸다.

"그러니까…… 즉사하셨대."

*

드디어 나는 아버지와 나를 휘휘친친 감고 있던 질기고 천한 끈
에서 풀려났다. 장례를 마치고 나는 아파트로 함께 가자는 어머니
의 청을 뿌리치고 젖은 방으로 돌아왔다. 나는 젖은 방에서 모든
것을 마무리하고자 했다. 그 방법만이 젖은 방에서 한발 당당히 내
딛는 길이라고 생각했다. 부재의 존재 자리를 마련해줌으로써 내
삶에 부재하는 것들의 세계, 곧 죽음의 세계로 진입하고자 했다.
그러나 죽음을 육화하려는 노력, 삶에서 죽음에 이르는 한 뼘, 마
지막 한 발짝의 거리는 까마득한 벼랑 끝에서의 헛디딤이었다.

그날 나는 술을 마시고 비틀거리며 둥지에 올라와 마지막 자위
를 시도하고 있었다. 나의 왼손은 오른쪽 젖가슴을 어루만졌다. 오
른쪽 집게손가락이 질 속으로 파고들어갔다. 부드러운 질 내부의
살결이 집게손가락을 감싸는 순간 축축한 노랫소리들이 가느다란
비처럼 귀를 적셨다. 땀샘들이 서서히 열리기 시작했고 나는 쾌락
이 찾아오길 기다렸다. 살갗이 활활 타게 뜨거워지면서 땀이 순식

간에 증발했다. 바늘 끝처럼 곱고 따끔거리는 소금 가루들이 바삭대며 피부를 찔렀다. 쾌락이란 폭군은 수억의 가느다란 회초리로 땀샘의 병정들을 무자비하게 후려쳐 피부 위에 미세한 소금의 결정들을 만들어냈다. 나는 몸을 조금 비틀었다. 심한 갈증과 구역질을 참으며 나는 절정에 다다르고자 했다. 그러나 취기 때문에 더디게 찾아오는 쾌락의 틈새로 갑자기 아버지를 죽인 사람을 보고 싶다는 난데없는 욕망이 스며들었다. 그렇게 말끔한 얼굴을 만드는 데 기여한 누군가가, 나와 불구대천의 원수지간이라는 누군가가 못 견디게 보고 싶다는 욕망이, 보고 말아야겠다는 발작적인 그리움이 사치스럽게 너울너울 번졌다.

우직한 내 육체는 말없이 죽은 아버지를 불러들였다. 염할 때의 아버지 얼굴은 석고처럼 하얗게 굳어 있었다. 알코올로 소독했기 때문인지 아니면 죽은 사람의 얼굴은 다 그런 빛을 띠고 있는 것인지, 아버지는 창백하게, 아니 창백하다못해 밀가루를 쓴 것처럼 희디희게 질식한 얼굴로 누워 있었다. 찢어져 몹시 많은 피를 흘렸을, 그러나 피를 열심히 닦아낸 덕에 깊고 진하게 파인 붉은 자국만 남아 있는 왼쪽 이마, 은색 머리칼이 그 위를 살짝 덮었는데도 가려지지 않고 잔인하게 드러난, 과장되지 않았기에 더욱 깊고 더욱 진한 그 붉은 자국 외에는 침착하고 하얗게 질린, 아버지가 살아 있을 때에는 결코 그 얼굴에서 발견한 적이 없었던, 발견하리라고 기대하지도 않았던 고요한 죽음의 표정이 거기 있었다. 몸은 이미 염해져 잘 단장되었건만, 졸음에 겨운 배우가 자투리 시간을 기다리지 못해 고운 분장이 지워지지 않도록 불편한 자세로 휴식을 취하는 듯, 깨우기가 안쓰러운, 창백하고 피곤한 아버지의 얼굴이 염장이들에 둘러싸여 딱딱한 침대에 누워 있었다.

아버지가 개입된 마지막 자위는 순조롭지 못했다. 뱅퇴유 양만큼 효성이 지극하지 못한 나는 자위를 하면서 아버지를 떠올리는 순간, 아버지를 쾌락의 중심에 놓는 순간, 쾌락 자체가 흔적없이 사라지는 비운을 맛보았다. 아버지는 죽고 나서도 내가 하는 모든 일을 염탐하고 사사건건 개입해서 훼방을 놓았다. 타는 듯이 따갑던 온몸의 자극이 순식간에 사라졌다. 끈끈하게 내 몸에 감겨들던 축축한 노래, 축축한 간지러움만 남았다. 나는 끝까지 눈을 뜨지 않고 캄캄한 공간 속에서 예고 없이 찾아올 격렬한 떨림을 기다렸다. 그러나 불가해한 내 욕망은 칠흑 같은 어둠의 주머니끈을 풀어, 환하게 빛나는 아버지의 흰 얼굴과, 이마 위에 반짝반짝 쏟아져내리던 은색 머리칼과, 진흙을 많이 먹어 팽팽해진 지렁이처럼 붉게 꿈틀거리는 상처를, 마치 혀를 날름 내밀듯 나의 탈진한 클리토리스 앞에 내밀었다.

나는 허전한 욕실 공간 한가운데서 손을 씻으며 게 다리 분지르듯 내 집게손가락을 똑 분지르고 싶은 분통이 솟구치는 것을 느꼈다. 욕실 거울에 벗은 상체가 비쳤다. 다듬지 않은 짧은 머리칼, 두렵고 불안한 눈빛, 불만에 찬 입언저리, 상혈이 되어 점점이 얼룩진 얼굴, 기다랗고 비틀린 목, 볼품없는 가슴, 은갈치 비늘처럼 번득이는 피부를 가진 거울 속의 여자가 나를 마주보고 있었다. 거울 속의 여자는 괴상하게 웃었다. 나는 그녀의 입가를 말아 쥐고 있는 야릇한 웃음이 어디서 비롯된 것인지 자문했다. 갈데없이 멍청해 보이는, 그러나 어떤 것에도 놀라지 않는 잔혹하고 의미 없는 웃음이 어디서 생겨났는지. 그 웃음은 젖은 방의 습기보다 더 눅진눅진한 어떤 것들, 더 고약하고 미끈거리는 어떤 것들을 머금고 있었다. 거울을 오래 들여다보면서 나는 내가 그녀를 얼마나 미워하고 있는지 깨달았다. 나는 거울 속에 비친 그녀의 눈빛에서 자기를 향해 한번 덤벼들어보라고, 요절을 낼 듯이 폭포 같은 증오를 퍼부어보라고, 벌레를 꾹 문대어 죽이듯 자기를 눌러 죽여보라고 부추기고 있는, 그리고 그런 부추김 따위에 눈 하나 깜짝하지 않는 차디찬 환멸을 보았다.

나는 내 얼굴, 내 혈통, 내 가계를 생각했다. 자기 내부에서 항상 자기 자신과 똑같은 것을 만들어 세상에 내보내는 아메바의 아픔을 생각했다. 자기와 똑같은 것을 만들어 세상에 내보내지 않으려면 다른 방법이 없었다. 자기와 똑같은 걸 죽이는 수밖에. 나는 수도꼭지를 틀고 손목에 면도칼을 대었다. 한 번의 칼질에 피부가 얇은 종이처럼 도르르 말리면서 그 사이로 상처가 힘껏 입 벌렸다. 두번째 긋고…… 그러나 나는 세번째에 멈추었다. 결국 나는 새 새끼의 빨간 주둥이같이 잔뜩 벌어진 상처의 입안으로 마지막 칼질을 들이밀지 못했다. 짧지만 강렬한 후회가 밀려왔다. 나는 수도꼭지를 잠갔다.

나는 방에 돌아와 자위를 하려다 실패했던 침대 위, 바로 그 자리에 내 몸을 입관시키듯 반듯하게 눕혔다. 나는 목울대를 컥컥거려 가래를 뱉고 재떨이를 가슴 복판에 올려놓고 담배를 피웠다. 담배를 깊이 빨고 나자 쭉 뻗은 왼팔에서 전해오는 끔찍한 통증에 담배 끝이 질끈 씹혔다. 가슴 위에 놓인 양은 재떨이가 다르르 떨렸다. 잘못 겨냥을 했구나. 손목이 아니라 재떨이가 놓인 바로 이 가슴 한복판을 겨냥했어야 했는데⋯⋯

내 탄생의 날, 아버지는 새벽하늘의 한 자락을 걷어 그 틈새로부터 어여쁜 파랑새를 만들어냈지만, 나는 아버지의 죽음으로부터 탈진한 클리토리스, 피에 젖은 새 한 마리를 만들어냈다. 아버지는 끝내 파랑새를 기르는 데 실패했고 나는 젖은 새를 죽이는 데 실패했다.

살겠거니 싶은 생각이 들면서는 손목을 세번째 확실히 그어대지 못한 게 후회되기는커녕 한 번만 그을 걸 괜히 두 번이나 칼질을 해대서 왼쪽 손목을 아예 병신으로 만들어놓은 게 아닐까 겁이 더럭 났다. 그러면 불편한 점이 많을 텐데. 이를테면 워드프로세서 프로그램을 가지고 놀기도 어렵지 않나? 면도날에서 쇳독이 올라 파상풍에 걸리지나 않을까? 내가 잠자는 동안 습기 찬 데 사는 벌레들이 죽음의 새처럼 입 딱 벌린 상처 속으로 기어들지나 않을까? 죽지 않기로 되고 나자 분주한 걱정과 새록새록 더해가는 아픔에 나는 눈물을 철철 쏟았다.

손목을 꿰매고 상처가 아물어갈 즈음 나는 죽지 않은 게 너무 좋아서 핏물이 묻은 침대 위에 누워 몸을 들썩거리기도 하고, 젖은 방을 빙빙 돌며 발을 땅땅 굴러보기도 하고, 내 귀여운 장난감인 컴퓨터를 켰다 껐다 해보기도 했다. 나는 자위에 대해서도, 자해에 대해서도 실패를 인정했다. 아버지가 꿈꾸었던 미래와 내가 기억해낸 과거는 새의 몸통에 매달린 양날개처럼 꼭 닮았거나 영 닮지 않은 것이었다. 이제 나는 비상의 준비를 마쳤다. 냄비를 박차고, 젖은 둥지를 박차고, 벌레를 잡는 날렵한 새처럼 내 몸이 둥실 떠오르기를 기다리며 나는 젖은 무대 중앙에서 신나게 외쳤다.

"이년들아! 이년들아! 이년들아! 나, 손미옥이, 아직 안 죽었다!"

*

치킨수프가 다 되었다. 냄비 뚜껑을 열자 노르스름한 죽 위로 맛을 돋워줄 닭 뼈가 살포시 솟아 있다. 가스레인지에서 냄비를 들어내며 나는 불현듯 말하는 냄비가 어디쯤 가고 있을까 궁금해진다.

부잣집을 드나들며 값진 물건을 담아다 가난한 부부를 도와주던 냄비는 결국 부잣집 주인의 손에 붙잡히고 말았다.

"오냐, 우리집에서 푸딩이며 밀이며 금화를 훔쳐간 놈이 바로 네놈이지?"

거짓말을 못해 아니라곤 말 못하는 냄비는 이렇게 읍소했다.

"제발 저를 놔주셔요."

"그건 절대 안 되지."

냄비는 울면서 소리쳤다.

"저를 놔주셔요. 그러지 않으면 북극까지 갈 거예요."

"오냐, 그래! 북극까지 가봐라, 어디!"

"정말 저는 북극까지 뛰어갈 테예요."

"그래! 어디까지라도 따라갈 테다."

냄비는 부잣집 주인의 손에 붙잡힌 채 울면서 뛰어간다. 가난한 부부에게 작별인사도 못하고, 언덕을 넘어, 강을 건너, 지금도 냄비는 북극을 향해 뛰어가고 있다. 일견 황당하고 허무한 결론이지만 나는 이렇게 뒤가 훤히 트인 진행형 이야기를 무척 좋아한다. 냄비가 북극성인지 북두칠성인지가 되었다는 건 사족일 따름이다. 『아라비안나이트』가 천하루 만에 끝났다는 게 아무 의미가 없 듯이.

나는 내일 이사를 떠난다. 지난 일주일의 시간처럼 내가 또 어떤 기다림의 간이역에서 다시금 내 삶을 향해 새로운 일별을 던질 지 알 수 없지만, 그러나 그것이 언제이든 그때도 나는 이렇게 소낙비처럼 쏟아지는 기억의 화살을 향해 내 가슴을 과녁으로 내보이리라. 이런 생각만으로도 몸속의 푸르른 창이 열리고 그 틈새로 빛이 쏟아져 들어오는 듯하다.

치킨수프를 한술 뜨면서 나는 가난한 부부처럼 냄비를 믿기로 한다. 말을 할 수 있다면 아마 그 밖의 다른 것들도 할 수 있을지 모른다. 설령 모든 것이 한층 더 나빠진다 하더라도 나는 말을 믿고, 기억을 믿고, 그 밖의 다른 것들을 믿을 것이다. 닫히지 않은 이야기, 닫히지 않은 믿음, 닫히지 않은 시간은 아름답다. 영원히 끝나지 않는 미완의 『아라비안나이트』처럼, 북극을 넘어 경계를 넘어 스스로 공간을 열며 뛰어가는 냄비처럼, 상처로 열린 우리의 몸처럼, 기억의 빛살이 그 틈새, 그 푸르른 틈새를 비출 때 비로소 의미의 날개를 달고 찬란히 비상하는 우리의 현재처럼……

젖은 방을 떠나기 전에 꼭 이 말을 해보고 싶었다. 치킨수프를 맛본 내 혀가 말한다.

"아버지, 정말 천하일품이에요!"

모든 틈새는 장소다

인아영(문학평론가)

젖은 방. 작고 아늑한 침대와 책이 높이 쌓여 있는 책장. 그 옆의 서랍에는 금속 물건이 녹슬어 있다. 꽃무늬 커튼 아래로 보이는 벽지는 젖었다가 마른 흔적으로 얼룩져 있다. 누렇게 변색된 침대 시트 아래 방바닥에는 습기를 좋아하는 벌레들이 종종 기어다니고 침대 밑에는 소주병이 놓여 있다. 방을 눅눅하게 하는 것은 이따금씩 내리는 비이기도 하고, 반지하라는 구조상의 조건이기도 하지만, 무엇보다 이곳에 사는 사람의 정신적인 습기다. 이제 막 이십대라는 기나긴 터널을 통과한 서른 살의 미옥은 일주일 남은 이사를 기다리며 자신이 지나온 시간을 천천히 돌이켜본다. 그녀는 어떤 마음으로 이 방을 바라보고 있는 것일까.

1996년에 출간된 권여선의 등단작이자 첫번째 장편소설인 『푸르른 틈새』는 젖은 방의 습기로 가득차 있다. 1980년대 중후반에 대학 시절을 보낸 한 여성이 과거를 회상하는 이야기이므로 이 소설이 군사독재에 저항하던 운동권 세대의 후일담 소설, 혹은 평범한 가정의 막내딸로 태어나 어른이 되어가는 과정을 그린 여성 성장 소설 등으로 독해되어온 것은 자연스러운 일이다. 그러나 『푸르른 틈새』가 특정한 시대를 공유하는 특정한 세대의 경험을 반추하는 데 그치는 것은 아니다. 『푸르른 틈새』는 이십대 청춘이라는 음울한 시기의 진상을 끈질기게 들여다보는 소설이기도 하다. 산뜻하고 청량하기보다는 축축하고 눅진하며, 장밋빛보다는 잿빛에 가깝고, 뜨겁고 격렬하게 겪었다기보다는 어설프고 어정쩡한 자세로 흘러온 청춘 말이다. 그러므로 미옥이 대학 시절을 반추하는 동안 젖은 방의 풍경이 수시로 그려지는 것은 어쩌면 당연하다.

눅눅한 습기의 배경에는 이유 모를 '죄의식'이 있다. 매일 밤 침대에서 조그맣게 몸을 말아 잠을 자면서도, 휴학한 이후 거의 매일 아버지와 단둘이 집을 지키면서도, 미옥의 머릿속을 가장 세게 장악하는 감정은 죄의식이다. "내 몸은 내 정신에 대해 늘 죄의식을 느껴야만 한다고 나는 침통하게 생각했다."(181쪽) 한국문학이 1990년대에 이르러서야 비로소 역사와 정치라는 거대 서사가 아니라 개인의 내면이라는 미시 서사에 제대로 조명을 비추기 시작했다는 문학사적 통념을 받아들이기로 한다면, 이제 막 청춘을 통과한 한 여성의 죄의식과 더불어 욕망, 후회, 애착을 섬세하게 그려낸 『푸르른 틈새』는 1990년대 한국소설이 이룬 중요한 성취이다. 그런데 이 죄의식은 어디에서 발원한 것일까. 그것은 힘을 잃어가던 대학 운동권 사회를 빠져나온 것에 대한 부채감, 혹은 먼저 세상을 떠난 아버지와 친구의 죽음으로부터 비롯된 것일 수 있지만, 소설 전반에 배음처럼 깔려 있는 죄의식은 그보다 근원적으로 보인다.

*

이 죄의식의 정체를 이해하기 위해서는 미옥이 "진정한 의미에서 나의 대학 생활"(19쪽)이 시작되었다고 말한 시점에서 출발하는 것이 좋겠다. 공식적인 신입생 환영회가 끝나고 학과 선배들이 신입생들을 데리고 간 중국집에서 미옥은 처음으로 자기소개를 해야 하는 상황에 놓인다.

'자기소개'는 인생의 새로운 단계, 새로운 세계로의 진입을 암시했다. 다들 자연스럽게 나를 알고 있으려니 하는 유년의 수동성을 넘어 당당히 내가 바로 아무개라고 자기를 주장해야 하는 세계, 서로의 존재를 매번 정겨운 방식으로 일깨우는 공동체가 아니라 각지고 독립된 개체의 삶을 책임져야 하는 사회, 그런 어른들의 세계로 진입하기 위해 우리는 자기소개를 해야 했다. (······) 자기소개는 소극적인 자들이 도태되고 적극적이고 용감한 자들만이 살아남

는 세계로의 입사식이었다. 불리기를 기다려서는 안 되고 어떻게
든 적극적으로 부르심을 유도하는 방식, 다른 사람들이 자기 이름
을 한시바삐 소비하도록 이름을 세일하는 방식이었다.(24~25쪽)

다른 누구도 아닌 자기 스스로 자신을 소개해야 하는 "어른들
의 세계"로의 입사식에서 미옥은 긴장하고 당황한 채로 먼저 머
릿속으로 시나리오를 그려본다. 그리고 태어날 때부터 새처럼 길
었던 목에 얽힌 출생에 대해서 이야기해야겠다고 마음먹는다. 그
이야기인즉슨 이렇다. 장마가 끝나갈 무렵 미옥이 태어나자, 할머
니는 언니에 이어 '또 딸'이라며 한탄한다. 이에 마음이 어지러웠
던 아버지는 미옥이 태어난 날 새벽 집마당을 세 바퀴 돌고 날아
가는 파랑새를 발견하고는 흥분하여 미옥의 출생을 엄청난 길조
로 받아들인다. 아들이 아니라는 이유로 '꼭지'라는 별명을 얻으
며 은근하게 존재를 부정당하던 딸 미옥은 "보통 복뎅이가 아닌
모냥"(28쪽)의 신화적인 주인공으로 거듭나게 된 것이다. 실은 아
들을 낳지 못했다는 실망을 합리화하기 위해 부모가 애써 지어낸
것이지만, 아이러니하게도 미옥에 부모의 자랑스러운 마음과
가족 내의 특별한 위치를 보장해준 파랑새 신화. 미옥은 수치와 자
부가 뒤섞인 파랑새 신화를 소개하면서 자신의 고유성을 이해받
고 싶었을 것이다.

그런데 이 장면에서 중요한 것은 이렇게 머릿속으로 구구절절

하게 떠올린 자기소개는 끝내 실패하고 만다는 사실이다. 정작 자신의 차례가 되자 미옥은 "달달 떨면서 자리에서 일어나 평범하고도 단순한 내 몫의 소개를 간신히 해치웠을 뿐"(32쪽)이기 때문이다. 비장하고 결연한 다짐이 우습고 싱거워지는 순간. 미옥이 자기소개에 실패하는 이 허무한 순간은 앞으로 그녀가 겪게 될 수많은 사건을 예고하는 상징적인 장면이다. 십대 시절 가족의 테두리 안에서 형성된 자의식이 이십대 어른의 세계에서는 아무것도 아니라는 깨달음. 나름대로는 심각하고 진지하게 쌓아올린 고민이 더 넓은 세상에서는 사소하고 시시한 것일 뿐이라는 자각. 웃어야 할지 울어야 할지 알 수 없는, 그래서 웃을 수도 울 수도 없는 미묘한 순간을 권여선의 소설은 언제나 정확하게 그려냈지만, 『푸르른 틈새』에서는 더 각별하다.

왜냐하면 이 비장함과 싱거움 사이의 낙차는 이제 막 어른의 세계에 입사하여 고유한 존재가 되고 싶다는 간절한 욕망에서 생겨났기 때문이다. 유난히 "이름이 불려지는 걸 듣기 좋아하는 내 취향"(41쪽)은 어린 시절 어머니가 암송해주던 시에서 '아그네스'라는 아름다운 여인의 이름을 들어온 경험에서 비롯되어 이십대 내내 미옥의 정서를 관통한다. 단지 자신의 이름을 단번에 기억해주었다는 이유만으로 첫인상이 좋지 않았던 지명호에게 급격한 호감을 느낄 만큼 누군가가 자신의 이름을 불러주기를 기다리는 미옥은 "고유명사 손미옥을 끊임없이 일반명사로"(165쪽) 바꾸며

"될 수 있는 한 양껏 모든 일반명사가 되고자 하는"(166쪽) 욕망을 키워나간다. 그러나 이 욕망은 비장한 자기소개가 싱겁게 실패한 것처럼 미옥의 이십대 내내 번번이 좌초된다. 그러니까 이유를 알 수 없는 죄의식이란 다름이 아니라 청춘을 통과할수록 점차 잃어가는 파랑새 신화에 대한 죄의식이며,『푸르른 틈새』는 미옥의 존재와 이름의 고유성을 보증해주는 파랑새 신화가 조금씩 무너져가는 수많은 실패에 대한 이야기라고 말할 수 있을지도 모른다.[1] 자기소개의 실패라는 상징적인 사건 이후 이십대의 미옥을 가장 아프게 한 세 가지 실패를 차례로 따라가보자.

*

첫째, 대학생 운동권으로서의 실패. 미옥의 대학 생활은 남학생들은 교련복을 입고 있고 인문대 광장에서는 안치환의 〈흔들리지 않게〉를 부르며 학장 퇴진 구호를 외치는 집회가 벌어지던 1980년대 중반의 운동권 분위기에서 시작된다. 처음으로 목격한 집회가 끝난 이후 미옥은 종태의 권유로 수진, 미혜, 한영, 명호와

---

1) 이에 대해 권여선 작가는 이렇게 말하기도 했다. "『푸르른 틈새』는 성장소설로 읽히기도 하지만, 사실 실패한 영웅소설이기도 하다. 이십대의 기나긴 터널을 거친 미옥이는 결국 파랑새 신화를 깨고, 피투성이가 된 채, 피에 젖은 새가 되어서 이십대의 터널을 빠져나오지 않는가."(권여선·정여울 인터뷰,「상처의 틈새로 쏟아지는 햇살의 온기」,『푸르른 틈새』, 문학동네, 2007, 301~302쪽)

함께 학사 주점 골방에서 술자리를 갖게 된다. 미옥에게 그날이 '진정한 의미에서의 대학 생활'이 시작된 하루인 까닭은, 처음으로 소주를 마시고 구토를 하면서 비로소 유흥을 즐기는 어른의 세계에 진입한 날이기 때문이기도 하지만, 소위 '언더'라고 불리는 학생운동 서클의 내부를 처음으로 가까이서 들여다본 날이기 때문이기도 하다. 학생이라면 응당 운동권에 동참해야 한다는 주장은 무리가 있다는 수진과, 그러한 이유로 상대의 생각을 거부하고 자신의 논리만 고수하는 것은 독단이라는 한영의 거친 언쟁을 조심스럽게 관찰하며 미옥은 운동권에 대한 낯선 이물감과 막연한 동경을 동시에 느낀다. 술에 잔뜩 취하는 유흥과 거대한 권력에 저항하는 시위 모두 이제 막 성인이 된 미옥에게는 이전에는 경험해보지 못한 불온함의 상징이었을 것이다.

이후 미옥은 '언더'의 일원이 되어 대학 생활의 상당 부분을 시위로 보내지만, 그 시절 미옥이 시위에 참여하면서 느낀 주된 감정은 분노와 정의감이라기보다는 수치심과 슬픔에 가깝다. 시위에 참가하기 전 술을 마시는 습관이 든 그녀는 스스로를 운동에 헌신하는 투사라고 생각하지 못한다. 초가을의 어느 날 가리봉 오거리에서 참여했던 시위에서의 기억 때문이다. 정확히는 종태와 함께 막걸리를 마시다가 "근로기준법을 지켜라아…… 헛되이 마라아…… 피 맺힌 그 소리에 젊은 피가 끓는다……"(112쪽)라는 구호를 외치는 시위대에 합류한 미옥이 전경에게 곤봉을 맞았기 때문이다. 아니, 더 정확히는 전경에게 곤봉을 맞은 이후 무력하게 걸어가던 자신의 자세를 인식했기 때문이다.

곤봉을 든 전경이 내 옆에 서 있었다. 나는 그가 곤봉으로 내 어깨를 내려친 것을 알았다. (……) 나는 주춤주춤 일어나 전경 앞을 지나쳐 걸었다. 곤봉이 언제 내 뒤통수나 등허리를 강타할지 몰랐지만 다리가 굳어서 뛸 수 없었다. (……) 나는 돌아보지 않고 비틀비틀 걷기만 했다. 바보이거나 맹추인 듯 보이는 이 자세는 내 안에서 어떤 이상한 느낌, 아주 낯익어서 기묘한 느낌을 불러일으켰다. (……) 그때도 이렇게 절뚝거리며, 돌을 움켜쥔 손을 감추듯 과자를 움켜쥔 오른손을 앞으로 숨기고, 왼손으로 오른쪽 팔꿈치를 감싸쥐면서 아주 멍청하고 바보같이 보이도록 찔뚝찔뚝 걷기만 했다. 봐달라는 듯, 눈감아달라는 듯, 나는 도대체 상대할 가치조차 없는 존재라는 듯 비굴하고 무방비적인 그 자세, 그렇게 맹추같은 모르쇠의 자세는 팔 년이 지난 초가을날 가리봉 오거리에서 그대로 재현되었다.(115~116쪽)

전경에게 곤봉으로 어깨를 맞은 이후 충격으로 다리가 굳어버려 뛸 수 없었던 미옥이 할 수 있었던 것은 그저 앞으로 계속 걸어가는 일밖에 없었을 것이다. 전경과 맞서기 위해 한 손에 움켜쥐었던 돌을 계속 든 채로, 그러나 함께 시위를 하고 있던 종태나 다른 사람들의 상태를 살필 경황은 없이. 하지만 이때 미옥이 받은 충격의 원인은 고작 전경에게 어깨를 후려 맞고 느낀 통증 때문만은 아니다. 동료를 챙기지 못하고 시위에서 퇴각했다는 절망감 때문도 아니다. 미옥을 정말 처참하게 한 것은 전경이 자신을 다시 때릴지도 모른다는 무서움 때문에 "봐달라는 듯, 눈감아달라는 듯, 나는 도대체 상대할 가치조차 없는 존재라는 듯 비굴하고 무방비적인" 자세를 취했다는 부끄러움이다. 혹은 어른이 된 지금도 가게에서 도둑질을 했다가 들킬까봐 한 손에 과자를 움켜쥐고 일부러 바보처럼 걸었던 열한 살로부터 조금도 성장하지 않았다는 슬픔이다. 이 부끄러움과 슬픔은 교회에서 시위를 하다가 끌려간 호송차에서 전경에게 가죽장갑으로 뺨과 이마를 후려 맞아 눈물을 흘리는 장면에서 한번 더 반복된다.

여전히 기만에 찬 감상을 못 버린 나는 내 눈물이 장갑으로 따귀를 맞은 모욕감에서 솟구치는 것이라고 해석했다. 그러나 진정 내 눈물의 의미는 그런 고상한 것이 아니었다. 사람이 눈빛에 어떤 감정을 담을 수 있고 상대방이 눈빛을 통해 그 감정을 읽을 수 있다면 전경과 나는 그 순간 진정 눈빛으로 교감했던 것이다. 전경을 바라볼 때의 내 눈빛에는, 비록 불타는 적의를 담으려고 애썼지만 안타깝게도 실제의 내 눈빛에는 애원과 공포가 담겨 있었을 것

이고, 전경은 그것을 제대로 읽었던 것이다. (……) 종태가 아픔을
못 이겨 울었다면 나는 모욕도 울분도 아닌, 분노도 치욕도 아닌,
단지 비굴한 감사를 못 이겨 울었을 뿐이다.(133쪽)

미옥은 나름대로 진지하고 심각하다고 여겼던 자신의 정의감이
느닷없이 맞닥뜨린 신체적인 고통 앞에서 한없이 비굴하고 초라
하게 쭈그러드는 모습을 거듭 확인한다. 이후 미옥은 시위를 시작
하기 전에는 싸구려 양주를 몰래 마셨다가 시위가 끝나면 "다시는
술을 마시고 가투街鬪에 참가하지 않겠노라고" 다짐하며 "죄와 속
죄의 수레바퀴"(136쪽)를 계속 돌린다. 이러한 부끄러움과 슬픔은
성수동의 공단에서 공장 활동을 했다가 고된 일과 소음에 지쳐 일
주일 만에 포기한 이후에 더욱 강하게 남아 있었을 것이다. 노동운
동이나 계급운동과 같은 거대 담론의 언어와 좀처럼 합일되지 못
하고 자꾸만 어설프게 미끄러지던, 그렇다고 해서 적나라하게 드
러난 자신의 초라함을 못 본 척하지도 못하고 지칠 때까지 집요하
게 성찰하던 기억들. 이 수치심이 이십대의 미옥을 옥죈 첫번째 죄
의식이다.

*

둘째, 한영과의 연애 실패. 미옥은 대학 입학 후 자신을 젠더적

인 관점에서 비춰보게 하는 여러 여자 친구들을 만나게 된다. 먼저 매력적인 외모와 분위기를 지닌 미혜를 통해서는 남자를 매료시키고 남자에게서 애정을 받고 싶다는 욕망을 인식하게 된다. 다른 한편으로 주변 여자들이 성적인 문제에 으레 보이는 부끄러움 없이 언제나 당당한 수진을 통해서는 자신도 모르게 학습하고 내면화한 "내숭 떠는 여자에 대한 혐오"(81쪽)로부터 안전해지고 싶다는 욕망을 인식하게 된다. 그리고 두 욕망은 미옥의 마음속에서 각각 여성성과 중성성이라는 이름 아래 이분법적으로 구획된다. 물론 여성성과 중성성이 개념적으로 딱 잘라 나뉘는 것은 아니지만, 이제 여자 어른의 세계에 막 발을 디딘 미옥은 그 둘 사이에서 자신이 취해야 할 포즈를 정해두어야 한다고 생각한다. 단지 남자를 연애 대상으로서 상대하는 방법을 익히기 위해서가 아니라 여성으로서 세상과의 관계를 제대로 설정하는 방법을 배우기 위해서. 그러나 그 설정은 쉽지 않다.

여성적이고자 하는 욕망은 나를 부드럽게 어루만졌고, 중성적이고자 하는 욕망은 나를 심각하고 진지한 고민에 빠뜨렸다. 당시의 내게 여성성은 유혹과 매력이었고, 중성성은 당위이자 압력이었다. 누구나 그랬듯이 나는 둘 사이에서 방황했으며, 누구나 그런 건 아닐진대 나는 둘 중 어느 것도 제대로 수용하지 못하고 한동안 어정쩡한 태도를 취했다.(83쪽)

그런 "어정쩡한 태도"로부터 미옥을 구해낸 것은 다름 아닌 한영과의 연애다. 삼 년에 가까운 휴학을 마치고 복학한 미옥은 마침 제대 후 복학한 한영과 조우하고 그와 사귀기 시작하면서 자신이 "그토록 억압하고자 했던 여성적 취향을 아낌없이 활활 불타오르게"(224쪽) 마음껏 내버려두기로 작정한다.

하지만 그로부터 몇 년 뒤, 젖은 방에서 한영과의 관계를 회상하는 미옥의 마음에 더 짙은 잔상으로 남아 있는 것은 사랑의 시작보다는 끝이다. 지나간 관계의 시작보다는 끝이 현재와 물리적으로 더 가깝기 때문도 아니고, 연애가 시작될 때의 희망보다 끝날 때의 절망이 더 강렬하거나 파괴적이기 때문도 아니다. 미옥의 마음에는 전부를 내어주는 게 아니라면 사랑이라 할 수 없다는 극단적인 결기가 있는 동시에 자신을 고유한 존재로서 사랑해주는 이를 차마 단번에 끊어내지 못하는 무른 성정도 있기 때문이다. 그리고 이 모순적인 성향으로 인해 한영과의 관계를 끝내려는 시도가 지지부진하고도 처절하게 이어졌기 때문이다. 그러니까 미옥은 한편으로 "존재를 걸고 사랑을 요구할 수 없다면 존재를 걸고 잊어야" 하며 "어정쩡한 존재의 걸쳐놓기는 차마 추악해서 견딜 수 없다고"(241쪽) 믿으며 한영과의 결별을 선택한다. 그러나 다른 한편으로는 한영이 실은 자신보다도 먼저 결별을 선언하려 한 적이 있고, 그 이유가 자신이 아닌 다른 여자, 그것도 미혜와 결혼하기 위해서였다는 사실을 부정하기 위해 스스로를 속여보려는 처량한 시도를 멈추지 못한다.

나는 (……) 잃어버린 자존심을 되찾기 위해서, 이전에는 제발 미량이라도 있다면 부디 그 능력이 발휘되고 계발되기를 바라 마지않았던 추론의 능력이나 이성적 종합 능력 같은 것을 모조리 포기했다. 그렇게 함으로써 오히려 자존심을 되찾기는커녕 내버렸다는 것, 불길하면서도 예리한 내 추론이 틀린다는 것을 입증하려는 오직 하나의 어리석은 목적을 위해 내가 아주 비굴하고 몽매해져 버렸다는 것을 당시의 나는 깨닫지 못했다. 나는 내 신경을 압살하는 이성의 폭력에 맞서 허무맹랑한 망상에 귀의하는 쪽을 택하고 말았다.(254~255쪽)

사랑의 진상은 그것이 시작되는 순간이 아니라 끝나는 순간에야 비로소 눈에 보인다. 그리고 그 진상은 단 한 번의 찰나에 드러나는 것이 아니라 여러 번에 걸쳐서야 비로소 선명해진다. 미옥에게 한영과의 관계는 아이러니하게도 이 장면에서야 제대로 발견된다. 그러나 미옥의 눈에 새롭게 보이는 것은 한영과의 사랑이 얼마나 애절하고 고귀했는지가 아니라, 시위하면서 느꼈던 것과 비슷하게 또다시 비굴하고 구차한 자신의 모습이다. 그러니까 미옥을 허무하게 하는 것은 차라리 성숙한 연애의 실패라기보다는 성

숙한 결별의 실패라고 말하는 편이 더 정확하다. 애인에게서 기만
당했다는 배신감과 그 때문에 자존심을 지키지 못했다는 분함이
라기보다는, 사랑에 있어서조차 어정쩡한 태도를 버리지 못했고
마지막까지 온전하게 관계를 유지하지 못했다는 슬픔. 이 슬픔이
미옥을 옥죈 두번째 죄의식이다.

*

셋째, 아버지의 죽음 이후 자살 실패. 공장 활동을 포기한 이후
휴학을 한 미옥은 마침 그 시기에 실직한 아버지와 집에서 단둘이
대부분의 시간을 보내게 된다. 선원으로서 일 년 중 열 달을 밖에
서 보내는 바람에 온 가족의 그리움의 대상이었던 아버지가 집을
지키는 신세가 되자 어머니는 아버지를 향한 존경을 거두고, 그사
이 미옥은 집에서 아버지와 함께 라면을 끓여먹기도 하고 시시콜
콜한 이야기를 나누기도 하면서 마음속의 빈자리를 아버지에 대
한 연민과 친밀감으로 채운다.

이 소설에 등장하는 인물들 중에서 미옥이 유일하게 동일시를
느끼는 대상은 아버지뿐이다. "젊었을 때 사진이 말해주듯 미끈하
게 잘생긴 청년이었"던 아버지가 어린 시절부터 미옥에게 "상상
의 주된 대상"(190쪽)이었다는 사실은 이 부녀를 오이디푸스콤플
렉스라는 정신분석학적 틀로 해석하고 싶게 하지만, 그보다 중요

한 것은 미옥이 외모뿐만 아니라 성격까지 아버지를 닮았다는 사실이다. 미옥에게 그는 미혜나 윤아처럼 닮고 싶은 대상도 아니고, 어머니나 한영처럼 애정을 갈구하는 대상도 아니며, 해수처럼 미안함을 느끼는 대상도 아니다. 이 소설에서 유일하게 미옥만큼 우습고 어설프고 어정쩡한 인물이자, 미옥에게 그 우스움과 어설픔과 어정쩡함을 들키는 인물은 아버지밖에 없다. 그는 늠름하고 자랑스러운 아버지인 동시에 연락이 두절되었다가 술에 취한 채로 집에 돌아와 "나, 손재우, 안 죽었노라, 아직!"(212쪽)이라고 외치기도 한다.

미옥이 복학을 하고, 한영과의 질긴 연애를 시작했다가 끝내고, 스물다섯의 나이로 졸업한 뒤 운동권 조직의 연구실에서 일하는 동안에도, 아버지는 팔 년간이나 백수로 지낸다. 그러던 아버지가 시민공원의 청소부로 취직한 지 얼마 지나지 않아 교통사고로 세상을 떠나자, 미옥은 장례를 마친 뒤 방으로 돌아와 술을 마시고 자살을 시도한다. 거울 속의 자신을 들여다보며 알 수 없는 증오와 환멸을 느끼다가 면도칼로 손목을 연달아 긋기 시작하면서. 그러나 세번째 시도를 앞두고 결국 자살을 포기하고 만다.

살겠거니 싶은 생각이 들면서는 손목을 세번째 확실히 그어대지 못한 게 후회되기는커녕 한 번만 그을 걸 괜히 두 번이나 칼질을 해서 왼쪽 손목을 아예 병신으로 만들어놓은 게 아닐까 겁이 더럭 났다. 그러면 불편한 점이 많을 텐데. 이를테면 워드프로세서 프로그램을 가지고 놀기도 어렵지 않나? 면도날에서 쇳독이 올라 파상풍에 걸리지나 않을까? 내가 잠자는 동안 습기 찬 데 사는 벌레들이 죽음의 새처럼 입 딱 벌린 상처 속으로 기어들지나 않을까? (……) 손목을 꿰매고 상처가 아물어갈 즈음 나는 죽지 않은 게 너무 좋아서 핏물이 묻은 침대 위에 누워 몸을 들썩거리기도 하고, 젖은 방을 빙빙 돌며 발을 땅땅 굴러보기도 하고, 내 귀여운 장난감인 컴퓨터를 켰다 껐다 해보기도 했다. 나는 자위에 대해서도, 자해에 대해서도 실패를 인정했다.(306~307쪽)

이 장면에서 죽은 아버지로부터 이어진 자신의 얼굴, 혈통, 가계를 생각하며 "자신과 똑같은 것"(305쪽)을 만들어내지 않기 위해서는 자신 또한 죽을 수밖에 없다는 진지한 다짐은 죽지 않아서 다행이라는 기꺼운 안도감으로 변한다. 동료들과 시위에 나가 정의로운 구호를 외치던 결연함이 더이상 때리지 말아달라고 애원하는 비굴함으로 바뀌었듯이. 그리고 완전하지 않은 사랑이라면 관계를 끝내야 한다는 단호함이 상대가 자신에게 여전히 마음이 있다는 증거를 악착같이 찾아내려는 처량함으로 바뀌었듯이. 그러나 이 세번째 실패는 앞선 두 실패, 그러니까 운동권으로서의 실패나 연애(혹은 결별)의 실패와는 본질적으로 다르다. 왜냐하면 이 마지막 실패는 다름 아닌 실패에 대한 실패이기 때문이다. 어떤 실패에 대한 실패인가. 미옥은 바로 살아 있음에 실패하는 데 실패한다. 이 글은 미옥이 이십대에 세 가지 실패를 겪었다고 말해왔지만, 소설이 이 대목에 이르렀을 때 '실패'의 의미는 다시 해석되어야 할 것 같다. 청춘에게 실패란 기대와는 다르게 성숙하고 진지한 어른이 되지 못한 채 번번이 초라하고 우스워지는 것이 아니다. 이전에는 모르고 있었거나 부인해왔던 자신의 초라하고 우스운 상처를 있는 그대로 느끼면서 계속 살아 있는 것이다. 그리고 그 상처 때문에 찢겨서 열린 틈새를 통해 과거로부터 쏟아지는 빛을 계속 바라보는 것이다. 살아 있는 채로.

*

『푸르른 틈새』가 후일담 서사 혹은 성장 서사로 읽혀왔다는 서두의 말을 다시 떠올려보자. 후일담 서사가 상실한 대상에 대한 애도의 서사라면, 그러면서도 그 상실한 대상을 성숙하게 떠나보내지 못하고 애도를 지연하는 서사라면, 이 소설은 후일담 서사의 전형일 수 있다. 미옥은 이십대에 열렬하게 사랑했던 대상들을 여전히 떠나보내지 못하고 있기 때문이다. 또한 성장 서사가 새로운 세계에 진입하여 어른이 되어가는 과정을 그리는 것이라면, 그러면서도 어른의 세계에 안착하지 못하는 곤경을 다루는 것이라면, 이 소설은 성장 서사의 전형일 수도 있다. 미옥은 미숙하고 초라했던 어린 시절의 모습을 어른이 된 이후에도 계속 반복하고 있기 때문이다. 하지만 이 소설은 과거를 낭만화하거나 자신을 특권화하는 나르시시즘으로 빠지지 않는다. 대신 사랑했던 대상을 애도하거나 어른으로서 성장하려는 결연한 시도로부터 번번이 실패하는 자신의 우스움을 있는 그대로 받아들이고 그 상처를 집요하게 성찰한다. 그런 의미에서 『푸르른 틈새』는 1990년대 소설의 전형성에서 비켜나 새로운 지점에 도달한다.

『푸르른 틈새』가 세상으로 나온 이후 삼십 년 가까이 권여선의 소설을 따라 읽어온 우리가 모를 수 없는 것은, 과거로부터 쏟아지는 기억의 빛은 끊임없이 흘러나와 새로운 이야기로 살아난다는 사실이다. 기억의 빛이 시간을 머금고 지금의 우리를 새롭게 밝혀주는 이야기를 우리는 권여선의 소설을 통해 읽어왔다.[2] 그렇기에 그 빛이 들어오는 틈새는 닫힐 수 없다. 끝나지 않고 열린 채 영원히 이어지는 이야기처럼. 인간의 수많은 상처와 욕망을 타고 넘어 새로운 시대마다 무한히 태어나는 이야기처럼. 틈새는 갈라져 있는 좁은 간격이지만, 그 자체의 면적을 지닌 공간이기도 하다. 지난날의 상처가 찢어버린 흔적이지만, 그 자체로 아름다운 기억이 비쳐 들어오는 통로이기도 하다. 우습고 어설프고 어정쩡한 자세

---

2) 권여선의 가장 최근 소설집인 『각각의 계절』(문학동네, 2023)에서 우리는 『푸르른 틈새』 속 세대가 공유하는 죄의식과 상처, 무력감과 회한과 같은 심상이 한국사회의 역사적인 변동을 거치며 새롭게 쓰이는 장면들을 확인할 수 있다.

로 청춘을 보내왔다고 생각한 이, 이유를 알 수 없이 슬프고 아팠던 청춘을 보낸 이가 영원히 빛을 바라볼 수 있는. 그래서 자신의 상처를 치유하고 새로운 날개를 달아 날아갈 수 있는. 그러므로 이제 우리는 이렇게 말할 수 있을 것 같다. 모든 틈새는 장소다. 푸르기에 더욱 슬프고 아름다운.

권여선

1965년 경상북도 안동에서 태어나 서울대 국문과와 같은 학교 대학원을 졸업하고 인하대 국문과 박사과정을 수료했다. 1996년 첫 장편소설 『푸르른 틈새』로 제2회 상상문학상을 수상하며 작품활동을 시작했다. 소설집 『처녀치마』 『분홍 리본의 시절』 『내 정원의 붉은 열매』 『비자나무 숲』 『안녕 주정뱅이』 『아직 멀었다는 말』 『각각의 계절』, 장편소설 『레가토』 『토우의 집』 『레몬』, 산문집 『오늘 뭐 먹지?』가 있다. 오영수문학상, 이상문학상, 한국일보문학상, 동리문학상, 동인문학상, 이효석문학상, 김유정문학상, 김승옥문학상을 수상했다.

문학동네 한국문학전집 031
푸르른 틈새
ⓒ권여선 2024

초판 인쇄 2024년 6월 7일
초판 발행 2024년 6월 30일

지은이 권여선

펴낸곳 (주)문학동네 | 펴낸이 김소영
출판등록 1993년 10월 22일 제2003-000045호
주소 10881 경기도 파주시 회동길 210
전자우편 editor@munhak.com | 대표전화 031) 955-8888 | 팩스 031) 955-8855
문의전화 031) 955-2696(마케팅) 031) 955-8864(편집)
문학동네카페 http://cafe.naver.com/mhdn
인스타그램 @munhakdongne | 트위터 @munhakdongne
북클럽문학동네 http://bookclubmunhak.com

ISBN 979-11-416-0095-2 03810

www.munhak.com